OS DOZE TRABALHOS DE HÉRCULES

VOLUME I

MONTEIRO LOBATO

OS DOZE TRABALHOS DE HÉRCULES

VOLUME I

—

ILUSTRAÇÕES CRIS EICH
APRESENTAÇÃO SOCORRO ACIOLI

*Contendo as seguintes aventuras: O leão da Nemeia,
A hidra de Lerna, A corça dos pés de bronze,
O javali de Erimanto, As cavalariças de Áugias,
As aves do lago Estinfale.*

GLOBINHO

© Editora Globo, 2018
© Monteiro Lobato, 2007

Nenhuma parte desta edição pode ser utilizada ou estocada em sistema de banco de dados ou processo similar, em qualquer forma ou meio, seja eletrônico, de fotocópia, gravação etc. sem a permissão dos detentores dos copyrights.

Editora responsável: Camila Werner
Editor assistente: Lucas de Sena Lima
Assistente editorial: Milena Martins
Capa, projeto gráfico e diagramação: Fernanda Ficher
Revisão: Huendel Viana

Texto fixado conforme as regras do Acordo Ortográfico da Língua Portuguesa (Decreto Legislativo nº 54, de 1995).

A edição deste livro teve como base a publicação das Obras Completas de Monteiro Lobato da Editora Brasiliense de 1947.

CIP-BRASIL. CATALOGAÇÃO NA PUBLICAÇÃO
SINDICATO NACIONAL DOS EDITORES DE LIVROS, RJ

L778d

  Lobato, Monteiro, 1882-1948
    Os doze trabalhos de Hércules : volume 2 / Monteiro Lobato; ilustração Cris Eich. - 2. ed. - São Paulo : Globinho, 2018.
    il.

    Sequência de: Os doze trabalhos de Hércules : volume 1
    ISBN: 978-85-250-6396-0

    1. Literatura infantojuvenil brasileira. I. Eich, Cris. II. Título.

17-38879
CDD: 028.5
CDU: 087.5

2ª edição, 2018 – 2ª reimpressão, 2020

Editora Globo S.A.
Rua Marquês de Pombal, 25 – Centro
20.230-240 – Rio de Janeiro – RJ
www.globolivros.com.br

SUMÁRIO

APRESENTAÇÃO 7
por Socorro Acioli

O Leão da Nemeia 12

A Hidra de Lerna 56

A Corça de Pés
de Bronze 106

O Javali de Erimanto 160

As cavalariças
de Áugias 210

As aves do lago
Estinfale 258

sobre o nosso autor 311

sobre a nossa
ilustradora 319

APRESENTAÇÃO

Socorro Acioli

Monteiro Lobato foi um cara incrível. Um belo dia da sua vida, enquanto lia um livro italiano para os seus filhos, ele teve a ideia de escrever histórias infantis com temas brasileiros, palavras, comidas e lugares nossos, para leitores do Brasil inteiro. Assim os leitores poderiam sentir que também eram parte daquelas aventuras.

Ele começou o trabalho de escritor infantil juntando as lembranças dos seus tempos de menino: o ribeirão, o sítio do avô, a biblioteca, as bonecas de milho e assim nasceu a saga do Sítio do Picapau Amarelo.

Lobato escreveu livros infantis de 1920 a 1944, com imensa dedicação, pensando na infância do Brasil. Que sorte tivemos! Eu fui uma das crianças que leu toda a obra de Monteiro Lobato ainda pequena e sempre tive uma teoria: o que ele fez foi escrever a Maravilhosa Enciclopédia Lobatiana.

Primeiro, conhecemos o Sítio do Picapau Amarelo, Dona Benta, Narizinho, Pedrinho, Visconde, Tia Nastácia, Tio Barnabé e a sensacional Emília, talvez a melhor boneca da literatura mundial.

Depois, essa turma começou a viajar e nos levar juntos com eles a aprender gramática, aritmética, geografia, geologia, literatura estrangeira, história e mitologia grega. Parando para analisar direitinho, a grande heroína de todas essas aventuras sempre foi a Emília. Foi ela quem teve a ideia de ler o Dom Quixote, de desligar a Chave das Guerras (mas acabou desligando mesmo a Chave do Tamanho), de fazer a Reforma da Natureza.

A última grande aventura de Emília foi ajudar Hércules, o herói grego, a realizar os seus Doze Trabalhos. É a ex-boneca quem está ao lado do herói em todos os momentos de batalha.

As aventuras deste livro exigem muita coragem do leitor e um coração forte. Eles enfrentam o Dragão de Cem Cabeças, o Leão da Nemeia, um centauro, os Bois de Gerião, dentre outros grandes perigos.

Nessa viagem à Grécia aconteceram duas coisas muito impressionantes na vida de Emília. Primeiro, ela ficou muda, por ter falado mal da deusa Juno. Imaginem só: tanto tempo depois de comer as pílulas do Dr. Caramujo e desenvolver sua falinha de boneca, ela voltou a ser muda, sem voz. Só lendo o livro para saber detalhes desse acontecimento traumático.

O outro grande acontecimento na vida de Emília é que ela chora, pela primeira vez na obra inteira. Foram lágrimas comovidas com o carinho de Hércules por ela. Emília sempre foi durona e fazia de conta que não se abalava fácil. Dona Benta vivia pedindo a ela que fosse mais prudente com as palavras, mas não adiantava. Emília não era de se comover por qualquer coisa.

Porém, no último livro da saga lobatiana, ela mostra que é uma boneca sensível, que tem coração e que talvez tenha segurado o choro o tempo inteiro, só para manter a imagem de Dona Quixotinha, inspirada no seu amado Dom Quixote.

Durante os Doze Trabalhos de Hércules, Emília funcionou como uma catalisadora da ação. Sem ela, as coisas não correriam tão bem. A intimidade com Hércules é tanta que a ex-boneca passa a chamá-lo de "Lelé". O herói retribuiu chamando Emília de "dadeira de ideias". O próprio Hércules reconhece que não venceria sem Emília. Talvez tenha sido o maior feito de sua vida: ser a heroína de um grande herói. A musa inspiradora, dadeira de ideias, corajosa e sempre esperta Emília, Marquesa de Rabicó, Condessa de Três Estrelinhas.

1

O LEÃO DA NEMEIA

HÉRCULES

Na Grécia Antiga o grande herói nacional foi Héracles, ou Hércules, como se chamou depois. Era o maior de todos — e ser o maior de todos na Grécia daquele tempo equivale a ser o maior do mundo. Por isso até hoje vive Hércules em nossa imaginação. A cada momento, na conversa comum a ele nos referimos, à sua imensa força ou às suas façanhas lendárias. Dele nasceu uma palavra muito popular em todas as línguas, o adjetivo "hercúleo", com a significação de extraordinariamente forte.

A principal característica de Hércules estava em ser extremamente forte, extremamente bruto, mas dotado de um grande coração. No calor das façanhas muitas vezes matava culpados e inocentes — e depois chorava arrependido. Disse Anatole France: "Havia em Hércules uma doçura singular.

Depois de, em seus acessos de cólera, golpear culpados e inocentes, fortes e fracos, Hércules caía em si e chorava. E talvez até tivesse dó dos monstros que andou destruindo por amor aos homens: a pobre Hidra de Lerna, o pobre Minotauro, o famoso leão do qual tirou a pele para transformá-la em peliça. Mais de uma vez, ao fim dum daqueles feitos, olhou horrorizado para a clava suja de sangue... Era robustíssimo de corpo e mole de coração".

— Coitado! Tinha coração de banana...

Esta conversa ocorria no Sítio do Picapau Amarelo, entre a boa Dona Benta e seu neto Pedrinho. E o assunto recaíra em Hércules porque o garoto estivera a recordar passagens das suas aventuras na Grécia Heroica, como vem contado em *O Minotauro*[1].

— E se voltarmos para lá? — exclamou Pedrinho. — Aquela Grécia não me sai da cabeça, vovó...

— Para quê, meu filho?

— Para assistirmos às outras façanhas de Hércules. Só vimos uma: a destruição da Hidra de Lerna. São doze...

Dona Benta fez ver que o fato de terem saído incólumes da luta entre Hércules e a hidra fora um verdadeiro milagre, sendo impossível que tal milagre se repetisse nas outras façanhas.

— Eu quase morri de medo — disse a boa velhinha — quando, lá na casa de Péricles, em Atenas, tive comunicação

---

1. *O Minotauro*. São Paulo: Globinho, 2017

de que você, Emília e o Visconde estavam assistindo a essa luta de Hércules com a tal serpente de sete cabeças...

— Nove — corrigiu Pedrinho. — Oito mortais e uma imortal.

— Ou isso. Quase morri de medo, porque bastava que uma simples gota do sangue da hidra espirrasse em vocês para irem todos para o beleléu...

Pedrinho danava com aqueles medos da vovó. Sempre que ele sugeria alguma aventura nova, lá vinha ela com o tal medo e a tal pontada no coração. Resultado: ele metia-se nas aventuras do mesmo modo, mas escondido, sem licença dela. "Os velhos não entendem os novos", dizia Pedrinho. "Querem nos governar, querem nos obrigar a fazer exatinho o que eles fazem. Esquecem-se de que se fosse assim o mundo parava — não havia nada novo... E note-se que vovó não é como as outras velhas. No começo não quer, se opõe; mas se realizamos às escondidas alguma aventura, assim que vovó sabe faz uma cara

de espanto e de zanga, mas esquece logo a zanga e gosta, e às vezes ainda fica mais entusiasmada do que nós mesmos." E Narizinho acrescentou: "Vovó diz que não, só por dizer, porque o tal 'não' sai da boca dos velhos por força do hábito. Mas o 'não' de vovó quer quase sempre dizer 'sim'…".

Dona Benta opôs-se a que Pedrinho voltasse à Grécia para tomar parte nas onze façanhas do grande herói, mas opôs-se dum modo que era o mesmo que dizer: "Vá, mas escondido de mim…", e Pedrinho exultou.

— Falei com vovó — foi ele correndo dizer a Narizinho — e ela veio com aquele "não" de sempre, que nós traduzimos por "sim". Vou mandar o Visconde fabricar o pó de pirlimpimpim necessário. Volto lá com o Visconde e a Emília…

— E eu? Fico chupando no dedo?

— Ah, você não pode ir, Narizinho. Vovó não anda boa do reumatismo, tem necessidade de um de nós sempre junto dela.

PREPARATIVOS

Pedrinho explicou ao Visconde os seus planos de nova viagem pelos tempos heroicos da Grécia Antiga.

— Vamos nós três, eu, você e Emília.

— Emília já sabe do projeto?

— Já, e está atropelando Tia Nastácia para que lhe arrume uma canastrinha nova. Diz que desta vez vai completar o seu museu com mil coisas gregas.

O Visconde suspirou. Sempre que Emília se lembrava de viajar com canastra, era ele o encarregado de tudo: de carregá-la às costas, de vigiá-la. E se desaparecia qualquer coisa, lá vinha ela com a terrível ameaça de "depená-lo", isto é, arrancar-lhe as pernas e os braços.

— Que quantidade de pó quer? — indagou o Visconde.

— Aí um canudo bem cheio.

O pó de pirlimpimpim era conduzido num canudinho de taquara-do-reino, bem atado à sua cintura. Ele tomava todas as precauções para não perder o precioso canudo, pois do contrário não poderia voltar nunca mais. Mas como em aventuras arrojadas a gente tem de contar com tudo, o Visconde sugeriu uma ideia ditada pela prudência.

— O melhor é levarmos três canudos, um com você, outro comigo e outro com a Emília. Desse modo ficaremos três vezes mais garantidos.

Emília, na cozinha, atropelava Tia Nastácia.

— Quero uma canastrinha nova e maior, onde caiba muita coisa.

A negra, entretida em fritar uns lambaris, resmungava:

— Pra que isso agora? Estou cansada de fazer coisas para você, Emília. Ora é isto, ora é aquilo. Canastra agora!... Não serve mais a última que fiz?

— Muito pequena. Quero uma, o dobro.

— E pra quê? Que tanta coisa tem para guardar? — e largando da colher espiou bem dentro dos olhos da ex-boneca. — Hum!... Estou cheirando reinação nova... Esses olhinhos não negam. Que vai fazer?

— Nada — respondeu Emília com a maior inocência. — Só que tenho muitas coisas a guardar e a canastrinha velha já está cheia.

— Eu sei, eu sei... — resmungou a preta. — Pra mim, é reinação nova. Onde é? Vá, diga...

Emília começou a inventar uma mentira bem arranjada demais. Todas as mentiras da Emília eram assim: tão bem arrumadinhas que todos logo desconfiavam. A negra não acreditou em coisa nenhuma; mas, para se ver livre da atropeladeira, disse:

— Está bom. Faço, sim. Que remédio? Você quando quer uma coisa fica pior que carrapato... — e à noite, no serão, fez a canastra nova do tamanho que a atropeladeira queria. Dona Benta apareceu e viu a negra entretida naquilo.

— Hum!... Canastrinha nova... Isso é sinal de Grécia. Pedrinho está com saudades de mais aventuras por lá.

— E sinhá deixa? — disse Nastácia, lembrando-se das aflições passadas no labirinto de Creta, quando andou às voltas com o horrendo Minotauro.

— Eu já disse que não — respondeu a boa velha —, mas Pedrinho não acredita nos meus "nãos". Eles querem acompanhar Hércules em seus outros trabalhos...

— Credo! — exclamou a preta, sem saber que "trabalhos" eram aqueles, e Narizinho veio pedir à vovó que falasse de Hércules.

Dona Benta falou.

— Ah, minha filha, que maravilhoso herói foi esse massa-bruta! Era filho de Zeus, o grande deus lá dos gregos, e de

Alcmena, a mulher mais bela da época, grande como uma estátua, forte, imponente. Mas Zeus era casado com a deusa Hera, a qual, enciumadíssima com aquele filho de seu esposo na Terra, jurou persegui-lo sem cessar. E assim foi. A vida do pobre Hércules tornou-se um puro tormento, tais e tais armadilhas lhe armava a deusa. Mas era defendido por Zeus. Hera armava as armadilhas e Zeus as desarmava — e assim foi até o fim.

— Que fim? — quis saber a menina.

— O triste fim que Hércules teve, coitado, um herói tão bom...

— Conte o fim de Hércules, vovó.

Dona Benta contou que depois duma infinidade de aventuras, entre as quais os famosos Doze Trabalhos, Hércules casou-se com Dejanira, a quem amava muito. Mas um dia, numa das suas expedições, foi dar nas terras do centauro Nesso. Hércules já se havia batido contra os centauros do antro de Folo e matara-os a todos, menos a esse Nesso, que fugira. Parece que Hércules não reconheceu nessa ocasião o seu velho inimigo, pois tendo de atravessar um rio a nado pediu a Nesso que passasse Dejanira. Daí lhe veio a desgraça. Nesso, no meio do rio com a esposa de Hércules ao ombro, teve a ideia de dar-lhe um beijo à força. Lá da margem Hércules viu tudo e, tomando uma flecha, *zás*, espetou-a no coração do centauro. Era ferida mortal. Nesso ia morrer, mas antes disso teve tempo de dar a Dejanira um filtro potentíssimo. Quem pusesse no corpo uma peça qualquer do vestuário respingada com esse filtro envenenar-se-ia e morreria a pior das mortes. Dejanira guardou o filtro e alcançou a nado a margem onde Hércules a esperava.

— E o centauro?

— Esse morreu na água e lá se foi boiando...

Tempos depois Hércules se meteu em nova aventura, na qual salvou uma linda moça de nome Iole, levando-a consigo à ilha de Eubeia, onde havia um altar a Zeus. Lá, querendo oferecer um sacrifício a Zeus, mandou um mensageiro à sua casa em Traquis buscar uma túnica. Chamava-se Licas, esse mensageiro. Era um abelhudo. Em vez de limitar-se a cumprir a missão, contou a Dejanira toda a aventura e falou da maravilhosa beleza de Iole, que Hércules salvara e levara para Eubeia. Uma feroz onda de ciúme encheu o coração de Dejanira, fazendo-a lembrar-se do venenoso filtro de Nesso. E sabe o que fez? Entregou ao mensageiro

a túnica que Hércules mandara buscar, mas toda borrifada com o tal filtro...

— Malvada! — exclamou a menina.

— Ao receber a túnica, o pobre Hércules vestiu-a descuidosamente e foi ao altar fazer o sacrifício a Zeus. Lá chegando, começou a sentir no corpo uma dor horrenda como se tivesse vestido uma túnica feita de chamas implacáveis... E morreu torrado.

— Malvada! — repetiu Narizinho, mas Dona Benta explicou que a intenção de Dejanira não fora aquela.

— Nunca imaginou que a túnica fosse vestida pelo herói; julgou que era destinada à linda Iole; de modo que, ao saber do acontecido, desesperou-se e correu a enforcar-se numa árvore.

PERTO DA NEMEIA

No terceiro dia pela manhã já tudo estava pronto para a partida. Pedrinho deu uma pitada de pó a cada um e cantou: "Um... dois e... TRÊS!" — Na voz de Três, todos levaram ao nariz as pitadinhas e aspiraram-nas a um tempo. Sobreveio o *fiun* e pronto.

Instantes depois Pedrinho, o Visconde e Emília acordavam na Grécia Heroica, nas proximidades da Nemeia. Era para onde haviam calculado o pó, pois a primeira façanha de Hércules ia ser a luta do herói contra o leão da Lua que havia caído lá.

O pó de pirlimpimpim causava uma total perda dos sentidos, e depois do desmaio vinha uma tontura da qual os viajantes saíam lentamente. Quem primeiro falou foi Emília.

— Estou começando a ver a Grécia, mas tudo muito atrapalhado ainda... Parece que descemos num pomar...

Pedrinho também viu árvores em redor. Esfregou os olhos. Deixou passar mais alguns segundos. Depois:

— Não é pomar. É um olival. Esta Grécia é o país das oliveiras, as árvores que dão azeitonas. E parece que estas oliveiras estão carregadas.

Instantes depois estavam os três em estado normal. O Visconde sentara-se em cima da canastra da Emília, a qual não tirava os olhos das árvores.

— Maduras, Pedrinho. Por que não enche o seu embornal? Gente é como automóvel: não anda sem estar sempre comendo qualquer coisa. O automóvel bebe gasolina nas bombas; a gente "manduca" o que encontra.

Pedrinho trepou numa oliveira das mais carregadas e começou a encher o embornal, depois de haver provado uma e cuspido, numa careta.

— Estão maduras, sim — disse ele —, mas Nastácia, que só conhece azeitonas de lata, não é capaz de reconhecer estas. Gosto muito diferente e horrível. Lembra certas frutinhas do mato que ninguém come, de tão amargas ou ités.

As azeitonas só se tornam comestíveis depois de várias semanas de maceração em água de sal. Ficam então deliciosas. Mas sem isto, nem macaco as come! Emília fez logo o projeto de uma grande produção de azeitonas, e:

— Mais, mais, Pedrinho! — não cessava de dizer e ele ia jogando.

Perto dali ficava a residência do dono do olival e uma pastagem muito bonita, com um rebanho de carneiros tosando o capim. Um pastorzinho distraía-se a tocar flauta, com um cão ao lado. Súbito o cão farejou qualquer coisa, enfitou as orelhas — e veio para o olival, na volada.

Pedrinho nunca teve medo de cachorros. Dominava-os com o olhar e a firmeza da voz. Assim foi com aquele.

— Quieto, quieto, Joli! — gritou energicamente. O cachorro parou de latir e pôs-se a balançar a cauda. Depois, dando com o Visconde, "não entendeu". Arrepiou-se todo de medo. Era-lhe um desconhecido — e o desconhecido amedronta qualquer animal.

Pedrinho tentou sossegá-lo, passou-lhe a mão pelo pescoço.

— Nada de sustos, Joli. Não é nenhuma aranha de cartola e sim o nosso grande sábio lá do sítio, o Senhor Visconde de Sabugosa — mas a explicação de nada adiantou: o pobre cachorro positivamente "não entendia" o Visconde...

Lá adiante o pastor se levantara e guardava a flauta. Estava com a cara de quem diz: "Que diabo disto é aquilo?".

Pedrinho dirigiu-se a ele, acompanhado dos outros. Em que língua iriam entender-se?

— Que acha, Emília?

E ela:

— Aplique o faz de conta. Faça de conta que nós sabemos grego e ele nos entende muito bem.

Assim foi. Graças ao grego faz de conta de Pedrinho, puderam conversar perfeitamente.

— Bom dia, amigo! Somos viajantes vindos dum século e duma terra muito distantes destes aqui.

— Destes o quê? — perguntou o jovem grego.

— Deste século e desta terra…

O pastorzinho não entendeu, nem podia entender, o que levou Emília a exclamar: "Ai, ai! Vamos ter de novo aquelas mesmas dificuldades de entendimento que tivemos com Fídias e os outros em Atenas", e não querendo perder tempo com tentativas inúteis, perguntou:

— Pastorzinho grego, pode dar-nos notícias do Senhor Hércules? — O interpelado fez cara de bobo. "Hércules?" Quem seria esse Hércules? Nunca ouvira pronunciar tal nome. Emília explicou que era um "massa-bruta" assim, assim, que andava pelo mundo fazendo proezas das mais tremendas. De nada adiantou a explicação. O rapaz não tinha a menor ideia de Hércules. O Visconde, que estava de banda, sentado sobre a canastrinha, sacudiu a cabeça e riu-se com o riso filosófico dos sábios.

— Ai dos ignorantes! — exclamou. — Como é que este moço há de saber de Hércules, se nesta Grécia nunca houve Hércules nenhum? Hércules não é nome grego; é o nome romano com o qual foi batizado mais tarde. O herói que andamos procurando chama-se em grego Héracles.

Ao ouvir aquele nome tão popular naquele tempo, o pastorzinho iluminou o rosto.

— Bom, este conheço. Não há quem o não conheça por aqui, tantas e tantas têm sido as suas proezas. Héracles é um herói invencível…

— Pois é a ele que andamos procurando — disse Pedrinho. — Amigo velho. Já caçamos juntos…

— Já caçaram juntos? — repetiu o pastorzinho, espantado. — Que é que caçaram?

— Uma cobra de nove cabeças, a célebre Hidra de Lerna.

O rapaz não entendeu porque para ele essa façanha de Héracles ainda estava no futuro, e mostrou-se muito admirado quando Pedrinho contou a história do Leão da Nemeia que Héracles iria matar.

— Leão da Nemeia? — repetiu. — Sim, eu sei desse leão. É um terribilíssimo monstro que caiu da Lua e anda por lá comendo gente. Só se alimenta de gente.

— E por que o não matam? — quis saber Emília. O pastorzinho riu-se de tanta ignorância.

— Matar o Leão da Nemeia! Quem pode, se é invulnerável?

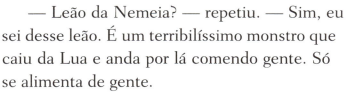

Emília ignorava a significação da palavra "invulnerável", mas não querendo passar por ignorante aos olhos do moço fingiu precisar qualquer coisa da canastra e foi ter com o Visconde. E enquanto abria e remexia na canastrinha, perguntava a meia-voz:

— Que quer dizer invulnerável, Visconde? Responda bem baixo.

O Visconde compreendeu e ajudou-a.

— Invulnerável é o que não pode ser ferido por arma nenhuma, uma espécie de "corpo fechado".

Emília ainda perguntou:

— E que tem a palavra "invulnerável" com ferida? — O Visconde explicou que em latim "ferida" era "vúlnera".

Emília, muito lampeira, voltou a falar com o pastorzinho.

— Com que então é invulnerável? Ah, ah!… Havemos de ver isso. Quero ver se Hércules vulnera ou não vulnera esse leão da Lua… Já sabe da novidade — que Hércules foi convidado a vir matar esse leão?

O pastorzinho não sabia e admirou-se. Não havia dúvida de que Héracles nunca havia perdido luta nenhuma, mas que poderia fazer contra um leão em cuja carne seta nenhuma penetrava?

— Pobre Héracles! — exclamou ele. — Desta vez vai espetar-se…

O cachorro do pastor não tirava os olhos do Visconde, e volta e meia dava um "au". Nunca vira um animalejo tão estranho, de cartolinha e ainda por cima falante…

— Deixe o Visconde em paz, Joli! — gritou Pedrinho.

O jovem grego explicou que o nome do cachorro era Pelópidas.

— E a tal Nemeia, onde fica? — indagou Emília. — Longe?...

— Perto. Vocês seguem por esse carreiro até a encruzilhada. Lá tomam à esquerda e vão andando, andando, até encontrarem um rio. Depois seguem rio acima até uma ponte. A Nemeia começa para lá da ponte.

— Não há letreiro? — perguntou Emília, fazendo o Visconde, lá na canastrinha, sacudir a cabeça e murmurar:

— Letreiro! Que ideia!... O pobre rapaz nem sabe o que é letra, quanto mais letreiro.

E estavam nisso, quando, de súbito, um berro distante soou. Evidentemente um urro de leão da Lua, coisa muito mais horrenda que urro de leão da Terra. O pastorzinho tremeu. Só pensou numa coisa: juntar o rebanho e tangê-lo para o curral — e lá se foi no galope, seguido pelo cachorro.

O urro vinha de muito longe — da Nemeia. Eles tinham de ir para lá, pois só lá era possível encontrarem o grande herói grego. Se ficassem ali estavam perdidos, pois quem os defenderia do leão? O pastorzinho? Ah, ah... Já na Nemeia talvez encontrassem Hércules, e na companhia de Hércules nada teriam a temer.

— Vamos para a Nemeia! — ordenou Pedrinho.

O Visconde espantou-se.

— Para a Nemeia? Ao encontro do leão que lá está urrando?

— Ao encontro de Hércules — respondeu Pedrinho. — Se tivermos a grande sorte de encontrá-lo, estaremos salvos, mas aqui... Se o leão nos pega por aqui, estaremos irremediavelmente perdidos. Terra de gente medrosa. Olhe como corre o pastorzinho...

De fato, o pastorzinho já ia longe com os carneiros, como se estivesse sendo perseguido por mil leões.

Foram para a Neméia. Seguiram pelo carreiro até a encruzilhada; depois tomaram à esquerda até dar num rio, e subiram rio acima até uma ponte.

NA NEMEIA

— A Neméia começa aqui — disse Pedrinho ao chegar à ponte, e com as mãos na cintura pôs-se a examinar a paisagem. Não levou muito tempo nisso. Novo urro do leão, muito mais perto, o fez arrepiar-se.

— Temos que trepar numa destas árvores — sugeriu ele precipitadamente, e deu o exemplo: marinhou árvore acima com agilidade de macaco. Emília fez o mesmo; repimpou-se num galho bem lá de cima.

Lá embaixo só ficou o Visconde, todo pateta. Subir em árvore o Visconde não subia. Os sábios são desajeitadíssimos. A única solução era suspendê-lo. Pedrinho correu os olhos em torno. Viu um cipó num galho perto. Conseguiu agarrá-lo, depenou-o de todas as folhas e desceu uma ponta ao Visconde.

— Segure bem que eu o suspendo.

— E a canastrinha? — lembrou o pobre sábio.

— Deixe-a aí ao pé da árvore — resolveu Emília.

— Leão não come canastras...

Assim foi feito. O Visconde escondeu a canastrinha num oco da árvore e pendurou-se na ponta do cipó. Pedrinho o foi suspendendo. Já estava o sabugo para mais de meio quando a sua cartolinha esbarrou num ramo seco e lá caiu. Que fazer? Voltar para apanhar a cartola ou…

Novo urro do leão já bem perto fez o Visconde esquecer-se da cartolinha para só pensar na salvação da pele. Um sábio sem cartola é uma coisa feia, mas um sábio devorado por um leão é coisa mais feia e triste ainda. A árvore era a mais alta dali, e de tronco muito reforçado. Ainda que tentasse, o monstro não os alcançaria em seus pulos.

E foi a conta. Nem bem se tinham acomodado nos melhores galhos, quando a fera rugiu pertíssimo — e afinal apareceu!

Que horrendo bicho! Pedrinho nunca imaginou que os leões da Lua fossem tão enormes, tão possantes, com tão copiosa juba e tão afiadas presas. Parece que havia acabado de comer alguém. As manchas de sangue de seu pelo ainda estavam frescas.

O leão parou junto ao tronco da árvore e farejou. Sentiu que havia seres humanos lá em cima — chegou a entortar a cabeçorra e espiar. Pedrinho, que levara uma pedra no bolso, arremessou-a contra o olho da fera! Está claro que não adiantou coisíssima nenhuma, porque os leões invulneráveis têm também os olhos invulneráveis. O monstro nem sequer piscou. Apenas botou fora a horrenda língua vermelha e passou-a pela beiçarra, como quem diz: "Se alguém anda em cima desta árvore, meu papo está garantido. Sento-me aqui e espero que o almoço desça".

Pedrinho sondava os horizontes, ansioso pelo aparecimento de Hércules. Só o grande herói podia salvá-los daquela perigosa situação. A não ser que Emília...

— Emília — disse ele erguendo os olhos —, que faremos caso Hércules não apareça?

— É no que estou pensando — respondeu a diabinha. — Há o pó. Mas se recorrermos ao pó, ele nos leva muito longe daqui e perdemos a primeira façanha. O remédio é um só: esperar para ver o que acontece.

O Visconde, muito satisfeito de ter se livrado da canastrinha, declarou achar-se muito bem; ele não tinha a menor dúvida em ficar morando ali toda a vida. Sim, as coisas são muito simples para os seres que não comem. O terrível da vida é o eterno problema da comida. "A gente come e não adianta nada", costumava dizer a ex-boneca, "porque, por mais que comamos, temos de comer no dia seguinte. Ai que saudades do tempo em que eu não comia!..."

O leão deitara-se, mas com a cabeça erguida, atento. Súbito, deu um ronco rosnado e enfitou os olhos em certo rumo, como quem está cheirando qualquer coisa.

— Ele farejou carne humana! — disse Pedrinho. — Será Hércules?

Era. Logo depois o vulto do herói emergiu de trás duma grande moita. Estava de arco em punho. Ia atirar.

O leão pôs-se de pé, como que à espera. Hércules ajeitou no arco uma seta, fez pontaria e *zás!*, despediu-a como Zeus no Olimpo despedia raios. A seta assobiou no ar e veio bater de encontro ao peito do leão. Mas em vez de cravar-se naquele largo peito, entortou a ponta de ferro e caiu. Hércules lançou segunda flecha, e terceira e quarta e quinta. O resultado foi o mesmo. Despedaçavam-se no peito do leão ou entortavam a ponta.

— Bem disse o pastorzinho que este leão é invulnerável — exclamou Emília. — Inflechável! E o bobo do Hércules não percebe. Melhor avisá-lo, Pedrinho.

Pedrinho botou as mãos em concha para aumentar o volume da voz e gritou na direção do herói:

—Assim, é inútil. Ferro não entra no peito deste leão. É invulnerável… As flechas acertaram nele, mas entortam a ponta ou se despedaçam. Abandone o arco e pense em outra coisa.

Hércules ouviu atentamente aquelas palavras e, como não distinguisse o menino lá entre as folhas, julgou ser algum aviso do céu, donde muitas vezes lhe viera socorro. Se a deusa Hera o perseguia, a grande Palas Atena e outras deusas menores o ajudavam.

A fera encaminhava-se já em sua direção, a passos lentos e decididos, o olhar chamejante de cólera. Ia raivosamente atacar e devorar aquele audacioso humano que estupidamente a atacava a flechaços.

— Pobre Hércules! — exclamou Emília. — Está ali, está liquidado. Como há de defender-se das garras deste monstro, se suas flechas nem lhe arranham a pele?

— Com flecha não vai — disse Pedrinho —, mas há a clava. Vovó me contou que a clava de Hércules é pior que os martelos-pilões das fábricas de ferro: não há o que não amasse. Esse leão é invulnerável, mas será também inamassável?

Hércules havia largado o arco e tomado a clava, ou maça, feita dum tronco de oliveira, que havia arrancado com raiz e tudo — madeira duríssima. E não esperou que o leão se chegasse até ele, também ia avançando ao seu encontro.

O momento era dos mais emocionantes. Lembrava aqueles momentos nos circos de cavalinhos em que a música para. A música ali era a conversa dos pequenos aventureiros empoleirados na árvore. Todos haviam emudecido. Que pode a palavra humana dizer em circunstâncias assim?

Já estavam bem perto um do outro, os dois tremendos contendores. Súbito, o leão armou bote e lançou-se que nem bomba voadora. Hércules, agilissimamente, regirou no ar a poderosa clava e desferiu um golpe de derrubar montanhas. O tremendo golpe alcançou o leão no ar — *plaf!*... bem no centro da testa. O leão caiu, tonto, mas a clava se fez em vinte

pedaços. Uma lasca veio cair ao pé da árvore dos picapauzinhos. Hércules arregalou os olhos. A fera tonteara apenas, já estava novamente de pé e ainda mais ameaçadora — e ele desarmado — sem a sua potente clava... Que fazer? E Pedrinho viu-o levantar os olhos para o céu, como quem pede inspiração.

— Dê uma ideia, Emília! — gritou Pedrinho. — Se o não ajudarmos com uma boa lembrança, lá se vai o nosso querido Hércules.

Emília pensou rapidamente: "Se as flechas falharam e se a clava se despedaçou ao primeiro golpe, o jeito agora é atracar-se ao pescoço do leão e afogá-lo". Pensou e gritou para Hércules:

— Atraque-se com ele, Senhor Hércules! Grude-se no pescoço do leão e vá apertando até que ele morra de falta de ar. O leão é invulnerável e inamassável, mas talvez não seja inasfixiável...

Novamente Hércules ouviu aquilo como se fosse uma sugestão do céu, e bobamente ergueu os olhos para as nuvens, como em agradecimento. Sim, era o que lhe restava:

atracar-se com o monstro e procurar asfixiá-lo. E foi o que fez. Lançou-se contra o leão ainda mal saído da tonteira e abraçou-o pela garganta.

Ah, que luta foi aquela! Jamais iria Pedrinho esquecê-la. O abraço de Hércules era pior que o abraço de mil tamanduás. Havia juntado o pescoço do leão como uma torquês junta o pedaço de ferro que aperta. O leão escabujava, fazia esforços tremendos para desvencilhar-se — mas quem jamais se desvencilhou dum abraço hercúleo? Pedrinho, Emília e o Visconde "torciam".

— Aí, Hércules! — gritava o menino. — Firme, firme! Vá apertando como chave-inglesa aperta porca de parafuso...

— Não afrouxe nem um minutinho! — berrava Emília. — Ele já está sem fôlego. É apenas invulnerável, não é inafogável...

Até o Visconde ajudou, cientificamente:

— Os pulmões dos quadrúpedes param de funcionar quando o oxigênio não entra. Conserve-o sem ar nos pulmões por dois ou três minutos que as funções metabólicas ficam perturbadas e ele afrouxa...

Hércules apertava, apertava. O monstro já tinha os olhos saltados, como querendo pular das órbitas. A língua saíra para fora quase um palmo — aquela horrível língua vermelha de leão da Lua. O monstro começava a afrouxar. Seus músculos foram se bambeando.

— Mais um bocadinho e pronto! — gritou o menino. — Ânimo, Senhor Hércules!...

O herói parecia de aço. Aqueles músculos potentíssimos quase que estalavam, de tão tensos. E que alentado era! Seu peito perdera a forma do peito humano normal — virara uma série de tremendos nós de músculos cada um maior que o outro. E foi assim por mais dois ou três minutos. Finalmente o leão moleou o corpanzil duma vez. Estava liquidado. Hércules ainda o manteve no arrocho por mais algum tempo e afinal o largou. A massa morta do leão da Lua descaiu, aplastou-se no chão.

— Morto! Mortíssimo! — berrou Emília. — Hurra! Hurra! Hurra!... Viva o herói dos heróis!...

O ENCONTRO

Só então Hércules percebeu que as vozes vinham da árvore e não do Olimpo. Firmando os olhos, deu com os três picapauzinhos repimpados nos galhos. Mas estava tão frouxo que nada disse. Respirava ofegantemente. Seu peito subia e descia. O suor brotava-lhe da pele em grossos pingos — o suor hercúleo.

— Podemos descer — disse Pedrinho, e escorregou pela árvore abaixo. Os outros fizeram o mesmo. Já mais aliviado da canseira, Hércules se aproximou.

— Quem são vocês? — foi a pergunta.

Pedrinho explicou que tinham vindo de um século futuro para acompanhá-lo em onze de seus trabalhos, onze só, porque a um deles — a luta com a Hidra de Lerna — já haviam assistido. Hércules não entendeu. Além de burrão de nascença, como todos os grandes atletas, não podia entender aquela história de "vir dum século futuro". Talvez nem século ele soubesse o que era. Um herói daqueles só sabe de hidras, leões, minotauros e mais monstros com que tem de bater-se. E fez a cara palerma dos que não entendem o que ouvem.

Emília tomou a palavra:

— Somos do sítio de Dona Benta, Senhor Hércules. Este aqui é o Pedrinho, o neto número um e primo de Narizinho. E esta aranha de cartola (o Visconde já estava de cartolinha na cabeça) é o famoso sábio Sabugosa, carregador da minha canastra. Fugimos lá do sítio, montados no pó de pirlimpim-pim, unicamente para acompanhar os Onze Trabalhos de Hércules que nos faltam. Já temos um na coleção.

Hércules ficou na mesma. Olhava para um, olhava para outro e não entendia nada de nada. Emília continuou:

— Queremos ajudá-lo, Senhor Hércules, e já o ajudamos na sua luta contra o leão. Quem deu a ideia do afogamento fui eu, que sou a "dadeira de ideias" lá no sítio. Caçoam de mim, chamam-me asneirenta, dizem que tenho uma torneirinha de asneiras — mas nos momentos de aperto é comigo que todos se arranjam.

Hércules continuava com cara de bobo. Emília prosseguiu:

— Podemos fazer o seguinte. O Visconde fica sendo o seu escudeiro, como aquele Sancho que acompanhava Dom Quixote. Sempre há de servir para alguma coisa. Eu forneço as ideias. Pedrinho dá um excelente oficial de gabinete, ou ajudante de ordens. O senhor fica sendo o muque do bando; Pedrinho, o órgão de ligação; eu, o cérebro; e o Visconde, a escudagem científica...

Depois de Emília falou Pedrinho, dizendo a mesma coisa com outras palavras. Por fim falou o Visconde. E tanto falatório fez que o grande herói fosse compreendendo alguma coisa. Compreendeu e riu-se. Achou graça naquela estranha associação e pediu esclarecimentos. Informou-se de quem era Dom Quixote.

Emília respondeu:

— Ah, Senhor Hércules, nem queira saber! Dom Quixote é um famoso cavaleiro andante dos séculos futuros, um tremendíssimo herói da Espanha — mas com uma diferença: em vez de vencer nas aventuras como os heróis daqui ele sai sempre apanhando, com as costelas quebradas, mais moído de pau no lombo do que massa de pão bem amassada — e foi por aí além. Contou as principais façanhas de Dom Quixote, todas terminadas com muita pancadaria no lombo do herói.

— Mas se é assim — disse Hércules —, por que lhe chamam herói? Herói aqui na Grécia não apanha, dá sempre...

— É que ele é herói moderno. No nosso mundo moderno tudo é diferente. Até o Visconde é um herói científico.

Hércules sentara-se junto ao tronco da árvore, com Pedrinho de pé à direita e Emília já sentada em seu colo. A pouca distância ficara o Visconde, também sentado sobre a canastrinha. Emília falava, falava sem parar. E tais coisas disse que acabou ainda mais amiga de Hércules do que o ficara do Quindim.

O sol ia descambando, mas na Grécia não se dizia sol, sim "carro de Apolo". Hércules ergueu os olhos para o céu e murmurou:

— O carro de Apolo está já perto do fim de seu curso. Vésper não tarda no céu. Tenho de partir...

Pedrinho, que sabia muita coisa da vida do grande herói grego, desejava fazer algumas perguntas sobre pontos incertos.

— É cedo ainda, Senhor Hércules. Antes de levantarmos acampamento quero que me responda a várias perguntas.

— Fale.

Pedrinho queria saber por que motivo, sendo Hércules tão forte, se havia submetido ao rei Euristeu, o qual lhe impusera aquele trabalho.

— Por que não escangalha com esse rei duma vez, com um bom golpe de clava na cabeça, em vez de andar correndo perigo para satisfazer às imposições do malvado? Vovó não soube me explicar esse ponto.

— Ah — exclamou Hércules suspirando. — A coisa é comprida, vem de longe; vem do tempo da minha loucura...

— Então já esteve louco? — perguntou Emília. — Que engraçado...

Hércules estranhou aquele "engraçado". Como podia alguém achar graça na loucura? Emília explicou-se contando o caso da loucura de Dom Quixote, que ela achava engraçadíssima.

Hércules desfiou a história do seu casamento com Mégara, da qual teve oito filhos.

— Sim, oito filhos e filhas, e um dia os matei a flechaços...

— Matou os filhos a flechaços? — repetiu Emília, horrorizada.

— Sim, mas não por culpa minha — coisas lá da deusa Hera, que tanto me persegue. Essa deusa me fez cair num acesso de loucura — e eu então matei meus próprios filhos e filhas, coitadinhos...

— Como foi? Conte...

— Eu estava nessa ocasião em Tebas, de onde saí para realizar uma aventura. Deixei Mégara e meus filhos entregues aos cuidados de Anfitrião. Minha aventura era liquidar uma série de monstros e gigantes malvados. E andava lidando nesse trabalho, quando um tal Licos se apoderou de Tebas e matou muita gente — e ia também matar Mégara e meus filhos. E já estava com a espada erguida sobre a cabeça de minha esposa, quando concluí o meu trabalho e voltei para Tebas. Ah! Foi a conta! Dei tamanha mocada em Licos que o achatei como esta folhinha aqui — e Hércules exemplificou com uma folhinha seca apanhada do chão. — Logo em seguida tratei de oferecer aos deuses um sacrifício de agradecimento — e foi então que Hera me enlouqueceu. E, louco furioso, matei não só meus filhos como também a pobre e querida Mégara, minha esposa...

— Que horror! Deusa malvada a tal Hera — exclamou Pedrinho.

— Malvada, sim. Nunca me perdoou o fato de ser eu filho de Zeus com Alcmena — e me persegue sem cessar. Tudo que na vida me cai em cima vem de Hera... E depois de matar minha pobre gente eu me aprestava para matar também o bom Anfitrião, quando a boa Palas...

— A mesma que os romanos iriam chamar Minerva — explicou o Visconde.

— ... me salvou de mais esse horrendo crime.

— Como?

— Lançando-me lá do céu uma grande pedra contra o peito. A pedrada de Palas curou-me da loucura. Voltei a mim e horrorizei-me com o que havia praticado. Não há maior desgraça que um bom pai e um bom esposo matar os seus queridos filhos e sua querida mulher. Horrorizei-me...

— Mas desde que estava louco, não tinha culpa nenhuma — disse Pedrinho. — Matou sem querer...

— Crime involuntário — explicou cientificamente o Visconde.

Hércules continuou:

— Involuntário ou não, cometi esse horrendo crime — e o remorso tomou conta de mim. Condenei-me então ao desterro, e fui consultar o Oráculo de Delfos para saber qual a terra para onde exilar-me. Eu por esse tempo não me chamava Hércules, como agora. Meu nome era Alcides. Foi a pítia do Oráculo de Delfos quem me trocou o nome e sugeriu a minha vinda para as terras do rei Euristeu. Esse rei me impôs como penitência a realização de Doze Trabalhos terríveis. A luta contra o Leão da Nemeia foi o primeiro.

Pedrinho sentiu uma batida forte no coração. Quis avisar Hércules duma coisa, mas conteve-se. Depois com pretexto de ver se o leão já estava frio, afastou-se com a Emília e o Visconde e disse-lhes:

— O pobre Hércules sabe menos da sua própria vida do que eu, que sou de séculos adiante. Vovó me contou como foi. O caso é este: Hércules consultou a pítia, e a pítia lhe deu um mau conselho. A diaba andava vendida a Hera. Faz tudo que Hera manda — e por isso o aconselhou a procurar o tal Euristeu, que é a maior das pestes. Os tais Doze Trabalhos foram o meio que Hera achou de metê-lo em tremendos perigos, de modo que não escape. Que acham vocês: devo avisá-lo disso ou não?

Emília pensou depressa e com muita lógica.

— Não! Não deve avisá-lo de coisa nenhuma, pois do contrário ele desobedece à pítia e nós ficamos logrados — ficamos impedidos de assistir aos seus trabalhos famosos. O melhor é conservá-lo na ignorância do futuro, mesmo porque ele vai sair vitorioso. Aquele Oráculo de Delfos! Não há patifaria maior. A pítia deixa-se subornar e dá palpites de acordo com os que melhor lhe pagam. A patifaria humana é eterna, como diz o Visconde.

— Sim, é isso — concordou Pedrinho. — Hera está convencida de que o herói não aguenta os tais Doze Trabalhos, a boba!... Mas Hércules vai realizá-los maravilhosamente. Melhor, mesmo, ficarmos quietos. Ele que continue na ilusão — e voltaram para a companhia do herói, com carinhas muito fingidas.

— Está mortíssimo, sim — disse Emília referindo-se ao leão. — Já esfriou. Que vai fazer dele?

O carro de Apolo já estava mais baixo — mais perto da cocheira onde se recolhia todas as tardes. Hércules levantou-se.

— Vou tirar-lhe a pele. Já que esse leão é invulnerável, seu couro dará um ótimo escudo.

Disse e encaminhou-se para o leão morto. Tinha de escorchá-lo, mas para isso era indispensável faca — e Hércules estava sem faca. Olhou em redor, como à procura de qualquer instrumento cortante, caco de vidro, lasca de pedra. Não viu nenhum. Pedrinho compreendeu.

— Já sei o que procura, amigo Hércules. Faca, não é? Faca não tenho comigo. Vovó nunca me deixou andar com faca de ponta, aquela boba. Mas tenho um bom canivete Rodger — e sacou do bolso um canivete Rodger de cabo de osso queimado e lâmina afiadíssima. Hércules achou graça no instrumento, pois não havia canivetes naquele tempo. Examinou-o atentamente. Abriu-o e fechou-o diversas vezes — e numa delas cortou o dedo. Emília correu à canastrinha em busca do carretel de esparadrapo. Destacou a fita gomada e cortou um pedaço, dizendo:

— Para pequenas cortaduras, nada melhor que isto. Chama-se es-pa-ra-dra-po ou ponto-falso. Conhece?

Hércules não conhecia. Deixou que a ex-boneca lhe colocasse no dedo a tira de esparadrapo e admirou-se de ver o sangue estancar. Ótimo! A sua associação com os três pica-pauzinhos já estava dando bons resultados. Em seguida virou o leão de barriga para cima.

— Vocês seguram-no pelas patas nessa posição, que eu vou riscá-lo no ventre.

Pedrinho segurou bem firme as patas dianteiras do leão enquanto a Emília e o Visconde faziam o mesmo às traseiras — e Hércules riscou dum extremo a outro a pele do leão.

O Visconde veio com a sua ciência:

— Lindo golpe longitudinal! — palavra que deixou o herói na mesma. Nunca houve no mundo um atleta que soubesse o que é "longitudinal".

— Hércules não está entendendo nada, Visconde — disse Emília. — Explique-lhe o que é isso.

— Um golpe longitudinal — explicou o Visconde com toda a seriedade — é um golpe ao comprido, ou no sentido do comprimento.

— E um golpe no sentido da largura? — quis saber Emília.

— Não temos para isso palavra especial — respondeu o sabinho. — Devia ser "golpe latitudinal", porque largura é latitude, mas tal palavra não existe nos dicionários.

Pedrinho contou a Hércules que o Visconde era um grande gramático, o que também deixou o herói na mesma. O coitado nem gramática sabia o que era...

Riscada a pele do leão com aquele lindo corte longitudinal, Hércules, com a mão direita, agarrou a pele pela juba e com a esquerda segurou firme a carcaça do animal — e dum só puxão arrancou a pele inteirinha.

— Que força tem o nosso amigo! — exclamou Pedrinho, entusiasmado. — Lá no sítio, para tirar a pele dum boi, um "camarada" leva tempo — tem de a ir destacando da carne com a ponta da faca. Hércules dá um puxão e pronto!...

Mas não basta arrancar uma pele, é preciso esticá-la com varas e pô-la ao sol para secar. Que iria fazer Hércules, com a noite já próxima?

— E agora? — indagou Pedrinho. — Que é do sol para secar esse couro?

Hércules mostrou-se indeciso. Sim, o carro de Apolo já ia entrando na cocheira. Só se dormissem ali para secá-la no dia seguinte...

Entreolharam-se. Não sabiam o que fazer.

Nas histórias das grandes façanhas esses pequenos detalhes práticos da vida nunca aparecem, e no entanto sem atendê-los convenientemente as grandes coisas se tornam impossíveis. Uma pele de leão tem de ser secada ao sol. Em seguida há que ser curtida, pois do contrário resseca, fica mais dura que pau e não tem utilidade para coisa nenhuma. O Visconde deu uma boa opiniãozinha:

— Couro cru, isto é, não curtido, não vale nada. Se houvesse um curtidor aqui por perto…

Hércules só entendia de proezas tremendas. Para as coisinhas prosaicas da vida era a maior das inutilidades. Ouviu a história do curtidor e abriu a boca, com expressão de quem está sem nenhuma ideia na cabeça. Emília tomou a palavra.

— Já descobri o jeito de resolver o problema. Lá no olival onde aterrissamos há aquele pastor de carneiros. Todo pastor entende de curtimento de couro, porque vive lidando com a pele dos carneiros que morrem ou são mortos. Minha ideia é irmos ter com ele — e até podemos dormir naquela casinha…

Hércules achou excelente a ideia.

O COURO DO LEÃO

— Pois vamos ver o tal pastor — disse ele; e pondo a pele fresca aos ombros, bem dobrada, fez menção de partir.

Um problema surgiu. Pedrinho podia, ainda que com esforço, acompanhar as passadas gigantescas do herói — mas Emília e o Visconde? Como criaturas tão minúsculas conseguiriam acompanhá-lo? A solução veio de Hércules:

— Muito simples. Levo montados em meus ombros cá a minha "dadeira de ideias" e mais o meu escudeiro...

Disse e, pegando a Emília, colocou-a sentada em seu ombro direito; e com o Visconde fez o mesmo, colocando-o em seu ombro esquerdo sobre a pele do leão. Sobrou Pedrinho, que teria de acompanhá-lo correndo.

Pronto! Hércules pôs-se em marcha, e só nesse momento Emília lembrou-se da canastrinha.

— Pare, Hércules! O Visconde esqueceu a minha canastra...

Pedrinho correu em busca da canastrinha e entregou-a a Hércules, que a passou ao Visconde.

— Que há dentro desta caixeta? — perguntou o herói, retomando a marcha interrompida.

— Por enquanto, bem pouca coisa ainda — mas vai acabar cheia. Aqui dentro estão os guardadinhos de emergência que eu trouxe lá do sítio e três unhas do Leão da Nemeia — lembrança deste primeiro trabalho.

De fato, Emília não se esquecera de arrancar e guardar lá dentro três formidáveis unhas do famoso leão da Lua...

Durante a marcha rumo ao olival Hércules foi contando aventuras e mais aventuras, enquanto Emília desfiava todo o rosário das coisas prodigiosas acontecidas no sítio de Dona Benta.

— Que sítio é esse? — perguntou o herói.

— Ah, nem queira saber! — respondeu Emília. — É a nossa Grécia Heroica lá do mundo moderno, no século xx. O sítio é a nossa fazendinha gostosa. Temos o pomar, temos o ribeirão, temos a porteira do pasto, temos o cupim perto da porteira, temos a Vaca Mocha…

Hércules entendia bem pouco de tudo aquilo, mas estava gostando de ouvir. Era como se fosse música nova — a música dos tempos futuros. Emília não parava.

— E temos Dona Benta, a melhor vovó que existe, de óculos, saia rodada. E temos Tia Nastácia, a cozinheira. Para bolinhos, não há outra. E temos Narizinho, a neta de Dona Benta, muito minha amiga.

— Por que não vieram todos? — perguntou Hércules.

— Ah, estas façanhas são muito fortes para as duas velhas. Medrosíssimas, coitadas! Narizinho podia vir, porque é como nós, não tem medo de nada. Ficou por causa dos reumatismos e das pontadas da vovó. Da outra vez viemos todos, mas Dona Benta, Narizinho e Nastácia ficaram em Atenas, em casa de Péricles, no século v antes de Cristo.

Hércules não entendia nada.

— Que história é essa de século v antes de Cristo? — perguntou.

Pedrinho teve de explicar a cronologia, isto é, a marcação do tempo antes e depois de Cristo.

— Aqui, por exemplo — disse ele —, vocês estão no século VII antes de Cristo. Quer dizer que Cristo vai nascer daqui a sete séculos. E nós vivemos no século XX, depois do nascimento de Cristo.

Ah, que trabalhão teve Pedrinho para explicar toda essa história de séculos antes e depois de Cristo — e para explicar quem havia sido Cristo...

— Sim — disse ele —, porque todos estes deuses da Grécia de hoje, inclusive Zeus, que é hoje o supremo, tudo isso vai desaparecer.

Por que foi dizer aquilo? Hércules parou, assombrado.

— Desaparecer? — Como desaparecer, se eram os deuses eternos e únicos?

Até o Visconde teve de tomar parte na discussão, e por fim Hércules fingiu que entendeu, embora na realidade não houvesse entendido coisa nenhuma. E ainda estavam a falar em séculos e deuses, quando avistaram ao longe o olival.

— Estamos chegando! — gritou Emília. — Lá está o bosque de azeitoneiras...

A luz do dia já no fim mal dava para avistarem o vulto sombrio do olival e a casinha do dono. Havia luz dentro.

— Que luz usam por aqui? — perguntou Emília, e ao saber que era a luz dos candeeiros de azeite riu-se de dó e contou a história do gás e da luz elétrica. Hércules não podia compreender outra luz que não a dos candeeiros de azeite e a dos archotes. Emília explicou-se como pôde. Falou dos fósforos, uns pauzinhos que se acendem com uma simples esfregação na caixa, e falou dos botões da eletricidade, que "a

O COURO DO LEÃO 47

gente aperta e todas as lâmpadas se acendem". O pobre herói estava tonto.

Chegaram. Encontraram a casinha fechada. A luz interna aparecia por uma frincha da porta. Hércules apeou de seus ombros os dois engarupados e jogou a pele no chão. Pedrinho adiantou-se e *toc, toc, toc*. Bateu.

— Quem é? — respondeu uma voz lá dentro.

— Somos viandantes que queremos pouso — gritou o menino.

Imediatamente a porta se abriu e a cara do pastorzinho apareceu.

— Boa noite, amigo! — disse Pedrinho. — Está me reconhecendo?

— Sim, você esteve lá no pasto dos carneiros, naquela hora em que o leão urrou...

— Exatamente. E de lá fomos à Nemeia e encontramos Héracles e "matamos" o leão da Lua. Aqui está a pele...

Só então o pastorzinho deu com o vulto agigantado do herói — e tremeu. Ficou sem fala.

— Nada de medos — disse Pedrinho. — O amigo Héracles é de boa paz. Eu sou o seu oficial de gabinete. Ele tirou a pele do leão e anda em procura de quem a saiba curtir. Você deve entender de curtimento de couros, não?

O pobre pastorzinho gaguejou que sim, sem que seus olhos se despregassem do tremendo vulto do herói.

— Pois então está tudo ótimo. Hércules vai deixar aqui o couro do Leão da Nemeia para que você o prepare como faz aos pelegos. Ele quer servicinho bem-feito, está entendendo?

— E também queremos que nos dê pousada por esta noite — ajuntou Emília. — Quem é o dono da casa? Você?

O pastorzinho explicou que não. Os donos estavam fora, tinham ido consultar o Oráculo de Delfos. Ele ficara tomando conta de tudo, mas com ordem de não deixar entrar ninguém. Pedrinho objetou que o tal "ninguém" não podia referir-se a eles, porque eles eram eles e Héracles era o famoso Héracles, o grande benfeitor da Grécia que acabava de libertar a zona do mais terrível dos leões.

O pastorzinho, trêmulo como geleia fora do cálice, abriu a porta. Hércules entrou com os outros atrás.

Casinha modesta, de humildes agricultores, fabricantes de óleo de oliva. A azeitona era a principal cultura dos gregos. Não só a usavam na comida, como para a iluminação. Havia ali na sala uma prensa rústica de extrair azeite.

Emília, lampeiríssima como sempre, foi tomando conta da casa. Varejou os quartos, mexeu nos guardados, foi ter à cozinha. Viu lá o fogo aceso e uma perna de carneiro no espeto. O pastorzinho estava preparando o seu jantar.

— Viva, viva! — exclamou ela cheirando a carne assada. — Está no ponto. Mas isto aqui dá só para o pastorzinho, Pedrinho e eu. Como irá Hércules arrumar-se?

E foi para a sala discutir o assunto.

— Encontrei o pastor assando um lindo pernil que só dá para nós. E o Senhor Hércules? Como vai arranjar-se?

Hércules era um gigante de estômago gigantesco. Comia um boi inteiro com a mesma facilidade com que Pedrinho comia meio frango assado. O assunto foi rapidamente debatido. Hércules declarou que estava com fome e, como não houvesse por ali nenhum boi, contentava-se com três carneiros — e foi ao curral examinar os que havia.

O JANTAR DO HERÓI

O pastorzinho estava na maior aflição. Três carneiros! Que conta iria dar aos patrões quando voltassem? Pedrinho tomou a palavra.

— Um herói como Hércules nunca pensa em dinheiro, nunca anda com dinheiro no bolso — e nem bolso ele tem, pois vive nu, de tanga. E o dinheiro que eu tenho comigo não vale nada nesta Grécia Heroica. Mas podemos fazer um negócio; sou dono aqui deste canivete que o próprio Hércules acha a maravilha das maravilhas — e mostrou o canivete ao pastorzinho depois de abrir a lâmina grande.

— Veja que corte. É Rodger, a melhor marca inglesa. Vale seis carneiros; mas como não sou cigano, troco-o por três apenas...

O jovem grego, já sorrindo, examinou atentamente a maravilha. Experimentou a lâmina num pauzinho. Que fio!

— Pois aceito o negócio. E até dou em troca os seis carneiros.

— Para que quero seis? — disse Pedrinho. — Amanhã vou-me embora para longe. Só me interessam os três que o Senhor Héracles vai devorar.

Estavam nesse ponto, quando Hércules apareceu com três carneiros às costas, já de pescoço torcido. Ele matava carneiros como Tia Nastácia matava frangos. *Zás, trás*, pronto.

E como assar aquilo? Está claro que lá fora, pois no fogão da casinha era impossível.

Hércules arrancou várias árvores secas, com raiz e tudo, e amontoou-as. O Visconde levou brasas da cozinha e acendeu a fogueira. Quando tudo se reduziu a tições, Hércules preparou três espetos e enfiou neles os três carneiros depois de tirar-lhes as peles e limpá-los das barrigadas. Um forte cheiro de carne assada invadiu a casinha. O jovem grego olhava, olhava. Quando havia de imaginar semelhante coisa? Ele ali diante de Héracles, o mais famoso herói da Grécia, o matador do Leão da Nemeia e autor de tantas façanhas que corriam de boca em boca!...

Enquanto se assavam os carneiros, todos ficaram em redor do fogo trocando impressões e contando histórias. Pedrinho mostrou-se interessado em saber da vida ali.

— Que é que vocês gregos fazem? Como se vestem? Que comem, além de carneiro assado?

E o pastorzinho a tudo atendia. Deu-lhes uma boa ideia da vida simples que levavam os gregos da Grécia Heroica e indagou da que eles levavam nos tais tempos modernos.

— Ah, nem queira saber, greguinho! — respondeu Emília. — Nós lá vivemos uma vida que vocês não podem entender. Tudo diferentíssimo, tão diferente que não vale a pena tocar no assunto. Quando estivemos em Atenas — na futura Atenas do tempo de Péricles —, foi um trabalhão para fazer aqueles escultores e filósofos entenderem um bocado da nossa vida moderna. Por fim desistimos. Em comparação com a nossa época moderna, vocês são atrasados demais...

Os carneiros já estavam no ponto. Hércules arrancou um do espeto e pôs-se a comê-lo, como Pedrinho comia mangas lá no sítio: dava mordidas e besuntava-se todo de gordura. Comeu os três carneiros como se fossem três queijadinhas. Depois limpou a boca nas costas da mão e disse que estava com sono. Recolheu-se.

Cama para um homem daqueles não havia. O remédio foi arrumar-lhe uns pelegos no chão da sala. Seis pelegos — e ele ainda ficou com os pés de fora!...

Num instante dormiu, tal qual criança nova que se deita e já vai fechando os olhos.

Os outros ainda se quedaram por ali a conversar. Pedrinho contou a história da luta de Hércules com o Leão da Nemeia.

— Ah, foi bonito! Nós lá de cima da árvore não perdíamos nem uma isca. Primeiro lançou uma série de flechas, mas foi o mesmo que nada. Era leão dos invulneráveis. As setas batiam-lhe de encontro ao peito e espatifavam-se, ou entortavam a ponta. Depois atacou-o com a clava — com a tremenda clava feita dum tronco inteiro de árvore, e a clava partiu-se em mil pedaços, como se fosse de vidro. Depois Emília gritou: "Agarre-o pelo pescoço e afogue-o!", e foi o que ele fez. Atracou-se ao pescoço do leão e estrangulou-o...

O pastorzinho estava assombrado.

— Felizmente! — exclamou. — Esse leão andava fazendo os maiores estragos no povo da Nemeia. Só se alimentava de carne humana e não havia o que lhe chegasse. A semana passada comeu cinco homens, quatro mulheres e três crianças...

Uma coisa preocupava Pedrinho: como é que, sendo invulnerável, o seu canivete cortara tão bem a pele do leão? Mistério. Emília veio com uma explicação como o nariz dela: "É que era canivete Rodger...", e o Visconde apresentou uma ideia mais científica: "Invulnerável enquanto vivo; depois de morto perdeu a invulnerabilidade".

— Mas, sendo assim — lembrou Pedrinho —, de nada vai adiantar para Hércules um escudo feito dessa pele, já que a pele morta é vulnerável...

Aquele ponto ficou obscuro.

A dormida dos picapauzinhos na casa do olival foi das melhores. Estavam cansadíssimos, de modo que tiveram um sono de pedra. Só o jovem pastor não conseguiu fechar os olhos. Héracles ali na sala, dormindo naqueles pelegos! Héracles roncando como um boi! Héracles com três carneiros assados no bucho! Muita coisa para um pobre pastor...

No dia seguinte, muito cedo, o herói levantou-se e foi tomar banho no rio que passava ali perto. Quando voltou, já os picapauzinhos estavam de pé e com saudades do café da manhã lá no sítio.

—Ah, Tia Nastácia aqui! — suspirou Pedrinho. — O que mais falta me faz nestas excursões é sempre aquele café da manhã, com pão de ló, com bolinhos de milho, com broinhas de fubá — todos os dias ela inventa uma coisa nova...

O "café" ali no olival era leite de ovelha, só, sem mais nada. Emília fez careta, mas tomou-o; depois foi ao léu em busca de azeitonas. Havia por lá tinas próprias para a maceração, sempre cheias de azeitonas na salmoura.

— Leite com azeitonas! — disse ela. — Está aqui um "café da manhã" que nunca imaginei...

Hércules declarou que tinha de ir à cidade de Micenas, onde morava o rei Euristeu, para dar conta da façanha realizada.

— Querem ir comigo ou ficam aqui? — perguntou ele a Pedrinho.

— Ficar aqui fazendo o quê? — foi a resposta do menino. — Viemos para assistir a todas as suas façanhas, Senhor Hércules, não viemos para ficar colhendo azeitonas num olival...

— Pois então aprontem-se que vou partir.

Na véspera tinha vindo o Visconde sentado sobre a pele do leão, no ombro esquerdo de Hércules, muito a cômodo no macio pelo da fera. Mas agora? Como poderia manter-se naquele ombro nu — manter-se a si e ainda tomar conta da canastrinha?

Emília achou melhor que Hércules conduzisse a sua canastrinha já muito pesada para o pobre Visconde. E arranjando com o pastor uma correia de bom comprimento, atou as pontas nas alças da canastrinha e entregou-a ao herói.

— Leve-a a tiracolo, como se fosse o seu binóculo, Senhor Hércules — e o grande herói grego obedeceu: arrumou a canastrinha da Emília a tiracolo como se fosse um binóculo...

Pedrinho riu-se consigo mesmo, como quem diz: "A diabinha já tomou conta deste massa-bruta. Já faz dele o que quer...".

Hércules disse ao pastorzinho que voltaria mais tarde, depois da pele curtida — ou então mandaria buscá-la pelo seu escudeiro Sabugosa. Ao ouvir isso, o Visconde arregalou o olho. Ter de voltar ali e levar para Micenas aquele couro de leão da Lua lhe pareceu aventura maior que todos os trabalhos de Hércules juntos. E olhou para Emília com ar de quem pede socorro. Emília riu-se.

— Não se aflija, Visconde. Na hora dou um jeito qualquer.

Partiram. O pastorzinho ficou de pé na soleira da porta, a acompanhá-los com os olhos. Ainda não voltara a si completamente. A estranha aventura da véspera era das que escacham com qualquer pastor. Depois lembrou-se do canivete e riu-se. Foi buscá-lo. Tentou abri-lo. Não sabia. Lida que lida, acabou também cortando o dedo. Atou-o com uma tira de pano e voltou à porta.

Já iam longe os aventureiros. Pedrinho corria atrás do herói, como um cachorrinho corre atrás dum touro…

2
A HIDRA DE LERNA

OS CENTAUROS

Apesar de já de língua de fora, Pedrinho não cessava de admirar a maravilhosa musculatura de Hércules. Já Emília não dava àquilo nenhuma atenção. O que queria era prosa, e sobretudo convencer o herói de ir passar uns tempos no Picapau Amarelo.

— Não há nada de mais nisso — dizia ela. — Até Dom Quixote já esteve lá, e bem que dormiu uma soneca na redinha de Dona Benta. Você não vai sentir nenhuma diferença de clima, porque aquilo lá é uma Grécia, do mesmo modo que esta Grécia aqui é o sítio de Dona Benta da antiguidade.

— Mas há lá, então, os mesmos seres que existem por aqui? — perguntou Hércules, sem moderar a marcha.

— Há e não há — respondeu Emília. — Há porque às vezes os mesmos daqui aparecem por lá, como aconteceu com a Quimera. E não há porque...

O herói interrompeu-a com cara de espanto.

— A Quimera? Pois esteve lá a Quimera?... Aquele monstro horrível contra o qual lutou Belerofonte?...

— Isso mesmo — confirmou Emília. — Foi vencida por Belerofonte, o qual, entretanto, não a matou bem matada. A Quimera sarou e virou um verdadeiro monstro doméstico. Ele tem dó dela, coitada, e guarda-a no quintal, como faz o Tio Barnabé com aquele burro velho. Já não sai fogo de sua boca, só uma fumacinha de vulcão extinto.

— E como foi a Quimera parar lá? — quis saber Hércules, ainda admirado de tamanho prodígio.

— Ah, isso aconteceu quando todos os personagens do Mundo das Fábulas resolveram mudar-se para as "Terras Novas", isto é, as fazendas vizinhas que Dona Benta comprou especialmente para acomodá-los — e Emília desfiou o principal das aventuras contadas em *O Picapau Amarelo*.[2]

Hércules gostou muito do pedacinho em que Sancho aparece no palácio do Príncipe Codadade, em busca de remédios para as machucaduras de seu amo Dom Quixote, o qual havia tido um encontro com a Hidra de Lerna. Riu-se com desprezo. Não há maior desprezo do que o dos heróis antigos para com os heróis modernos.

— Atacar a Hidra de Lerna, ah, ah... É que ele não sabe que esse monstro de nove cabeças tem uma imortal. Homem nenhum poderá destruí-la — e muito receio que

---

2. *O Picapau Amarelo*. São Paulo: Globinho, 2016.

Euristeu me imponha como Segundo Trabalho uma luta contra a Hidra de Lerna...

Depois, voltando a Dom Quixote, riu-se de novo, ah, ah, ah...

— Com aquele espeto comprido que ele usa quando monta em Rocinante. Rocinante é o cavalo dele — magro como um cambau.

O Visconde, lá do outro ombro, cochichou ao ouvido de Hércules que o tal espeto comprido era uma lança.

— Sim, uma lança — repetiu o herói. — Chega a ser irrisório! Mas se esse tal herói saiu da luta apenas machucado, então é que a hidra nem sequer lhe deu a honra de atacá-lo com uma das suas nove cabeças — limitou-se a dar-lhe duas ou três chicotadas com a ponta da cauda. Ah, ah, ah...

A risada de Hércules encheu Pedrinho de curiosidade. "Que será que estão conversando?" Ele não aguentava mais a carreirinha no trote. Sentia-se frouxo. Criou coragem e gritou:

— Senhor Hércules! Pare um bocadinho. Preciso descansar uns minutos...

O herói parou, virou o rosto e deu com o seu oficial de gabinete lá atrás. Riu-se e, como tivesse muito bom coração, atendeu ao pedido do menino quase sem fôlego. Ficou a esperá-lo.

— O meu oficial está frouxo — murmurou. — Muito pequeno para me acompanhar. Mas com paradas assim, quando chegaremos a Micenas? Vamos lá, senhora dadeira de ideias. Dê uma ideia que resolva este problema.

Emília tinha mais ideias na cabeça do que um cachorro magro tem pulgas no pelo. Resolveu o caso num ápice.

— O jeito que vejo é um, um só, amigo Hércules: arranjar para Pedrinho um cavalo, porque a pé já vi que não nos acompanha. Se está de língua de fora no comecinho das nossas aventuras, imagine no fim...

Depois teve uma ideia melhor ainda.

— Cavalo, não, Hércules. Um centauro!... Pedrinho a nos acompanhar montado num centauro, haverá coisa mais linda?

Hércules sorriu.

— Os centauros são monstros indomáveis. Já lutei contra eles e sei.

— Um potrinho de centauro — sugeriu Emília.

A ideia abalou Hércules. Sim, um potrinho de centauro talvez fosse amansável... Ele jamais pensara nisso nem ninguém ali na Grécia.

— Podemos tentar, não há dúvida. Aqui perto fica a querência duma manada de centauros. Se entre eles houver um bom potrinho, podemos laçá-lo e experimentar o amansamento.

Estavam nesse ponto quando Pedrinho os alcançou.

— *Uf!* — foi exclamando, enquanto se sentava numa pedra. — Estou a botar os bofes pela boca...

— Mas o remédio está achado, Pedrinho — disse Emília lá de cima do ombro do herói. — Hércules vai arranjar para você um centauro...

Pedrinho arregalou os olhos.

— Um centauro? Eu lá aguento andar montado num desses monstros?

— Um centauro filhote, Pedrinho. Um potrinho de centauro...

O rosto do menino iluminou-se. Se era um potrinho, então podia ser viável — e que gosto o seu, quando de volta ao século XX pudesse contar a todo mundo que a sua montaria lá na Grécia fora um potrinho de centauro! A inveja do Jojoca e dos outros. As suas entrevistas aos jornais...

— E onde encontraremos isso?

— Por aqui mesmo — respondeu Hércules. — Eu estava contando à dadeira que fica por estas paragens a querência dum pequeno bando de centauros. Muito provável que haja entre eles algum novinho...

Disse e também se sentou em outra pedra ao lado de Pedrinho, apeando Emília e o Visconde. A ex-boneca não cabia em si de tanta importância. A sua última ideia aumentara muito a consideração em que o herói já a tinha. "Dadeira de ideias", sim, e das boas... Restava descobrir em que rumo ficava a tal querência. O Visconde aproveitou o ensejo para mostrar a sua ciência filológica.

— Querência! — exclamou. — Gosto muito dessa palavra. É como lá onde moro os campeiros denominam os lugares onde os animais nascem e passam os primeiros anos. Ficam querendo bem a esses lugares, e se um campeiro os leva para longe e solta-os, eles vêm correndo para ali. É uma palavra que vem do verbo "querer"...

Mas Hércules não queria gramática, queria descobrir o ponto de reunião dos centauros, e para isso ergueu-se e pôs-se a sondar os horizontes. Seu nariz farejava. Depois disse, apontando em certa direção:

— Deve ser deste lado...

— Como sabe? — perguntou Emília.

— Saber propriamente não sei, mas sinto, tenho um palpite que é neste rumo — e apontou.

— E são bons os seus palpites, Senhor Hércules? Lá em casa a palpiteira-mor é Tia Nastácia. Outro dia teve um palpite na Vaca e jogou dois cruzeiros. Quase acertou. Deu o Touro — pertinho...

Hércules não entendeu, porque na Grécia só havia os Jogos Olímpicos, não havia o Jogo do Bicho.

— Pois então vamos para lá — propôs Pedrinho já ansioso por ver-se montado num potro de centauro.

Foram. A um quilômetro de distância Hércules entreparou e aspirou o ar, como faz um cachorro perdigueiro.

— Bom — disse ele. — Estamos perto. Vou deixar vocês ocultos aqui nesta moita para que não me atrapalhem no laçamento do potrinho. Mas... e laço? Como arranjarei um laço?

Não havia laço por ali nem sequer cipó — e Hércules ficou sem saber como agir. Estava acostumado a atacar centauros com suas flechas e mesmo com a clava, mas agora tinha de apanhar um vivo — e como, sem laço? Hércules olhou para Emília com ar de quem diz: "Vamos, dê uma ideia". Mas dessa vez quem deu a ideia foi Pedrinho.

— Nada mais fácil — disse ele. — Lá nos pampas os gaúchos pegam os animais de dois jeitos: com laço ou com bolas...

— Que é isso de bolas? — quis saber o herói.

—Ah, é uma esperteza das boas. Eles arranjam três bolas bem rijas, aí do tamanho de laranjas, e as prendem a uma correia de certo comprimento; depois juntam as três correias pela outra ponta, num nó.

— Mas como é que com isso podem pegar cavalo?

— Muito simples. Eles correm atrás dos cavalos bravos e quando chegam a certa distância giram no ar as três correias com bolas e arremessam aquilo de encontro às pernas dos animais. As bolas vão regirando pelo ar e, ao darem de encontro às pernas traseiras dos cavalos, enrolam-se — eles perdem o equilíbrio e caem.

Hércules admirou-se muito da esperteza. Bem razoável, sim. Mas como arranjar três bolas?

Pedrinho resolveu o problema.

— Três pedras mais ou menos redondas servem — e aqui há muitas. Vou escolhê-las.

Num instante descobriu três pedras arredondadas, assim do tamanho de laranjas. Voltou correndo.

— Estas servem, e correia temos a da canastrinha da Emília.

Hércules encarregou-o de fazer as "bolas" — e com quinze minutos Pedrinho deu conta do recado. Ficou um jogo de bolas bem tosco, mas servia. Depois fez uma demonstração do manejo daquilo. Regirou as bolas no ar e projetou-as de encontro a duas varas fincadas a certa distância. As bolas bateram nas varas e enrolaram-se nelas.

— Está vendo? — disse o menino radiante. — Se em vez de varas fossem as pernas do centaurinho na corrida, ele perdia o equilíbrio e vinha ao chão. Entendeu?

Apesar de burrão, Hércules entendeu perfeitamente; e chegou a dizer que se saísse bem com as bolas no caso do centaurinho, ia adotar o sistema. Além do arco e da clava, levaria também consigo um bom jogo de bolas sempre que saísse para aventuras.

— Faça uma prova, Senhor Hércules — propôs Emília. — Aprenda a calcular bem a força.

Hércules fez. Tomou as bolas, regirou-as no ar como vira o menino fazer e arremessou-as de encontro às duas varas. Mas foi um desastre. As duas varas foram arrancadas do chão e sumiram-se ao longe, arrastadas pela violência do impacto.

— Sua força é grande demais, Senhor Hércules — disse Emília. — Tem que lançá-las só com uma forcinha...

O herói repetiu a experiência e por fim acertou o "ponto de bala" da força.

— Ótimo! — disse ele. — Agora me vou. Fiquem aqui bem quietinhos, que não me demorarei.

E Hércules partiu no rumo da querência dos centauros, com as bolas ao ombro.

O Visconde filosofou que o laço de laçar animais, as bolas de embolá-los, as armadilhas de apanhá-los vivos, tudo são produtos da inteligência em sua luta contra a força bronca. A força não tem esperteza, é burríssima, e por isso acaba sempre vencida pela esperteza da inteligência.

Emília assanhou-se toda. Esperteza e inteligência eram com ela.

— Sei disso, Visconde. Depois que domei o Quindim e agora tomei conta deste Hércules, estou mais convencida do que nunca de que a verdadeira força é a cá do miolinho...

Conversaram mil coisas. O sabugo informou que a segunda aventura de Hércules ia ser o pega com a Hidra de Lerna, façanha a que eles já haviam assistido.

— Valerá a pena repetir?

— Para mim, não — disse Emília. — É coisa vista e já contada.[3] Podemos acompanhar o Senhor Hércules até Lerna, e lá, enquanto ele mata a Hidra, nós nos divertiremos com qualquer coisa que houver.

E assim ficou assentado.

Uma hora passaram ali dentro da moita, projetando isto e mais aquilo. Pedrinho aproveitou a pausa para uma soneca. Súbito, um rumor estranho. Correram para fora. Olharam. Lá longe vinha vindo Hércules atracado a um centaurinho. Ah, bem que ele pinoteava e corcoveava, mas que animal naqueles mundos jamais escapou das unhas do herói? Pedrinho suspirou.

— Se é bravo assim aquele potro, não sei o que será de mim... Só se eu aplicar a peia...

Ele chamava assim uma correia atada às duas patas traseiras dos cavalos de modo a impedi-los de disparar. A peia embaraça o livre jogo das pernas.

Hércules chegou, rindo-se.

— Deu tudo certo — disse ele. — Encontrei um bando de oito centauros, com este potrinho no meio. Fui me aproximando agachado, de modo que não me percebessem. Quando me vi a boa distância para lançar as bolas, ergui-me de repente

---

3. *O Minotauro*. São Paulo: Globinho, 2017.

e voltei-as rápido no ar. Os monstros assustaram-se e fugiram num galope louco. O potrinho, como o mais fraco, galopava na rabeira. Eu, *zás!*, lancei as bolas com o mínimo de força possível. As bolas assobiaram no ar e pegaram-no pelas pernas. O pobre animalzinho levou o maior tombo de sua vida. Rebolou pelo chão como se estivesse virando cambalhotas. Os outros sumiram-se ao longe, enquanto eu alcançava este antes que tivesse tempo de desembaraçar as patas. E agarrei-o. Cá está a sua montaria, Pedrinho.

— Temos que lhe aplicar a peia — disse Emília.

Hércules ignorava o que fosse. Pedrinho explicou e aplicou o sistema. Apesar dos valentes coices do potro, conseguiu pear-lhes as patas traseiras, de modo a deixá-lo sem movimentos livres.

— Pronto, Senhor Hércules! — gritou o menino depois de acabado o serviço. — Pode soltá-lo.

— E se fugir?

— Não foge, não. No primeiro tranco que der para fugir, cai por terra, do mesmo modo que quando foi embolado.

Hércules afrouxou o braço. O centaurinho desembaraçou a cabeça e, supondo-se livre, deu um arranco para escapar no galope. Ah, quem disse? Saiu tudo exatinho como o menino previra. A peia agiu que nem de encomenda, e o potrinho rolou no chão, vencido. Ergueu-se, fez nova tentativa para escapar no galope e foi novo tombo. Terceira tentativa, terceiro tombo. E como já estivesse exausto de tanta luta, sossegou.

Depois de descansar uns instantes, respirando ofegantemente, o potrinho ainda fez duas ou três tentativas de fuga — mas os novos tombos que caiu fizeram-no compreender que era tudo inútil. Estava vencido...

— Pode montar — gritou Hércules.

Ainda com medo, o menino aproximou-se do centauro. Fez uma tentativa para saltar-lhe sobre o lombo, mas o potro refugou, fugiu com o corpo e Pedrinho caiu.

— Coragem! — gritou Hércules. — Tente de novo — e foi agarrar o rebelde pelo pescoço.

Dessa vez o menino conseguiu montar.

— Posso largá-lo? — perguntou Hércules, que ainda o conservava preso pela cintura.

— Pode! — respondeu Pedrinho corajosamente, e Hércules largou-o.

Ah, os pinotes que o animalzinho deu, os corcovos e as novas quedas! Mas Pedrinho era um verdadeiro domador de cavalo bravo. Tanto se havia exercitado lá no sítio com o pangaré e outros animais novos, que ficou em cima do centauro que nem um carrapato.

— Aguenta, Pedrinho! — gritava Emília entusiasmada. — Mostre para esse bobo que em outra vida você já foi *cowboy* de cinema.

Até o Visconde, sempre tão calmo e científico, se entusiasmou. Batia palmas, dançava.

Os centauros são homens e cavalos ao mesmo tempo, e como têm a parte dianteira homem, com cabeça, peito e braços de homem, pensam e sentem como os homens. E falam.

O centaurinho, convencido de que fora domado, aquietou-se e falou. Perguntou por que lhe faziam aquilo. Emília explicou tudo tão bem explicado e fez-lhe tais e tais promessas, que ele não só sossegou como até chegou a sorrir.

— Pois é isso — concluiu ela radiante. — Podemos te levar lá para o sítio. Já temos o rinoceronte, e o burro falante e a vaca mocha. E vai ver o que é vida boa, meu amor! A gente brinca de tudo, até de viagem ao céu.

Daí a pouco estavam mais camaradas do que se tivessem nascido juntos.

Hércules não voltava a si do espanto. Que prodígios eram aquelas três criaturas do tal século xx! Tinham ideias melhores que todas as ideias da Grécia. Resolviam problemas dos mais complicados. Chegavam até a realizar prodígios ainda maiores que as suas façanhas. Domesticar um potrinho de centauro!... Quem na Grécia Heroica jamais pensara nisso?

E seus olhos não se despegavam do maravilhoso quadro: Pedrinho, Emília e o Visconde brincando com o centaurinho — brincando, como as crianças brincam, de corre-corre, esconde-esconde, chicote-queimado…

EM MICENAS

A viagem dali para Micenas foi um regalo. Estava resolvido o problema do transporte não só de Pedrinho como dos outros dois e da canastra. Todos e tudo no lombo daquele novo amigo conquistado graças às excelentes ideias de Pedrinho e tão bem engambelado pelas lábias da Emília. Até o Visconde, que nunca havia brincado por causa da sua gravidade de sábio, resolvera brincar também — e brincava muito desajeitadamente, mas com grande prazer.

Emília cochichou para Pedrinho:

— Veja o milagre! O nosso Visconde era um verdadeiro caixão de defunto, de tão sério — parecia até o Burro Falante, que jamais brincou em toda a sua vida. Agora está até bobo, a fazer coisas de palhaço…

Depois de muito caminhar, avistaram ao longe uma cidade.

— Micenas! — exclamou Hércules. — Lá mora o rei Euristeu. Vamos todos juntos ao palácio ou vou eu só?

— Todos juntos! — berrou Emília lá de cima do centauro. — Quero ver a cara desse malvado.

— Por que malvado? — perguntou Hércules.

O bom Hércules nada sabia da terrível trama contra ele cozinhada entre os deuses do Olimpo. Fora por instigação de Hera que o Oráculo de Delfos o mandou dirigir-se para Micenas, quando, depois da sua loucura assassina, o herói pensou em castigar-se com o desterro. A razão era a seguinte. Euristeu viera ao mundo antes de Hércules, e Hera havia pedido a Zeus que concedesse ao futuro rei uma graça, qual a de "dominar a todos os seus vizinhos". Como Hércules fosse nascer logo depois nas proximidades de Micenas, tinha de ficar submetido a Euristeu, e isso por um decreto do Deus Supremo — decreto que nem esse próprio Deus Supremo podia revogar. A tramoia de Hera deu certo. Embora fosse o tremendíssimo herói que sabemos, tinha o pobre Hércules de ficar sempre submetido a Euristeu. E o rei títere vivia lhe ordenando que executasse tais e tais trabalhos, escolhidos entre os mais perigosos, para que de um momento para outro ele acabasse vencido e destruído. O primeiro trabalho de que Euristeu encarregou Hércules foi o que já vimos: ir à Nemeia e dar cabo do leão da Lua. Se por acaso Hércules voltasse com vida, Euristeu o encarregaria de outro ainda mais perigoso — e assim até dar cabo dele. Tudo por instigação da ciumenta Hera...

Os picapauzinhos sabiam disso, porque eram do século xx, mas Hércules tudo ignorava e, portanto, nada suspeitava daquela conspiração.

A entrada dos expedicionários em Micenas foi o maior acontecimento jamais ocorrido naquela cidade: Hércules na frente e um centaurinho muito risonho atrás, com três criaturas no lombo — uma compreensível: um menino, embora vestido exoticamente; e duas incompreensíveis: uma miniatura de menina, aí de três palmos de altura; e uma "aranha de cartola". Como naquele tempo não houvesse milho, já que é o milho originário da América e só seria conhecido na Europa depois de Cristóvão Colombo, ninguém podia adivinhar que o corpo de tal aranha não passava de um sabugo de espiga de milho.

A notícia correu e o ajuntamento nas ruas foi se tornando cada vez maior. Nas proximidades do palácio os expedicionários tiveram de abrir caminho na multidão.

O rei Euristeu ficou desapontadíssimo com a volta do herói, pois estava mais que certo de sua morte. Se o Leão da Nemeia era invulnerável, como poderia alguém escapar-lhe das unhas?

— Sim, majestade — disse Hércules. — Matei-o, sim. Matei o Leão da Nemeia...

Euristeu sofismou.

— E que provas me dá disso? Trouxe a pele do leão?

— Eu ia trazer — respondeu Hércules —, mas "eles" acharam melhor que eu a deixasse num curtidor.

— Eles quem? — berrou o rei, mal dominando a sua cólera, filha do despeito.

— O meu oficial de gabinete, a Emília "dadeira de ideias" e o meu escudeiro Sabugosa...

O rei nada entendeu e ainda mais colérico ficou. E quase estourou quando Hércules fez a apresentação dos três picapauzinhos.

— Aqui estão eles — Pedrinho, Emília e o Visconde...

Os cortesãos aproximaram-se do rei e deram-lhe chá de erva-cidreira. Euristeu sossegou um pouco mais.

— Mas a pele? Quero saber da pele. Faço questão de ver a pele.

— Verá, majestade — respondeu Hércules com a maior paciência —, mas só depois de curtida. Já determinei ao meu escudeiro que fosse buscá-la no curtidor, lá perto da Neméia, quando estiver pronta. Coisa de pouco tempo.

Emília resolveu meter o bedelho.

— Majestade — disse espevitadamente como era seu costume —, não é só a pele que mostra que um leão foi morto — as garras também…

O rei ficou na mesma. Emília continuou:

— Eu trouxe em minha canastra de viagem três unhas desse leão. — E voltando-se para o Visconde: — Vá buscar minha canastrinha.

O Visconde foi e voltou com a canastrinha às costas, bufando. Emília abriu-a, tirou as três unhas do leão e apresentou-as ao rei.

— Unhas de leão, isto? — exclamou o estúpido soberano. — Esporas de galo velho, isso sim. Não me enganam, não. Quero a pele.

Hércules conformou-se e prometeu apresentar-lhe a pele dentro de alguns dias. Apesar de toda a sua má vontade, Euristeu foi obrigado a concordar.

Deixando o palácio, tratou Hércules de acomodar-se em Micenas. Como o curtimento duma pele leva dias, ele era forçado a ficar por ali matando o tempo. Emília teve uma ideia.

— Enquanto estamos parados, podemos fazer uma coisa: um circo de cavalinhos! Hércules levantará pesos incríveis e entortará barras de ferro. O centaurinho poderá fazer muita coisa, pular arcos, dar coices, além de que só sua presença já é um acontecimento. Esta cidade nunca viu nem sombra de centauro.

Mas Pedrinho achou bobagem pensar em tal coisa. Um herói como Hércules prestar-se a exibir-se como hércules de feira!...

— O bom é irmos esperar num campo aberto. Isto de cidades não serve para Hércules. Ele não cabe nelas, fica desajeitado, sem movimentos... Tem de hospedar-se numa hospedaria como todo mundo. Na hora do jantar como é? Vêm umas comidinhas para a mesa, que não lhe chegam nem para a cova dum dente. Não me saem da lembrança os carneiros assados que ele comeu no olival. Três, Emília, três!...

— Pois vou sugerir-lhe a sua ideia, Pedrinho: irmos acampar longe da cidade, num ponto onde haja rebanhos. E também vou lhe dizer uma coisa: que quem come com tamanha fúria, tem que pagar. Isso de correr mundo sem dinheiro no bolso não está certo. No olival você teve muita sorte: pagou os carneiros com o canivete — mas agora? Você não pode andar dando tudo o que tem para pagar o que o heroísmo come.

Hércules tinha saído para acomodar o centaurinho numa estrebaria. Pouco depois voltou. Emília fez-lhe "gesto de subir" — ou de ser subida ao seu ombro. Era assim que conversava com o tremendo herói, bem pertinho de seus ouvidos.

— Hércules — disse ao ver-se lá em cima. — Não podemos ficar nesta cidade. Não há espaço para você, não há carneiros para assar, o centaurinho vai ficar triste. Melhor irmos para um campo. Ar livre. Horizontes. Olivais. Carneirada. Rios para banho...

— Era no que eu estava pensando — respondeu Hércules. — Não me ajeito em cidades. Nunca me ajeitei. Não posso pôr os pés na rua sem que comece a juntar-se gente. Tenho medo de que de súbito me venha algum acesso de cólera e eu os arrase...

Outro ponto sobre que discutiram foi a conveniência de mandarem o Visconde para o olival.

— Ele que fique lá aguardando o aprontamento da pele.

— E vai montado no centaurinho?

— Oh, não! — exclamou Emília. — Por coisa nenhuma no mundo Pedrinho entregaria o potro ao Visconde. Ele é sábio, Hércules, e os sábios são péssimos cavaleiros. Caía logo e adeus, potro! Meioameio está muito nosso camarada, mas...

— Meioameio? — interrompeu Hércules sem entender.

— Sim, foi como batizei o potrinho. Está nosso camarada, mas de repente vem a saudade da vida livre e bota-se.

— Mas se não vai no centauro, o escudeirinho tem de ir a pé — e a pé leva um ano para chegar lá.

— A pé, sim — concordou Emília —, a pé ele levará um ano para chegar ao olival. Mas a pó?

Hércules não entendeu.

— A pó?

— Sim. Se em vez de ir a pé, ele for a pó de pirlimpimpim? O Visconde traz consigo, na cintura, um canudo desse pó. Conforme o tamanho da pitada, o pó leva a gente para mais perto ou mais longe — e num instante. É *zás, trás* — pronto! A maior maravilha moderna é o nosso pó de pirlimpimpim. Quer ver? — e Emília chamou pelo Visconde.

— Escute aqui, sabinho. Resolvemos que você vá esperar o curtimento da pele lá no olival e que parta imediatamente.

— No centauro? — perguntou o Visconde.

Emília deu uma gargalhada.

— Isso é o que você quer, maroto, para ir brincando pelo caminho — mas pensa que o Encerrabodes deixa?

— Mas se eu não for no centaurinho, não poderei trazer a pele...

— Ora, não pode! Nunca vi coisa mais simples. Basta vestir a pele num carneiro grande e esfregar uma pitada de pó de pirlimpimpim no nariz dele — o carneiro vem chispando, com a pele de que está vestido e ainda com você montado. E aqui chegando, Hércules come o carneiro.

O rostinho do Visconde iluminou-se. A solução pareceu-lhe maravilhosa.

Emília ainda fez várias recomendações e saiu com o Visconde a fim de ver nas lojas um presentinho para o pastor. De volta disse a Hércules, referindo-se ao pó:

— Repare como isto chispa.

O Visconde tirou da cintura o canudinho de pó, tomou uma pitada e um, dois... TRÊS! Desapareceu como por encanto.

O VISCONDE DESGARRA-SE

Ninguém notou o seguinte: quando o Visconde cantou o TRÊS e ia aspirando a pitadinha de pó, Emília, sem querer, esbarrou nele, fazendo que uns grãos de pó caíssem por terra. Coisa das mais insignificantes, que nem Emília nem o Visconde perceberam — mas bastou para que o Visconde, em vez de ir acordar no olival, fosse acordar em ponto muito diferente: em Sérifo, um lugar que ele nem sabia onde era, e acordou bem em cima do telhado dum palácio.

Foi isso uma grande sorte, pois se caísse numa rua seria fatalmente caçado e levado para algum jardim zoológico. Todos ali na Grécia o achavam com muito jeito de aranha. Mas havendo, sem que ninguém o visse, aterrissado naquele teto, estava salvo — e se aspirasse uma pitadinha mais bem calculada iria parar no olival.

Aconteceu, porém, uma coisa extraordinária. O Visconde era um sábio, e os sábios gostam de saber. Quis logo saber que telhado era aquele e quem morava no palácio. Algum rei?

O Visconde já de algum tempo andava transformado. Mudara muito. Perdera a casmurrice antiga, ria-se, dizia graças — e chegou até a dançar de contentamento —, coisa que deixou Emília muito apreensiva. Pois essa mudança no Visconde estava se revelando também ali no telhado. Em vez de tirar da cintura o canudo de pó e tomar a pitadinha que o levasse ao olival, só pensava numa coisa: levantar uma telha, esgueirar-se para o forro da casa e lá de cima espiar o que pudesse. Quanto à ida ao olival em busca da pele do leão, nisso nem pensou.

O Visconde teve de fazer muita força para recuar uma das telhas. Suou para o conseguir. E passando pela fresta entrou no forro do palácio. Tudo bastante escuro ali, naquele intervalo entre as telhas do telhado e o forro propriamente dito. Mesmo assim encontrou várias rachinhas, pelas quais podia espiar o que se passasse lá dentro.

Era o palácio do rei Polidecto, o qual se achava celebrando um banquete por motivo de seu noivado com Hipodâmia. Nessa festa reuniam-se os principais chefes guerreiros do país e vários heróis — entre estes o grande Perseu. Estavam à mesa do banquete, muito alegres e rumorosos, já bastante bêbados. Em dado momento Perseu perguntou ao rei que presente desejava receber de todos eles.

— Cavalos! — respondeu Polidecto.

— Posso até presenteá-lo com a cabeça da Medusa! — exclamou Perseu, já perturbado pelos vinhos. — Dar um cavalo é pouco para mim.

Todos riram-se de tamanha basófia, porque a tal Medusa era o horror dos horrores. Mas ficaram sérios e com dó de Perseu quando o rei disse:

— Pois bem. Traga-me a cabeça da Medusa, em vez dum cavalo.

A Medusa era uma Górgona! Só mesmo na Grécia poderia aparecer uma coisa assim. O Visconde sabia da história das Górgonas e pôs-se a recordar.

Eram três irmãs: Esteno, Euríale e Medusa. As duas primeiras tinham propriedades divinas: não estavam sujeitas à velhice nem à morte. Mas Medusa era mortal. E que feia, que horrenda megera! Tinha o rosto sempre convulso pela cólera e a fazer esgares. Os cabelos eram fios de bronze entrelaçados de serpentes coleantes. Nariz chato, dentes de porco, alvíssimos, e uns olhos muito redondos, que chispavam relâmpagos. Negra. Vivia a lançar gritos — e eram os mais terríveis e espantosos gritos da antiguidade. E ainda tinha asas e braços de bronze. O pior da Medusa, porém, era o seu poder de reduzir a pedra todas as criaturas em que fixasse os olhos.

Impossível monstro mais hediondo e mais perigoso porque com um simples olhar petrificava à distância qualquer herói que pretendesse atacá-la.

O banquete correu na maior animação até tarde da noite e por fim começaram a dispersar-se. O Visconde pensou lá consigo: "Perseu vai ver se traz a cabeça da Medusa e eu posso assistir a essa façanha" — e tratou de sair para a rua. Como não houvesse iluminação de lampiões naqueles tempos, o Visconde podia andar desembaraçadamente pela cidade, sem medo de que o descobrissem e pusessem num museu.

Os últimos convidados iam saindo, e entre eles o herói. O Visconde tinha de acompanhá-lo de longe, mas como, assim no escuro? Em resposta às suas dificuldades, a nuvem que tapava a Lua se esgarçou e caiu sobre a Terra um lindo luar.

O Visconde pôs-se a seguir o herói. Perseu caminhava de cabeça baixa, como quem está imerso em profunda cisma. Foi andando até sair da cidade, e encaminhou-se para uma praia ali perto. O reino de Sérifo era numa ilha.

Lá na praia sentou-se nuns arrecifes, com a cabeça entre as mãos. Num momento de entusiasmo alcoólico fora fazer aquela bravata e agora arcava com as consequências: tinha de levar ao rei Polidecto a cabeça da Medusa... Mas como, se Medusa petrificava com o olhar quem dela se aproximava? Tudo isso o Visconde, escondido ali atrás dele, lhe ia lendo na expressão do rosto e nas palavras que de vez em quando lhe escapavam da boca.

E estava nisso quando, de repente, surge Hermes ou Mercúrio. Hermes era o mensageiro dos deuses, o leva e traz.

— Que é que o põe triste assim, Perseu? — perguntou Hermes.

O herói contou a sua desgraça.

— Num banquete a nós oferecido perguntamos a Polidecto que presentes queria receber. "Cavalos" — foi sua resposta — e eu, já toldado pelo vinho, prometi sabe o quê? A cabeça da Medusa...

Hermes animou-o.

— Para tudo há jeito, Perseu. Vou ajudá-lo, e farei que lá no Olimpo a deusa Palas também o ajude. Palas é sua amiga.

E sentando-se ao lado do herói, começou a formular um plano.

— Escute. Há as Greias, também filhas de Fórcis, como as Górgonas. São três: Penfredo, Ênio e Dero, e as três só possuem um dente e um olho, dos quais se servem cada uma por sua vez. Você tem de ir procurá-las; e no momento em que uma for passando o olho para outra, tem de agarrá-lo, bem agarrado. Elas vão ficar na maior ânsia para que lhes seja restituída aquela preciosidade — e então você impõe condições.

— Que condições devo impor, Hermes?

— Basta uma. Que indiquem o caminho que leva à mansão das ninfas possuidoras dos objetos necessários para a vitória sobre a Medusa.

— Quais são esses objetos?

— A coifa de Hades, que torna invisível quem a põe na cabeça; umas sandálias de asas e um surrão.

— Para que esse surrão?

— É um surrão próprio para conduzir a cabeça da Medusa depois de cortada. Faça tudo como digo, que irá cobrir-se de fama com um dos feitos mais prodigiosos destes tempos.

O Visconde tudo via e ouvia. Prestou muita atenção na vestimenta do mensageiro dos deuses, que já conhecia daquela vez em que com Pedrinho e Emília penetrou no Olimpo.[4] Hermes usava asas no calçado, para andar bem depressa. Mensageiro vagaroso não vale nada.

Bom. Hermes não tinha mais nada a fazer ali. Despediu-se e lá se foi, veloz como um patinador.

Perseu estava radiante. Nunca um socorro divino chegara tão no momento. E, levantando-se da pedra, pôs-se a caminho rumo à morada das três Greias. O Visconde seguia-o rente — e teve de fazer prodígios para acompanhá-lo. Enquanto Perseu dava uma passada o sabugo tinha de dar oito. Por felicidade o herói não mostrava pressa nenhuma — ia caminhando vagarosamente. Afinal chegaram. As Greias

---

4. *O Minotauro*. São Paulo: Globinho, 2017.

estavam na sala examinando um ponto de tricô. Enquanto uma o via com o olho único da casa, as outras esperavam a vez, completamente cegas.

Depois o tricô mudava de mãos e o olho também — e assim as três se arrumavam para enxergar.

Perseu entrou e apresentou-se — e enquanto uma o via com o olho único, as outras demonstravam a maior sofreguidão para receber o olho e vê-lo também. "Dá cá o olho! Dá cá o olho!", diziam as duas cegas, espichando as mãos para pegar a preciosidade.

Outra mão também espichou — e quando a que estivera usando o olho tirou-o da órbita e estendeu-o para as irmãs, quem o apanhou foi Perseu.

O "fecha" foi tremendo. Gritaria histérica. Desmaios. Todos falavam a um tempo e ninguém se entendia. Por fim o herói conseguiu tomar a palavra.

— Escutem, tontas! Vou restituir o olho. Para que quero este olho se tenho dois? Está claro que vou restituí-lo — mas só se me ensinarem o caminho da mansão das ninfas...

— As que guardam os objetos necessários para a vitória sobre a Medusa? — perguntaram as três ao mesmo tempo.

— Sim — respondeu Perseu.

Elas relutaram. Acharam que era traição. Perseu procurou convencê-las. Disse que a Medusa era um monstro que já havia feito a desgraça de muita gente. Se ele conseguisse cortar-lhe a cabeça, era um grande bem para o mundo.

As três Greias conferenciaram entre si, aos cochichos, e por fim concordaram.

— Pois não há dúvida. Vamos revelar o caminho para a mansão de tais ninfas e você nos restituirá o nosso olho.

— Fechado! — exclamou Perseu.

E assim foi. Elas ensinaram-lhe o caminho e ele lhes restituiu o olho preciosíssimo.

O Visconde, atrás da porta, tudo via e ouvia.

A CABEÇA DE MEDUSA

Nas aventuras heroicas é o mesmo que na vida comum moderna. O meio de conseguir qualquer coisa é descobrir o jeito. Medusa abusava do seu poder porque até então só heróis pouco espertos tinham ido combatê-la. Atacavam-na como se atacassem uma fera qualquer — e iam ficando reduzidos a estátuas de pedra. Com Perseu não ia ser assim, porque aprendera o jeito certo e único.

O caminho para a mansão de tais ninfas era dos mais complicados. Tomava por ali, virava acolá, torcia à esquerda, agora à direita. Só mesmo seguindo um roteiro escrito como o que as Greias haviam dado a Perseu.

Afinal o herói chegou e pediu as três coisas. As ninfas não opuseram a menor resistência. Parece que tinham ordem de entregar aquilo ao primeiro que alcançasse chegar até lá.

O Visconde, sempre rente, espiando tudo, com muitas cautelas para não ser visto. Medo do jardim zoológico...

A Lua estava quase no fim de seu curso. Mais uns momentos e o Sol a substituiria no céu — coisa que para o Visconde era o diabo. Vinha daí o seu interesse em que o herói concluísse a aventura da Górgona antes do amanhecer. E lá ia ele trotando atrás do herói já na posse dos três preciosos objetos. Não ficava muito longe a casa ou o antro da Medusa. Anda que anda, trota que trota, chegaram.

Perseu espiou. Medusa estava dormindo despreocupadamente. Que horrenda era! Apesar de valoroso, o Visconde sentiu-se de pernas bambas. Teve de agarrar-se à parede.

Perseu foi entrando com as maiores cautelas, apesar de ter na cabeça a coifa que o invisibilizava. Quando chegou à distância própria, tirou a faca da cintura e com um golpe de mestre decepou a cabeça do monstro. Em seguida meteu-a no surrão.

Pronto! Estava realizada uma das maiores façanhas da antiguidade.

O Visconde teve ensejo de ver bem como era a tal famosa cabeça da Medusa. Os olhos não viu, porque ela os tinha fechados: morrera dormindo. Mas viu-lhe os cabelos de bronze entremeados de cobras. Era um verdadeiro ninho de cobras, das quais só apareciam a cabeça e metade do corpo. As caudas ficavam inseridas no couro cabeludo, como raiz de cabelo. Horrendo, horrendo…

Quando Perseu deixou o antro da Górgona decapitada, os dedos cor-de-rosa da aurora começavam a anunciar a vinda do sol. O Visconde pôs o dedo na testa.

"Inútil continuar acompanhando este herói", refletiu consigo. "Já vi o principal. O resto vai ser a entrega da cabeça da

Medusa ao rei, o qual ficará com cara de bobo, admiradíssimo da façanha de Perseu. Não preciso ver mais."

E assim pensando, tirou da cintura o canudinho de pó de pirlimpimpim e mediu na palma da mão a dose necessária para ir dali ao olival. Feito o que, aspirou-o e pronto! Foi aterrissar diante da casinha. O pastor guardava as ovelhas lá no pasto e tocava a mesma flauta daquele dia.

O Visconde encaminhou-se para ele.

Quando ia chegando, o cachorro o percebeu e pôs-se, com os pelos do dorso arrepiados, a recuar, e a rosnar na linguagem do "medo ao desconhecido", própria dos cães.

O pastorzinho olhou.

— Oh, a aranha de cartola por aqui outra vez? Que veio fazer?

— Ver se a pele do leão já está pronta. Hércules tem de apresentá-la ao rei como prova de que, de fato, matou o leão. Do contrário o rei não acredita.

— Pronta? — exclamou o pastorzinho. — Você pensa que isto de curtir uma pele grossa como a dos leões é coisa que se faça assim do pé para a mão? Leva tempo, meu caro. Leva ainda mais uma semana, pelo menos.

— Uma semana? — repetiu o Visconde coçando a cabeça.

— Isso no mínimo. Pode até levar mais. Depende. Nunca curti couro de nenhum animal da Lua. É possível que sejam diferentes dos nossos aqui.

— E que fico eu fazendo toda uma semana neste olival? — perguntou o Visconde.

— Isso é com você. Poderá ajudar-me na tosa dos carneiros, que vai começar amanhã. Poderá colher azeitonas...

O Visconde não gostou de nenhum dos dois alvitres. Ia pensar sobre o assunto.

De repente o pastorzinho olhou bem para ele e deu uma risada.

— Escute, aranha. Diz você que veio buscar a pele do leão?

— É verdade. Para isso vim.

O pastor quase morreu de tanto rir.

— Ah, ah, ah... Uma pulga de animalejo desse tamanho lá pode com aquele couro de leão, o maior que ainda vi? Ora, vá se lavar...

O Visconde explicou-lhe a ideia da Emília: costurar a pele sobre um carneiro bem grande e dar-lhe a cheirar uma pitada do pó.

— Que pó é esse? — perguntou o pastorzinho.

O Visconde explicou pachorrentamente os maravilhosos efeitos do maravilhoso pó, mas não conseguiu convencê-lo.

— Vá saindo com essas histórias! — disse o rapaz. — Pó... Pó... Cara de pó tem você, sua barata tonta! E, depois, se fosse verdade, então acha que me ia levando daqui um carneiro assim sem mais nem menos? Pensa que isto aqui é a casa da sogra, onde entra todo o mundo e todos fazem o que querem? Outro ofício.

O Visconde explicou que tinha de ser assim, porque ou ele levava a pele do leão com um carneiro dentro ou Hércules danava e vinha buscá-la — e o pastorzinho bem sabia que, nesse caso, em vez de perder um carneiro ele iria perder três...

O argumento valeu. Os melhores argumentos são os que ameaçam o bolso das criaturas.

Foram ver se a pele estava no ponto. De caminho o Visconde perguntou:

— Que tanino emprega?

— Tanino? — repetiu o jovem grego, que pela primeira vez ouvia essa palavra.

— Sim, o tanino de curtume...

O pastorzinho engasgou. Ele não usava tanino nenhum para curtir couro, porque naqueles tempos esse processo ainda não fora inventado. O Visconde explicou.

— Quando você morde certas frutas verdes, não sente uma coisa que "pega" na boca? Pois é o tanino da fruta. À medida

que ela vai amadurecendo, vai o tanino se transformando em outras coisas; mas enquanto a fruta está verde o tanino é muito forte. Na banana verde, por exemplo. O tanino está ali em quantidade! Pois é esse tanino a substância que lá no mundo moderno os homens usam para curtir os couros crus, ou "verdes", como dizem os técnicos. Os couros são mergulhados durante um ou dois meses numa solução fortíssima de tanino e ficam curtidos, isto é, não mais apodrecem, como o couro cru, e ainda se tornam impermeáveis à água e macios. Mas aqui? De que modo vocês curtem couros?

Enquanto falavam, iam andando de rumo ao "curtume". O Visconde admirou-se. Era a primeira vez que via curtir couro pelo sistema do fumeiro. Havia uma cova no chão com muita lenha acesa, uma cova tampada de modo a canalizar a fumaça para uma abertura ou chaminé. E sobre a chaminé estava estendida a pele do leão, esticada por varas e mantida suspensa por quatro esteios.

— Então é assim? No fumeiro?...

— Exatamente.

O pastorzinho examinou o estado da pele.

— Ainda não está no ponto — disse. — "Ele" quer serviço bem-feito.

— Quanto tempo vai demorar?

O pastorzinho apalpou o couro, cheirou-o, experimentou-o entre os dentes e com a ponta da língua. Depois respondeu com a maior segurança:

— Seis dias. Em seis dias deixo isto uma beleza. O Visconde arrenegou. Ficar ali seis dias caçando moscas, a matar o tempo?... Se o pastorzinho fosse de mais cultura, esse tempo de espera não queria dizer nada. Mas que adiantava a um sábio como o Visconde conversar com um ignorante? E o Visconde pensou em Sócrates. "Ah, se ele estivesse aqui! Até um ano eu esperaria, na prosa com esse grande filósofo, sem perceber a passagem do tempo."

MEIOAMEIO

Enquanto lá no olival o Visconde procurava meios de matar o tempo, na cidade de Micenas, Hércules acolhera muito bem o conselho de Emília e estava se preparando para a mudança.

— Sim, o campo aberto... O ar livre... Os horizontes... As carneiradas...

Esse o ambiente para uma criatura excepcional como o herói, no qual tudo era imenso — as cóleras, as lutas, o apetite, as venetas... Hércules só se sentia bem quando solto na plena e larga natureza.

Partiram. Pedrinho na frente trotava no gracioso potro semi-humano, com Emília e a canastra no colo.

Hércules vinha atrás, a sorrir, com os olhos no lindo quadro. Ele já estava querendo bem àquelas criaturas do século xx. E como as admirava! A inteligência daquele menino, a habilidade e a esperteza da Emília, a ciência do seu escudeiro saído em busca da pele do leão... Notável, tudo notável... E Meioameio era também um encanto.

Hércules sempre vivera em luta com os centauros, já tendo abatido muitos. Mas pela primeira vez via bem de perto e a cômodo um desses entes, e conhecia-o na intimidade — e nada encontrou em Meioameio que justificasse o seu antigo ódio aos centauros. Sim, se eram uns brutos, isso vinha apenas da falta de educação. Que diferença entre eles e os homens também sem educação? E Hércules, com toda a sua burrice, "teve uma ideia", talvez a primeira ideia de sua vida: que é a educação que faz as criaturas.

Saídos da cidade, Hércules tomou certo rumo e foi ter a uma bela campina a duas léguas dali. Topografia ondulante, belos trechos de floresta nas baixadas e pasto rasteiro nas mansas encostas. Um rio de águas cristalinas passava por ali.

— Que lindo ponto para uma fazenda! — exclamou Pedrinho. — Se fossem minhas estas terras, eu erguia a casa naquele tope — e indicou certa elevação a pouca distância do rio.

Hércules chegou até a margem e bebeu pelas mãos em cuia. Bebeu como um elefante. Pedrinho teve a impressão da existência dentro dele de verdadeira "caixa-d'água" — e para enchê-la só mesmo nos ribeirões.

Beber e comer. Hércules tinha bebido, precisava agora comer. O seu apetite estava já de bom tamanho. Pôs-se a sondar os longes daquela pradaria. Não tardou a sorrir: tinha visto um rebanho de carneiros.

— Lá está o meu almoço — disse ele; e voltando-se para o centaurinho: — Vá lá e me traga três carneiros de bom ponto.

O centaurinho partiu no galope.

Emília estranhou aquela sem-cerimônia.

— Como vá lá e traga? — disse ela. — Aqueles animais têm dono. Quem quer carneiros, compra-os. Não entendo esta moda aqui da Grécia...

Hércules deu uma risada hercúlea.

— Ah, ah, ah... Comigo é assim. Quando quero, pego. Isso de comprar as coisas com dinheiro é para os que não podem pegá-las.

— E não acontece nada?

— Claro que não — respondeu o herói. — Lá no olival, por exemplo: que aconteceu depois que comi os três carneiros? Nada.

Pedrinho entrou na conversa.

— Sim, mas isso foi porque eu paguei os carneiros.

Hércules fez cara de surpreendido.

— Com que moeda?

— Dei em troca dos carneiros o meu canivete Rodger, afiado que nem navalha.

Hércules comoveu-se ao saber daquilo. O pobre menino sacrificara uma prenda querida para sanar a brutalidade que ele, Hércules, havia cometido, qual a de tomar os carneiros sem consentimento do dono. E sentiu que aquele menino já era um produto da educação que a ele, Hércules, faltava. A ideia da educação que momentos antes havia concebido estava a aperfeiçoar-se em seu cérebro. E Hércules disse:

— Estou achando bonito esse sistema de respeitar o que é dos outros. Bonito, sim. Só hoje botei o pensamento no caso — e aprovo. E se ainda fosse criança como você, era o caminho que eu ia seguir. Na idade que tenho já não posso mudar. Muito difícil…

— Quer dizer que vai continuar pegando o que quer sem dar satisfação ao dono?

— Sim.

— Por quê?

— Porque é tarde. A varinha nova, o jardineiro verga e lhe dá esta ou aquela forma — mas que jardineiro dá forma ao tronco duma oliveira velha?

Meioameio havia alcançado o rebanho e abatido a coices três carneiros. Os outros fugiram por aqueles campos, tomados do maior pânico. Nada mais imprevisto que a aparição de um centaurinho.

Minutos depois Meioameio chegava com os três carneiros às costas. Jogou-os aos pés do herói.

Hércules sorriu o bom sorriso da fome que vê chegar o prato. Mas na hora de abrir os carneiros surgiu uma dificuldade. Não havia faca e Pedrinho estava sem o seu precioso canivete. Que fazer?

Emília salvou a situação.

— Tenho na canastrinha uma lâmina Gilette, e foi buscá-la. Quando a apresentou a Hércules, o herói arregalou os olhos.
— Que é isto?
— Uma lâmina boa para abrir carneiros — respondeu Emília.

Hércules tentou pegar na lâmina, mas deixou-a cair. Fina demais, delicada demais para aquelas mãos tremendas. E veio-lhe uma risada hercúlea.

— Ah, ah, ah... Então quer você abrir os carneiros com esta coisinha tão mimosa? Que bobagem.

Mas Pedrinho ia mostrar que não era bobagem. Apesar da sua velha repugnância pelo sangue, foi ele quem abriu os carneiros. Só fez isso. O resto, a tirada da pele e das entranhas, foi serviço do centaurinho.

— Por que não trouxe quatro? — perguntou-lhe Hércules.
— A ordem foi para três — respondeu o obediente Meioameio, que também estava com fome e esperançoso de que pelo menos um quarto de carne Hércules lhe daria.

E foi o que aconteceu. Depois de assada toda aquela carnaria, o herói mediu Meioameio de alto a baixo e disse:

— Para você um quarto basta — e deu-lhe um quarto de carneiro. — E você, Pedrinho? E você, Emília... Sirvam-se.

Pedrinho e Emília juntos comiam tão pouco em comparação com os seus companheiros, que Hércules arregalou os olhos ao ver o menino tirar a sua parte.

— Só isso?

— Isto me enche o papo por um dia inteiro — e ainda sobra para encher o papinho da Emília...

Foi um regalo aquele almoço ao ar livre, à margem do ribeirão de águas cristalinas. Hércules confessou jamais ter comido uma carne tão deliciosa.

— Que fizeram vocês neste carneiro que ficou tão bom? — perguntou.

— É que trouxemos da cidade uma boa dose de sal — respondeu Emília. — Nós dos tempos modernos não comemos carne sem sal.

Hércules nunca prestava atenção a essas pequeninas coisas, e muitos bois e carneiros assados comera sem sal nenhum. Agora estava verificando como a carne melhora com o salgamento.

Vendo aquilo, Emília suspirou.

— Ai, que saudades...

— De quem, Emília?

— De Tia Nastácia. Estou imaginando o maravilhoso assado que ela faria com estes carneiros, se estivesse aqui conosco. Ah, aquilo é que é cozinheira.

Hércules interessou-se pelo assunto.

— Quem é essa dama?

— Não é dama nenhuma — respondeu Emília. — É simplesmente Tia Nastácia, a maior quituteira do mundo — e tais coisas contou das proezas culinárias da negra, que um fio d'água começou a pingar da boca do herói e do centaurinho.

— Um dia há de conhecê-la, Senhor Hércules. Não perco a esperança de vê-lo aparecer lá pelo Picapau Amarelo. Lembre-se de que já me prometeu.

A PELE DO LEÃO

Lá pelo fim do sexto dia estavam sentados à beira do ribeirão, na prosa de todas as tardes, quando subitamente um animal estranhíssimo "apareceu" a certa distância. Não *veio* de outro lugar, não *foi chegando* como um animal comum. *Apareceu!* E pelo aspecto não lembrava nenhum animal conhecido. Tinha um vago jeito de leão, por causa da juba, mas um leão desengonçado, com as patas bambas, ou melhor, com oito patas: quatro exteriores, enormes, bambas, verdadeiras patas de leão, e outras quatro mais delicadas e firmes como as dos carneiros.

— Que estranho monstro será aquele? — exclamou Hércules, passando a mão no arco.

Foi Emília quem adivinhou.

— Já sei! — berrou ela antes que o herói lançasse a flecha. — É a pele do leão da Lua!...

Hércules não entendeu.

— Como? Que história é essa?

— Sim — respondeu Emília. — O Visconde estava atrapalhado com o problema de trazer a pele e eu então dei essa ideia: "Você costura a pele em cima dum carneiro dos maiores e esfrega-lhe no nariz uma dose do pirlimpimpim. Ele vem voando e com ele a pele". Juro que é isso — e correu na direção do estranho animal.

Exatamente. Era um carneirão revestido duma pele curtida; e agarrado ao pelo da juba, uma esquisita aranha: o Visconde de Sabugosa! Tinham vindo juntos os três: o carneiro, a pele e o sabugo. Mas o Visconde ainda estava desacordado. Voltou a si nos braços da Emília.

— Coitadinho... Deve estar sofrendo do coração. Já custa a sair do desmaio do pirlimpimpim...

Pedrinho descoseu a pele do leão e soltou o carneiro, que permaneceu bobo e apalermado a ponto de nem sair do lugar. Hércules aproximara-se. Tomou a pele. Examinou-a.

— Ótimo! Desta vez Euristeu vai dar-se por convencido... — e jogou a pele sobre o ombro.

Desde aquele momento nunca mais iria o herói abandonar a pele do Leão da Nemeia. Passou a usá-la como escudo — e de muitos golpes esse escudo o livrou, porque era invulnerável. Pedrinho verificou esse ponto. Não conseguiu abrir nela nem sequer um furo com a ponta das setas de Hércules.

Como então o seu canivete a cortara naquele dia? Podia ser por muita coisa. Talvez a invulnerabilidade "cochilasse" naquele momento e fosse apanhada desprevenida. O caso é que a pele "vulnerável" do dia da morte do leão estava de novo "invulnerabilíssima".

— Bom. Tenho de voltar a Micenas para apresentar isto ao rei.

— Eu, se fosse você — disse Emília —, não apresentava nada. Ia chegando e esfregando a pele na cara dele. Aquele rei antipático o que precisa é disso: uma boa esfregação de pele nas fuças...

Hércules lá se foi com a pele ao ombro.

O Visconde viu-se imediatamente rodeado e especulado. Todos queriam saber das suas aventuras no olival.

— Aventura no olival não tive nenhuma, mas de caminho para lá aconteceu-me a coisa mais inesperada e prodigiosa...

— Que foi? — indagaram todos na maior ansiedade.

O Visconde gozou aquilo e não teve pressa em contar. Queria irritar-lhes ainda mais a curiosidade.

— Ah, uma coisa que nem queiram saber. Uma coisa tremenda!...

Emília, indignada, agarrou-o pelo pescoço.

— Conte já tudo, depressa, se não eu o depeno...

O Visconde contou.

— De caminho para lá caí em cima do telhado dum palácio...

— Como? Então errou no cálculo da pitada?

— No cálculo não errei, mas agora me lembro que no momento de aspirar o pó você deu uma cotoveladinha sem querer. Bastou isso. Uns grãos de pó caíram e eu não aspirei a pitada certa. Resultado: em vez de aterrissar no olival, aterrissei no telhado do palácio de um rei...

— Como há reis nesta Grécia! — observou Emília. — Até parece livro de contos da carochinha...

— Aterrissei no telhado e resolvi espiar… — e o Visconde contou tudo quanto vira no palácio do rei Polidecto, e foi contando, até referir-se à cabeça da Medusa.

Ao ouvir essa palavra, Pedrinho arrepiou-se, pois sabia da história.

— A cabeça da Medusa? — exclamou ele. — Pois teve Perseu a coragem de espontaneamente oferecer ao rei a cabeça dessa Górgona, em vez de um simples cavalo como os outros?

— Ele estava bêbedo — resolveu Emília.

— Pois ofereceu — continuou o Visconde — e contou tudo: a saída de Perseu para fora da cidade, suas meditações lá na praia, sentado no rochedo; o aparecimento de Hermes…

Ao falar em Hermes, Emília perguntou:

— Ainda usa aquelas asinhas nos pés?

— Sim — respondeu o Visconde —, e também inventou uma moda de asinhas no capacete. Mas apareceu Hermes, sentou-se ao lado dele e…

E o Visconde contou tudo quanto já sabemos. Ao chegar ao ponto da entrada de Perseu na casa da Medusa, descreveu com cores tão vivas a cabeça do horrendo monstro que Emília desmaiou…

— Olhe o que você fez, Visconde! — ralhou Pedrinho, amparando-a. — Emília já não é aquela mesma de outrora, do tempo de boneca, quando não tinha nem uma isca de coração. Virou gentinha e das que têm coração de banana…

Mas não demorou muito o desmaio da criaturinha. Com uns borrifos d'água voltou a si.

O Visconde contou o resto, mas sem carregar muito nas cores, de medo de outro desmaio.

— E foi assim — concluiu ele — que tive a sorte de ver o que ninguém no mundo viu. Ver, ver, ver... Ver a Medusa viva, dormindo! Ver o herói cortar-lhe a cabeça dum só golpe, antes que ela tivesse tempo de abrir os olhos petrificadores. E vê-lo botar aquela cabeça de cabelos de cobra dentro do surrão mágico... Tudo isso eu vi, e ninguém no mundo viu nem verá. A minha maior glória vai ser essa...

A curiosidade em torno de tão prodigiosa aventura não se satisfez com a narrativa do Visconde. Emília reclamava detalhes.

— Como era a inserção dos cabelos-cobras?

— Tinham a cauda enfiada no couro cabeludo.

— E moviam-se, esses cabelos-cobras?

— Logo que entramos, Medusa estava dormindo e as cobras também. Mas depois que Perseu a decapitou, as cobras acordaram, assanhadíssimas, e não pararam mais de se mover dum lado para outro.

— Com as bocas abertas e as línguas de fora?

— Sim. Umas boquinhas muito vermelhas e aquelas linguinhas nervosas.

— E os olhos da Medusa?

— Não pude vê-los, porque a encontrei dormindo. Mas são muito redondos.

— E petrificavam as pessoas...

— Sim, isso posso atestar. Ali pelas redondezas do antro da Medusa vi muitas estátuas de pedra estranhíssimas, cada qual numa atitude de ataque. Uma tinha o braço erguido, no gesto de quem vai arremessar uma lança. Outra era a dum bonito herói com o arco distendido e a flecha apontada. Outra era de outro herói com a clava no ar. Eu não entendi aquilo. Julguei que aquela paragem fosse algum grande parque em abandono, ainda cheio de estátuas de pedra. Depois compreendi tudo: eram os heróis que haviam procurado destruir a Medusa e que com um simples olhar dos seus terríveis olhos redondos ela transformara em pedra.

— Que horror! E quantas estátuas dessas viu lá? — quis saber Pedrinho.

O Visconde franziu a testa, como quem calcula mentalmente. Depois disse:

— Umas cem…

— Cem?…

— Talvez haja mais. Umas cem visíveis. Deve haver muitas outras ocultas pelo mato.

Pedrinho ficou cismativo. Estava ali uma coisa que ele queria ver: o parque de heróis petrificados pelo tremendo olhar da Medusa…

Depois mudaram de assunto. Pedrinho perguntou:

— E como se arranjou com o pastorzinho para que cedesse sem pagamento esse carneirão?

— Provei-lhe a maravilha que é o pó de pirlimpimpim e dei-lhe uma dose. Mas tenho medo de que o bobinho haja desrespeitado as minhas instruções e a estas horas esteja a umas mil léguas de lá, em um século muito distante deste…

Estavam nesse ponto de prosa, quando Hércules apontou. Vinha de volta. Todos ficaram muito atentos, à espera das novidades.

— E então? — exclamou Pedrinho. Hércules tinha o ar preocupado.

— Aconteceu exatamente o que eu receava — disse ele. — O rei mostrou-se visivelmente contrariado quando verificou que a pele era mesmo de leão e duma espécie de leão que não há na Terra. Logo, só podia ser o leão caído da Lua. E então me disse:

— Muito bem, grande herói. Vejo que é deveras valente e forte, e que há de gostar de sair ao encontro de inimigos ainda mais fortes que o Leão da Nemeia. Ordeno, portanto, que se apreste e vá destruir a Hidra de Lerna. Esse monstro anda a arrasar aldeias, e a fazer estragos horríveis. Informe-se de tudo e traga-me aqui as cabeças da hidra...

— E isso o preocupa, Hércules? — perguntou Emília.

— Sim, porque essa hidra tem nove cabeças, uma das quais imortal. Como um ente mortal como eu pode vencer um imortal?

Os picapauzinhos já haviam assistido a essa façanha de Hércules e pois não compartilhavam dos receios do herói. Mas nada disseram. Seria a maior das complicações explicar-lhe a história da primeira estada deles ali naquela mesma Grécia Heroica. E Emília disse:

— Ótimo. Pois vamos atrás dessa porcaria de hidra. Juro que Hércules vai matá-la bem matada e limpar aqueles pântanos de Lerna de tão horrendo monstro. Mas como essa aventura não nos interessa, apenas o acompanharemos até lá; e enquanto ele mata a cobra, nós brincaremos de pega-pega com Meioameio.

E assim foi. Partiram dali para Lerna só fazendo pouso para dormir e comer.

Quando avistaram os pântanos, Pedrinho disse: .

— Amigo Hércules, como a aventura da hidra não nos seduz, vamos acampar aqui, e aqui ficaremos à sua espera. Vá, mate a hidra e em seguida venha ter conosco. Nós o esperaremos com três carneiros assados.

Hércules afastou-se, muito triste de ter de deixar a companhia de seus novos e preciosos amigos. De vez em quando voltava os olhos para trás. Da última vez que o fez pareceu-lhe que estavam inventando um brinquedo novo.

E era verdade. Emília havia dito:

— Chega de cartola! Isto não passa dum pedaço queimado. Temos de variar. O brinquedo de hoje vai ser a "ciranda-cirandinha" — e ensinou a Meioameio como era.

O centaurinho vivia no maior enlevo. Lá no rebanho ele era o único da sua idade, de modo que vivia sorumbático por falta de companheiros de brinquedo. Mas ali, oh delícias! Emília, uma louca no brinquedo, chegava até a ficar fora de si. Pedrinho não o era menos — e o Visconde, no seu começo de loucura heroica, dera de brincar com tal espetaculosidade que chegou a dar na vista.

— Pedrinho — cochichou Emília —, não acha que o Visconde está se excedendo?

— Sim, acho que está muito mudado e que continua a mudar...

— Pois isso está me preocupando bastante — confessou Emília. — Ele também é um heroizinho e todos os heróis passam por um período de loucura. Não viu Dom Quixote?

— É verdade, sim, Emília. Dom Quixote, Rolando e até o nosso amigo Hércules, quase todos os heróis enlouquecem. Sobre a loucura de Rolando até há aquele célebre poema de Ariosto que vovó tem lá numa edição de luxo, com desenhos de Gustavo Doré, *Orlando Furioso*. Orlando é o nome de Rolando em italiano.

Dali a pouco estavam na ciranda-cirandinha, e quem cirandava com maior fúria era justamente o Visconde de Sabugosa, o ex-grave e cartoludo sabinho lá do sítio. Até nem mais de cartola andava. Com um pontapé havia jogado a velha cartolinha nos pântanos de Lerna, berrando:

— Chega de cartola! Isto não passa dum pedaço de canudo de chaminé com abas. Por que cartola? Para que cartola? — e pôs-se a dançar uma rumba...

3

A CORÇA DE PÉS DE BRONZE

A Hidra de Lerna tinha fama de possuir muitas cabeças — mas quantas? As opiniões variavam de sete a cem. E o número certo só ficou perfeitamente estabelecido depois da façanha de Hércules. Só então a Grécia soube que a hidra tinha nove cabeças, oito mortais e uma imortal.

Mas Hércules tivera receio de enfrentar a hidra sozinho, e fora em busca do seu amigo Iolau. Enquanto isso, naquele prado que marginava o pântano os picapauzinhos brincavam.

Meioameio estava numa verdadeira lua de mel com os seus novos amigos. Como os achava delicados! Como eram gentis e bons de sentimentos! Nada de coices, como lá entre os brutíssimos centauros, nada de violências e arbitrariedades. E Meioameio sonhava com os encantos do tal sítio de Dona Benta sobre que tanto falavam. Ah, se ele se pilhasse lá…

Mas como os brinquedos daquele dia até passassem da conta, em certo momento todos afrouxaram.

— Chega! — disse Pedrinho deixando-se cair na grama (e os outros fizeram o mesmo). — Estou que não aguento mais...

— Eu também — ajuntou Emília.

— E eu dei tantas cambalhotas — disse o Visconde — que estou com uma dorzinha no pescoço.

Estiraram-se no chão e dali a pouco todos dormiam — exceto o Visconde. Os ameaçados de loucura começam assim: perdendo o sono.

O centaurinho também dormiu, mas despertou antes dos outros e saiu por ali afora no galope.

Ao cair da tarde, quando depois de haver matado a hidra, Hércules reapareceu acompanhado de Iolau, só o Visconde lhe iria dar os parabéns. Pedrinho e Emília continuavam num sono de pedra. Hércules fez a apresentação:

— O Visconde de Sabugosa, meu escudeiro.

Iolau espantou-se.

— Seu escudeiro, Hércules? Uma aranha dessas...

— Pois, meu caro, é a aranha mais sabida que pode haver. Fala com a competência dos grandes mestres de Atenas. Quer ver?

E voltando-se para o Visconde:

— Vamos, amigo escudeiro, diga uma sabedoria aqui para o Iolau...

O Visconde não vacilou, e declarou em muito bom grego:

— Panta rei, ouden menei.

— Que é isso? — perguntou Hércules, que em matéria de pensamentos filosóficos era o que no século XX nós chamamos "uma besta".

— Estas palavras querem dizer "tudo passa, nada permanece". São palavras do grande filósofo Heráclito de Éfeso, que vai vir ao mundo no ano 576 antes de Cristo.

Iolau refranziu a testa: sinal de que não estava entendendo. Hércules explicou:

— Há aqui um embrulho de séculos para diante e para trás que eu não entendo por mais que eles me expliquem. Também vivem às voltas com um tal Cristo e com um tal sítio lá dum tal "século XX". Ouço a conversinha deles como quem ouve a música das terras exóticas. Bem pouco pesco.

— E aquela anãzinha ali? — perguntou Iolau mostrando Emília, ainda ferrada no sono.

— Ah, essa é a minha "dadeira de ideias"...

— Quê?

— Sim, é quem me dá ideias...

— E pode lá ter ideias um pingo de gente assim?

— Fique sabendo, Iolau, que dessa cabecinha brotam mais ideias do que vespas duma vespeira — e algumas excelentes! A ideia de matar o leão da Lua por estrangulamento veio dela. Foi quando os conheci. Estavam trepados a uma árvore, e eu, já sem flechas em meu carcás e com uma clava reduzida a estilhaços, não sabia o que fazer, quando uma vozinha alambicada soou: "Senhor Hércules, agarre-o pelo pescoço e afogue-o", e foi o que fiz... Chama-se Emília, e parece que é Marquesa de Rabicó, ou coisa assim. Quando estão brigados, só a tratam de Marquesa.

— E este belo menino?

— Ah, este é o meu oficial de gabinete...

— Oficial de gabinete?

— Coisa lá deles. É um companheirinho, um auxiliar. Menino excelente, tão educado que às vezes até me envergonha. Parece incrível, mas tenho aprendido muita coisa moral com esse menino. E até coisas técnicas. Ensinou-me um meio excelente de derrubar centauros na corrida — e contou minuciosamente a história da captura do centaurinho por meio das bolas.

— Pegou então um centaurinho?

— O estranho não é tê-lo pegado, é que esse centaurinho está hoje tão nosso amigo, e progride tanto em educação, que ando com remorsos de haver outrora matado tantos centauros.

Eles são gente como nós, Iolau, apenas mais rústicos, mais selvagens. Mas se os trouxermos para o nosso convívio, ficarão iguaizinhos a nós mesmos — e Hércules expôs a Iolau aquela sua "ideia sobre a educação", a única que jamais brotou na cabeça bronca do herói.

— E onde está o centaurinho domesticado? — perguntou Iolau.

— Por aí. Olhe!... Lá vem ele no galope...

Realmente, Meioameio vinha na volada como quem viu qualquer coisa prodigiosa.

— Que há?

O centaurinho estava tão ofegante que mal podia falar.

— Eu... eu saí no galope por esse mundo afora e... fui dar num bosque muito estranho. Parecia um parque abandonado, tal o número de estátuas de pedra que se erguiam em certo ponto: estátuas de heróis no ataque, uns esticando o arco, outros arremessando a lança. Compreendi tudo. Eu estava na terra das Górgonas, lá onde "ele" viu Perseu cortar a cabeça de Medusa — e ao dizer "ele" apontou para o Visconde. — E então me veio a curiosidade de espiar o cadáver sem cabeça da monstra.

Iolau arregalara desmesuradamente os olhos.

— Cadáver sem cabeça? Pois cortaram a cabeça da Medusa?

— Sim — interveio o Visconde. — Assisti a tudo. Vi tudo com meus olhos. Perseu cortou aquela cabeça toda cobras e guardou-a num surrão mágico...

— Para quê?

— Para levá-la de presente ao rei Polidecto...

O assombro de Iolau era tamanho que ele não conseguia fechar a boca. A Górgona decapitada, afinal!... Aquilo era o pior monstro da Grécia, por causa do olho petrificador.

— Continue, Meioameio — disse Hércules. O centaurinho continuou:

— Pois é. Eu estava evidentemente nas proximidades do antro da Górgona, conforme indicavam aqueles heróis de pedra — os heróis que foram matá-la, e ela de longe, com um simples olhar, transformou em estátuas... E afinal dei com o antro. Fui entrando cautelosamente. Súbito, ah, Zeus, que horrendo quadro! Estendido no chão, o corpo sem cabeça da Medusa...

O Visconde interveio:

— Quando Perseu a decapitou, ela estava na cama...

— Pois encontrei-a no chão — disse o centaurinho. — Nessas mortes assim há sempre estrebuchamento e o corpo ferido muda de lugar. Estava no chão. Eu olhava, olhava... Olhava sobretudo para o corte vermelho do pescoço. Subitamente, imaginem o que aconteceu? Aquele corte começou a mexer-se... começou a alargar-se como se qualquer coisa fosse saindo de dentro. E essa coisa afinal saiu. Era um cavalo branco... Um cavalo de asas enormes, a mais linda visão que alguém possa imaginar...

— Pégaso! — exclamou Pedrinho, que acordara e viera juntar-se ao grupo. — Bem disse vovó que o lindo Pégaso era um "produto" da Górgona...

Meioameio continuou:

— Pois vi o prodigioso cavalo de asas sair de dentro do cadáver da Medusa!... Vi com estes meus olhos e custa-me a acreditar...

— E que fez ele, depois de sair de dentro do cadáver da Medusa? — quis saber Emília, que também se aproximara.

— Fez como fazem as borboletas quando deixam o casulo: ficou uns instantes a secar as asas úmidas e a experimentar os músculos, até que por fim tentou o voo.

— E voou?

— No começo tentou só. Quem nunca voou atrapalha-se no começo. Tem que ir aos poucos. Mas tive medo de que me acontecesse qualquer coisa e disparei para cá.

Pedrinho falou da visita de Belerofonte lá ao sítio de Dona Benta.

— Que Belerofonte? — perguntou Hércules.

O menino explicou que Belerofonte era o nome do herói coríntio que em breve iria conquistar e domar Pégaso, fazendo dele o seu animal de sela. Pois esse herói, montado em Pégaso, havia aparecido lá pelo sítio e ficado na casinha de Dona Benta durante vários dias. Pégaso fora posto no pasto do Burro Falante, onde também estava o Rocinante de Dom Quixote. Isso no século xx depois de Cristo.

Hércules piscou para o Iolau, como quem diz: "Essa é a linguagem deles. Falam sempre nessas coisas misteriosas — 'sítio', 'vovó', 'Dom Quixote', 'antes e depois de Cristo'…".

Súbito, um berro da Emília:

— Lá está ele!… Pégaso!… Já criou força e está se elevando no céu…

Todos olharam na direção indicada e de fato viram uma coisa deslumbrante: Pégaso no voo!… Suas grandes asas brancas lembravam o movimento das asas dos gaivotões do mar. Que serenidade, que majestade de voo!... Muita coisa bonita há no mundo, muita coisa bela. Mas quem não viu Pégaso voando não viu a coisa mais bela de todas. O sol batia naquela brancura de asas e tornava-as deslumbrantes...

Pégaso seguiu no seu voo, sempre a subir, a subir em espiral, até que desapareceu atrás das nuvens. Os picapauzinhos, portanto, assistiram à estreia de Pégaso no céu tão azul da Grécia...

EM MICENAS DE NOVO

Levaram toda uma hora a comentar a maravilha das maravilhas. Depois Hércules falou:

— Basta. Temos agora de voltar a Micenas.

Ele trazia numa sacola as cabeças da hidra — oito, segundo disse.

— Oito, Hércules? — reclamou Emília. — E a nona?

— Ah, essa não pude trazer. Era a imortal. Tive de enterrá-la bem fundo, e colocar uma enorme pedra em cima. Continua viva, mas no seio da Terra.

Emília não gostou daquilo.

— Aquele rei antipático é capaz de encrencar — disse ela. — É capaz de exigir a apresentação da nona cabeça…

— Isso não — tornou Iolau —, porque Euristeu não sabe que a hidra tinha exatamente nove cabeças. A lenda corrente ora diz um número, ora diz outro: vai de sete a cem.

Nada aconteceu dali até Micenas. Volta e meia Hércules e Iolau erguiam os olhos para as nuvens, na esperança de verem Pégaso por mais uma vez — mas inutilmente.

Iolau admirava-se da transformação que se ia operando no gênio de seu amigo. Nada mais da bruteza antiga. Estava sociável, alegre, brincalhão, sempre muito atento às ideiazinhas da Emília, aquele espirro de gente. E que familiaridade tinha ela com o tremendo herói! Era "você" para lá, "você" para cá, como se se dirigisse a Pedrinho ou ao Visconde. E o herói gostava daquilo…

Ao avistarem Micenas, Hércules disse a Pedrinho que fosse esperá-lo com os outros lá no *camping* enquanto ele entrava na cidade com Iolau para dar contas a Euristeu da segunda façanha realizada. E separaram-se. Pedrinho e o bando partiram para o *camping*; Hércules e o amigo entraram em Micenas.

A notícia do Segundo Trabalho de Hércules já havia explodido como bomba, começando a circular de boca em boca. Quando o herói foi a palácio, já o rei sabia de tudo.

Euristeu estivera carrancudo, a excogitar um novo trabalho para aquele maldito herói que de fato tinha jeito de ser invencível. E consultou um seu ministro de Estado, célebre pelas manhas e patranhas.

— Eumolpo — disse o rei —, Hércules não tarda a vir procurar-me para dar conta de sua peleja com a Hidra de Lerna, mas já sei de tudo. Ele venceu-a como também venceu o Leão da Nemeia. Que terceiro trabalho posso impor-lhe?

Eumolpo segurou o queixo, a refletir. Depois sorriu.

— Achei!... — disse muito contente. — Hércules venceu o leão e a hidra, monstros brutescos que só valiam pela força. Mas se o lançarmos contra a famosa Corça de Pés de Bronze?

— A corça cirinita?

— Sim, a linda corça de chifres de ouro e pés de bronze lá do Templo de Ártemis, no monte Cirineu. Essa corça é consagrada à deusa, de modo que Ártemis a protege. Tem grande fama, porque nada no mundo corre com maior velocidade — e não se cansa. Pode correr um ano inteiro sem parar — e tem os pés de bronze justamente para isso — para correr o tempo que quiser sem necessidade de descanso para o casco. Hércules é pesadão. Escora hidras e leões. Mas duvido que pegue uma corça tão veloz e, ainda mais, protegida pela irmã de Apolo...

Euristeu aprovara imediatamente a insidiosa ideia, de modo que estava todo amável e risonho quando Hércules apareceu. Fingindo não saber de nada, disse logo de começo:

— Então, Héracles? Venceu a hidra também ou...

— Venci-a, sim, majestade, e aqui trago a prova — respondeu o herói abrindo o saco e mostrando as horríveis oito cabeças do monstro. — Falta uma, a nona, justamente a imortal. Essa tive de esmagá-la, queimá-la e enterrá-la bem fundo, com uma enorme pedra em cima.

— Meus parabéns, Héracles! Muito prazer me dá vê-lo de novo forte e perfeito com mais um trabalho realizado. Tuas proezas justificam a fama que tens. Aqui em Micenas o povo só fala em Héracles, só quer saber de Héracles... E ainda ficará mais apaixonado pelo grande herói, se Héracles me trouxer aqui, vivinha, a corça cirinita.

Hércules empalideceu. Sabia da fama dessa corça invencível na corrida. Mas lembrando-se da sua "dadeira de ideias" e dos mais companheiros de aventuras, consolou-se lá por dentro com um "Quem sabe?" e disse ao rei:

— Perfeitamente, majestade. Espero ter a honra de trazer, aqui, bem vivinha, a famosa veada dos pés de bronze...

Logo que Hércules saiu, Euristeu esfregou as mãos e disse ao velhaco Eumolpo:

— Desta vez não me escapa...

Quando o herói ia chegando ao *camping*, todos lhe voaram ao encontro, encarapitados no centauro.

— Sua Majestade meteu-me agora num sério embaraço. Quer que eu traga a célebre corça cirinita.

— Que é isso?

— Uma corça lá dum Templo de Ártemis no monte Cirineu, mas não uma corça comum. Além de protegidíssima da deusa, tem os chifres de ouro e os pés de bronze. Quer dizer que não gasta os cascos por mais que corra — e tem fama de correr tão rápido como o corisco. Este Trabalho vai me dar mais trabalho que os outros. Que vale minha força contra a velocidade?

Todos puseram-se a refletir, porque o caso realmente oferecia dificuldades e aspectos novos.

Pedrinho foi o primeiro a falar.

— Escute, Hércules. Lá no sítio de vovó eu vivo lidando com os caçadores vizinhos e deles aprendi mil coisas. Caçar essa corça deve ter relação com o que lá chamamos "caçar veado", mas com uma diferença: veado cansa na corrida e esta veadinha de pés de bronze não pode cansar. Assim sendo, minha ideia é não incluir a caçada de corça na categoria da "caça de veado", e sim na de paca...

Hércules não sabia o que era paca. Pedrinho explicou o melhor que pôde.

— E paca, Hércules, a gente caça dum modo muito diferente: *esperando que ela volte para a toca...*

— Mas a corça não tem toca!

— Não há ser vivo que não tenha a sua toca. Até eu, o Visconde e Emília temos a nossa — disse o menino apontando para a cabana de ramagens. — Chamo toca ao lugar certo em que o animal, quando se cansa de correr mundo, vem para descansar. Podemos primeiramente fazer uma tentativa de pegar a corça na corrida — e para isso dispomos de Meioameio. Se falhar, então recorreremos ao método da "espera na boca da toca".

Hércules achou razoável a proposta e, para caçoar com a Emília, disse:

— Este meu oficial de gabinete está me saindo melhor que a encomenda. Suas ideias até parecem superiores às da minha "dadeira de ideias"...

Emília fez focinho de pouco-caso.

— Ah, ah, ah... Você não me conhece, Lelé (e desde aquele momento passou a tratá-lo assim). — Dou ideias nas ocasiões gravíssimas, quando o perigo é grande. Nessas coisinhas sem importância da vida diária, deixo que o cérebro de Pedrinho funcione — e assim não canso o meu. Você ainda há de ver, Lelé, como são as minhas grandes ideias...

Pedrinho cochichou ao ouvido de Hércules que quando se via em grandes apuros, sem saber o que fazer, Emília lançava mão do "faz de conta", o que é muito fácil. Depois teve de explicar ao herói toda a técnica do faz de conta, que Hércules achou maravilhosa.

— E dá certo esse tal faz de conta?

— Está claro que dá, mas é um recurso de vencidos. A gente só deve recorrer ao faz de conta quando se sentir na última extremidade — na ultimíssima...

Hércules ficou a cismar naquilo.

O MONTE CIRINEU

No dia seguinte levantaram acampamento e lá se foram de rumo ao monte Cirineu. Viagem linda. Em certo ponto deram com um bando de ninfas que saíam dum bosque, tontas de terror, perseguidas por três sátiros.

— Lelé! — berrou Emília. — Não deixe monstros tão feios atropelarem as coitadinhas...

Hércules não disse nada. Sacou do carcás três setas e, dobrando o arco, despediu uma atrás da outra — *zás! zás! zás!*... Os três sátiros rolaram por terra, mas embolados apenas, não mortos. As flechas não os haviam trespassado.

Hércules admirou-se. Quê? Pois então suas flechas já não atravessavam um sátiro?

Emília explicou, com o maior lampeirismo:

— Fui eu, Lelé, que tirei a ponta de várias flechas de seu carcás. Deixei metade com ponta, metade sem ponta.

— Para quê?

— Para isso que aconteceu. Não seria uma estúpida maldade dar cabo dos pobres sátiros? Assim, com a minha ideia das flechas sem ponta as ninfas se salvaram e eles ficaram apenas machucados.

— Acho que Emília tem razão — ajuntou Pedrinho. — Nada de mortes inúteis. Para quê?

Hércules não gostou muito daquela reinação, mas resignou-se. Se fosse discutir, seria pior. Os argumentos emilianos eram como flechas de ponta: dos que matam as objeções.

Foram ver os sátiros caídos lá adiante.

— São meioameios também! — exclamou Emília. — Corpo de homem e pernas e pés de bode — e chifres de bode na testa...

— E catingudos! — observou Pedrinho tapando o nariz. — O mesmo cheiro daquele bode lá da fazenda do Coronel Teodorico...

Os três sátiros jaziam por terra, estropiados pelos setaços de Hércules, mas sem ferida de sangue. Gemiam com a dor da machucadura.

— Olhem quem está espiando! — exclamou em certo momento o Visconde — e todos viram lá na fímbria do bosque o bando de ninfas com os olhos fixos neles.

Hércules disse:

— Assim que sairmos daqui, correm todas para cá e vêm cuidar destes sátiros. As ninfas fogem dos sátiros só por coquetismo. Na realidade pelam-se por eles. Onde há sátiros há ninfas, e onde há ninfas há sempre sátiros…

E assim foi. Logo que todos se afastaram dali, as ninfas vieram na carreira ao encontro dos sátiros caídos. Depois os levaram a braços para dentro da floresta.

Continuaram a viagem. Como era agradável viajar na Grécia! Uma delícia de clima, uma delícia de paisagem. De vez em quando cruzavam-se com viandantes a pé, e havia paradas para uma prosinha.

Foi numa dessas paradas que vieram a conhecer os donos do olival, uma família composta de marido, mulher e três filhos. O vulto agigantado de Hércules assustara o homem, fazendo-o colocar-se à frente da esposa e dos filhos como para defendê-los. E ao dar com o centauro, ficou com mais medo ainda, branco que nem papel.

Pedrinho interveio:

— Somos de paz, amigo. Este é o grande Héracles que anda a realizar os seus famosos trabalhos. Já matou o Leão da Neméia e a Hidra de Lerna… E cá o Meioameio é um grande amiguinho nosso…

— Matou o Leão da Nemeia? — repetiu o homem com assombro.

— Sim. Por que se admira?

— É que moro lá nas vizinhanças. Saímos em peregrinação a Delfos, para consulta ao Oráculo de Apolo e...

Emília interrompeu-o:

— Ah, então já sei. Moram no olival, onde há um pastorzinho com um rebanho, não é?

— Exatamente! — exclamou o homem com a fisionomia iluminada. — Como sabe disso, menininha?

— É que estivemos lá e até dormimos em sua casa.

O assombro do homem não tinha limites.

— E o Senhor Héracles também?

— Claro que sim.

— Mas... não há lá cama que lhe sirva.

— Dormiu em seis pelegos estendidos no chão.

— Bom. Só assim... E como vão os meus carneiros?

— Ótimos. Só que desapareceram quatro...

— Quatro? Como?

— O pastorzinho contará o que houve...

Hércules já estava dando sinais de fome e Pedrinho propôs que acampassem ali e Meioameio fosse incumbido de obter boia. Emília convidou os donos do olival a almoçarem com eles.

Meia hora depois estavam todos perfeitamente acamaradados diante de quatro carneiros sobre as brasas, e o assombro do homem não teve limites quando viu Hércules sozinho dar cabo de três. Sua esposa cochichou-lhe baixinho: "Está explicado o desaparecimento dos quatro carneiros nossos...".

O MONTE CIRINEU

Depois do almoço, Hércules gostava de tirar uma breve soneca, o que fez sem nenhuma cerimônia. Os donos do olival ficaram sentados junto dele vendo a juventude divertir-se. Meio-ameio estava empenhado em fazer cabriolas de todo jeito para assombro dos meninos do olival, os quais não cabiam em si de tanto gosto.

— Deixa-me montar um bocadinho? — atreveu-se a dizer um deles, vendo Pedrinho encavalado no centauro.

— Venha para a garupa.

O menino foi, e boa galopada deram por aqueles campos! Quando voltaram, Hércules, já desperto, estava se espreguiçando — "Ahhhh!..." —, um espreguiçamento hercúleo que assustou o casal.

— Bom, criançada! — gritou o herói erguendo-se. — Toca a andar. Daqui ao monte Cirineu ainda é um bom pedaço.

Despediram-se. O homem agradeceu a Hércules a honra que lhe dera de escolher sua casa para dormir e ofereceu-lhe os seus préstimos e os da filharada.

Separaram-se.

— Adeus! Adeus! Voltem lá. Vão passar uns dias conosco!... — gritavam de longe os três meninos. E Pedrinho, de cima do centauro, respondia:

— E vocês, apareçam pelo sítio de vovó. Está chegando o mês das tangerinas...

A última etapa do percurso foi vencida com certa lombeira. Isso de carregar tantos carneiros no bucho não torna a gente mais leve...

— Será aquele morro? — perguntou em certo ponto Emília.

Era, sim. Era aquele o monte Cirineu e logo depois avistaram o Templo de Ártemis.

— Quem é essa Ártemis? — perguntou Emília e o sabuguinho contou:

— Ártemis é o nome duma das grandes deusas do Olimpo, filha de Zeus e irmã de Apolo. É a Diana dos romanos — a Diana Caçadora que a gente vê nos desenhos com arco na mão e carcás de flechas a tiracolo...

— E acompanhada dum cachorro ou duma veadinha — rematou Emília. — Dona Benta me mostrou uma Diana assim.

— Exatamente — disse o Visconde. — Mas a nossa Ártemis é uma deusa meio masculina. Não quer saber de trabalhos de mulher, tricô, bordados, cozinha. Seu gosto é a caça. Vive caçando e não tem medo de nenhum animal feroz. Voa atrás deles nas florestas e vara-os com os seus dardos.

— Que é dardo, Visconde?

— Uma pequena lança de arremessar.

— E como é então que o noivo da filha do Elias Turco escreveu aquela carta que Narizinho viu, com esta frase que me ficou na cabeça: "Teus olhos dardejam..."?

— Bom — explicou o Visconde —, dardejar quer dizer arremessar dardos. A palavra aí está em sentido figurado. Os turcos têm os olhos muito fortes, muito brilhantes, e os daquela turquinha parecem emitir raios de luz. O Candinho, noivo dela, achou raios parecidos com dardos e usou a palavra "dardejar"...

Meioameio havia parado bem diante do templo — um lindo templo grego, todo colunas na frente e em cima aquele triângulo do frontão. Pedrinho apeou, desceu os outros e ficou de nariz para o ar, contemplando as esculturas em alto-relevo.

O Visconde abriu o bico e disse:

— Esse alto-relevo do frontão representa a matança das Nióbidas, ou filhas da pobre Níobe.

Todos puseram-se atentos, inclusive o centaurinho. O Visconde continuou:

— Níobe, filha de Tântalo, casara-se com um grande herói tebano de nome Anfião, e tivera nove filhos, cada qual mais bonito. Mas cometeu a imprudência de orgulhar-se disso e andar se gabando de ser superior em fecundidade à mãe de Ártemis. Resultado: essa deusa, que é muito vingativa, resolveu dar cabo da bela ninhada. Invadindo a casa de Níobe, matou a flechaços todas as suas filhas, enquanto o irmão de Ártemis, Apolo, fazia o mesmo a todos os filhos homens, que andavam por fora, caçando. Essas esculturas representam a grande tragédia de Níobe...

Meioameio abria a boca sempre que o Visconde abria a sua torneirinha de ciência. "Que fenômeno prodigioso!", pensava lá consigo o potro de centauro. Como dentro duma aranha daquele tamanho cabia tanta coisa! E duma vez em que perguntou à Emília a razão do fenômeno, ela respondeu:

— Porque ele é um sábio. Sábio quer dizer isso: cheio de ciência. O Visconde é um sabugo de milho que em vez de ter grãos de milho por fora, tem grãos de ciência por dentro. É só darmos corda e a caixa de música pega a tocar...

Hércules havia entrado no templo para oferecer um sacrifício à deusa. Emília teve a ideia de fazer o mesmo.

— Vamos, Pedrinho, oferecer um sacrifício a Ártemis? Aqui a moda não é rezar, é sacrificar.

— E que é sacrificar? — perguntou o menino.

Emília deu a palavra ao Visconde, o qual respondeu:

— Sacrificar é oferecer um holocausto no altar de um deus. E holocausto quer dizer queimar totalmente uma vítima. Essa palavra vem de *holos*, que quer dizer "todo", e *kaio*, que quer dizer "eu queimo". Para ser holocausto, é preciso que haja destruição pelo fogo da vítima inteirinha…

A CORÇA

O Visconde fez uma preleção completa sobre os sacrifícios gregos, ou melhor, antigos, porque todos os povos da antiguidade usavam esse meio de aplacar a cólera dos deuses ou conquistar-lhes o favor.

— Eles eram ingênuos — disse o sabuguinho. — Julgavam que o fumo das carnes queimadas nos templos ia ter aos narizes dos deuses e os aplacava ou comovia.

Contou que depois esse costume foi mudando. Em vez de queimar animais, queimavam plantas aromáticas ou derramavam vinho no fogo; depois passaram a depositar oferendas nos altares — costume que muito agradou aos sacerdotes, os quais, na qualidade de "espoletas" dos deuses, ficavam com as oferendas — e o Visconde foi por aí além.

Não havendo nem sequer um pombo para sacrificar à deusa (coisa aliás que Pedrinho não admitiria), a ideia da ex-boneca foi queimar no altar de Ártemis três fios de cabelos da cauda do centaurinho. Meioameio comoveu-se com a lembrança. Três fios de cabelos de sua cauda queimados no altar da deusa, que amor!

Hércules já ia saindo do templo — e eles, com a prosa, não puderam verificar que sacrifício o herói oferecera; e já iam entrando no templo com os três fios de cabelo sobre as duas mãos em salva da Emília, quando um *bé* soou. Um *bé* de veadinha...

— A corça! — gritou Hércules e todos se atiraram na direção do *bé*, ainda a tempo de verem no ar o risco dos três pulos com que a corça venceu a distância que ia dali até o bosque próximo. Seus chifres de ouro brilharam ao sol, e quando suas patas de bronze batiam em alguma pedra do chão o som era de sino.

— Está no bosque! — exclamou Hércules. — Vamos cercá-la de cinco lados, já que somos cinco — e colocou seus quatro companheiros em quatro pontos estratégicos, ficando ele a ocupar o quinto. O bosque era pequeno, um simples capão de mato no meio da pradaria circundante.

— E agora — continuou — temos que ir fechando o círculo. Ela há de tentar fugir por uma das cinco direções — e quem sabe se conseguiremos agarrá-la no pulo?

E assim fizeram. Cercaram o bosque e foram apertando o círculo, mais, mais, mais, de modo que a corça, bem lá no meio do capão de mato, ou pulava fora do círculo constringente ou seria agarrada.

A corça percebeu o jogo e compreendeu o plano. Mas errou num ponto: contou só quatro perseguidores. Não incluiu entre eles o Visconde, nem sequer prestou a menor atenção nesse heroizinho. Quem, no mato, pode prestar atenção a um sabugo de milho ainda com palhinhas no pescoço e sem cartola? E como não houvesse prestado atenção no Visconde, a corça resolveu fugir justamente pelo setor do Visconde. "Eles esqueceram-se de botar alguém ali...", devia ter pensado consigo mesma. Mas não fugiu naqueles tremendos pulos que dava no limpo, visto como dentro da mata os embaraços são muitos — cipós, galhos, ramagens. Arremessou-se aos pulinhos, e num deles caiu justamente em cima do Visconde, o qual se agarrou a uma das suas patas de bronze. A corça nem percebeu o que fora. Era como se alguma simples maçaroca de palha houvesse enganchado em seu pé, e lá continuou nos pulinhos até ver-se em campo aberto. Aí parou e voltou a cabeça, porque sentiu que a maçaroca ainda estava presa à sua perna. Fez uns movimentos de coice e nada — a maçaroca não desgrudava. A corça, então, raivosa, firmou a pata e com os chifrinhos de ouro arrancou o Visconde e arremessou-o para trás, mas sem perceber que se tratava dum ser vivo, inteligente e agente. E lá se foi pela pradaria afora, aos pulos de vinte metros cada um.

Os outros caçadores, percebendo que a corça já havia saído do bosque, trataram de reunir-se, na esperança de que um deles a houvesse agarrado.

— Olá, olá, aqui todos! — gritou Hércules e todos correram para onde ele se achava.

— Então, Pedrinho?

— Nada...

— Não saiu do seu lado, Meioameio?

— Não...

— Nem do seu, Emília?

— Não...

Que mistério aquele? A corça devia ter se escapado por um dos cinco lados... Só então Pedrinho lembrou-se do Visconde.

— Falta o Visconde! — gritou. — Ainda nada sabemos do setor do Visconde.

Mas que fim levara o Visconde? Pesquisaram em todas as direções, e nada. Voltaram ao bosque e examinaram minuciosamente o setor que lhe tinham dado — e nada.

Pedrinho era muito hábil em descobrir coisas nas florestas, de tanto que as frequentava lá no sítio de Dona Benta. Não tardou a perceber, pelo amassado da vegetação, que o setor de fuga da corça fora justamente aquele. E pôde acompanhar os rastos da corça até à saída para o campo. Os rastos amiudavam-se em certo ponto.

— Aqui ela parou uns instantes e pererecou. Houve qualquer coisa aqui...

Pedrinho estava certo. Fora ali que a corça arrancara com o chifre a "maçaroca" presa à sua pata de bronze.

Pedrinho continuava no exame.

— E daqui — disse ele — ela partiu no galope. Há estes rastos de pererecamento e mais nada. O próximo rasto deve estar neste rumo a vinte metros de distância — e de fato a vinte metros dali encontrou novo rasto da corça.

— Mas o Visconde, Pedrinho? — insistiu Emília. — Será que a corça o levou nos dentes? Ele é milho e as veadas são milhívoras...

— Quem procura acha — respondeu Pedrinho — e puseram-se todos a procurar o Visconde ali na macega, porque no bosque não havia o menor sinal dele.

Súbito, *pá!*, o pezinho de Emília deu uma topada numa coisa nem dura como pedra nem mole como queijo. Ela abaixou-se para ver o que era, recuou os capinzinhos e deu um berro:

— Heureca! Achei o Visconde!... Está aqui, mas completamente morto e amarrotado.

Todos correram para lá, e de fato viram o Visconde morto e destroçado, sujo de terra, com várias palhinhas do pescoço arrancadas. Pedrinho agarrou-o e auscultou-o, para ver se o coração batia. Um riso de triunfo acendeu sua cara.

— Vivo!... Vivo, sim!... O coração está fraquinho, mas batendo. Foi um desmaio apenas. Mas que é que teria acontecido?

— Num dos pulos a corça caiu bem em cima dele e amassou-o, foi isso — disse Emília.

Pedrinho não concordou.

— Se fosse isso, tínhamos de encontrá-lo lá no bosque, no ponto em que havia ficado, e não aqui tão longe. Como veio parar aqui? Eis o mistério.

Meioameio foi no galope a um riacho perto a fim de trazer água. Que água milagrosa! Bastaram uns borrifos no rosto do Visconde para que ele abrisse os olhinhos e voltasse a si. Olhou para todos, ainda tonto e pateta. Depois disse:

— Foi com o chifre. Foi com o chifre de ouro que a malvadinha me arrancou.

— Está "variando" — cochichou Pedrinho para Emília, mas logo depois viu que não: o Visconde estava mas era contando muito certo o que havia ocorrido.

— Ela rompeu do meu lado... Vinha aos pulos, pulinhos curtos... E caiu bem em cima de mim... Eu agarrei-a pelo pé e fechei os olhos... Parece que ela nem percebeu. Continuou de pulo em pulo até sair do mato, mas aqui no campo me viu agarrado ao seu pezinho de bronze e sacudiu-o no ar. Como eu não o largasse, veio com o chifre... e me arrancou dali e me jogou longe. Perdi então os sentidos.

A consternação foi geral, não só pelo que acontecera ao Visconde como pelo fato de a corça, depois de uns momentos nas unhas de um deles, ter conseguido escapar.

— Que pena, ter tomado pelo setor do Visconde, justamente o mais fraquinho do grupo! Ah, se viesse do meu lado...

Hércules mostrava-se desapontadíssimo. Perdera aquela oportunidade única, e agora? Como descobrir a corça outra vez? Naquele seu galope desapoderado, onde estaria ela naquele momento? E por mais que pensasse no caso não conseguia formular ideia nenhuma.

O PLANO DE PEDRINHO

Sentaram-se todos eles nos degraus do templo para o estudo da situação. O centaurinho propunha-se a seguir os rastos da corça, e a persegui-la no mais louco dos galopes, se acaso a encontrasse.

Pedrinho objetou que era inútil.

— Pois se de cada pulo ela vence vinte metros, como pode um cavalo alcançá-la?

Emília advertiu-o de que Meioameio não era cavalo.

— Eu disse cavalo — justificou-se o menino — porque para os efeitos da corrida ele é cavalo — e Meioameio concordou.

O problema era saber que direção tomara a corça. Os rastos, visíveis no chão até certo ponto, perdiam-se dali por diante. Ela tanto podia ter se dirigido para norte como para sul, para leste como para oeste. E devia já estar longíssimo.

— E se consultássemos o Oráculo de Delfos? — lembrou Emília.

Pedrinho não achou sem pé nem cabeça a sugestão.

— Vale a pena tentar, sim, Emília. E podemos mandar para lá o Visconde, no pó de pirlimpimpim. Num instante ele vai e volta. Como já esteve em Delfos e conhece o oráculo, há de arranjar-se muito bem.

— Não sei — duvidou Emília. — O Visconde esteve lá apenas como "oferenda" que fizemos aos sacerdotes. Com a pítia ele não lidou.

— Não lidou, mas sabe como se deve fazer. Os sábios sabem tudo.

Hércules, que estava sem ideia nenhuma na cabeça, também aprovou a lembrança da Emília. Quem sabe? Tudo era possível naquela Grécia.

Assentado o plano, Pedrinho deu ao Visconde todas as instruções e mandou-o tomar a pitada. Hércules o havia informado com precisão da distância dali até Delfos, de modo que o Visconde não errou no cálculo do pó, indo aterrissar direitinho nos arredores da cidade.

Mas — ai! — um grande transtorno o esperava. Já ia ele entrando no Templo de Delfos, quando, por azar, deu nos olhos do mesmo sacerdote a quem Pedrinho o entregara como oferenda. O sacerdote arregalou os olhos e exclamou:

— Por Apolo! Os cavalos de Diomedes me comam se esta aranha não é a mesma que me fugiu lá da Tesouraria — e *zás!*, agarrou o Visconde pelas palhinhas do pescoço e encaminhou-se para o depósito. O pobre sabinho nem sequer esperneou. Para quê? Numa situação daquelas, nada mais inútil que o esperneamento. O sacerdote abriu o depósito e jogou-o para cima dum montão de oferendas: blocos de ouro, estatuetas preciosas, peças de seda bordada, frascos preciosos de perfumes, muito âmbar, muito marfim, incenso e mirra.

Pedrinho havia calculado que em uma hora o Visconde ia, consultava o oráculo e voltava, mas já se haviam passado três horas e nada. Chegou por fim a hora do jantar e nada de Visconde.

Meioameio pôs-se a preparar o assado de Hércules — que nesse dia era um garrote de dez arrobas. Os outros, sentados em redor do braseiro, debatiam o estranho caso do

Visconde. Que lhe poderia ter acontecido? Cada qual formulava uma hipótese — e foi Emília quem acertou. Depois de muito parafusar, disse:

— Juro que ele está guardado na Tesouraria!...

— Que ideia! — exclamou Pedrinho. — Por quê?

— Com certeza um daqueles sacerdotes que o levaram para o depósito das oferendas o reconheceu — e o trancafiou de novo.

— Mas...

— Sim — continuou Emília —, porque o Visconde tem o defeito de ser dessas criaturas que dão muito na vista. É exótico demais. Impossível que se apresentasse diante do oráculo sem que os sacerdotes o reconhecessem. Quem é que vê o Visconde e depois se esquece?...

Pedrinho ficou pensativo. Quem sabe?...

— E agora, Pedrinho, nós é que temos de ir a Delfos, não só para consultar a pítia como para salvar pela segunda vez o Visconde.

— Isso não! — gritou Pedrinho. — Ele está com um canudo de pó na cintura. Com uma pitadinha escapa de lá ainda que mil sacerdotes o cerquem.

— Perfeitamente. Mas como o Visconde não aparece, é sinal de que os sacerdotes o "desarmaram" antes de prendê-lo no depósito.

Pedrinho não entendeu o "desarmaram". Emília explicou:

— Tomaram-lhe o misterioso canudinho da cintura...

Hércules continuava com a cabeça completamente vazia de ideias. Estava tão aborrecido com a perda do escudeiro que às vezes lhe vinham ímpetos de ir a Delfos, arrombar a golpes de clava a porta da Tesouraria e arrancar de lá o Visconde, bem nas barbas dos sacerdotes.

A refeição daquela tarde foi das mais tristes. Apesar da excelência do assado, todos o comeram por comer, com o pensamento longe dali.

Pedrinho estava com ar concentrado, piscando muito: sinal de intensa preocupação. Por fim assentou no plano proposto.

— Sim, Emília, não há remédio. Temos de ir nós dois a Delfos. Do contrário perdemos o Visconde. Ele que não aparece é que está sem o canudinho — e de que vale nesta Grécia um Visconde sem pó?

— Pois vamos — resolveu Emília. — Podemos partir amanhã cedo. O oráculo abre às dez horas.

O sono daquela noite fez *pendant* com o jantar: um sono inquieto, com pesadelos, desagradável. Até Hércules custou a pregar os olhos. Só quando os primeiros galos cantaram é que o sono o venceu. Mas a preocupação de Hércules não era apenas o caso do seu escudeiro e sim também como apanhar a corça.

Na manhã seguinte Pedrinho discutiu com Emília sobre o presente a oferecer aos sacerdotes da pítia, porque os sacerdotes não fazem nada de graça. Com eles é ali no "quem não paga não tem". E só aceitavam boas pagas. Que poderiam os dois picapauzinhos oferecer aos orgulhosos secerdotes do Oráculo de Delfos?

— A pele do leão da Lua! — lembrou Emília.

— Oh, mas você pensa que Hércules vai consentir em desfazer-se dessa maravilhosa pele-escudo invulnerável? Nunca...

— Sei disso, Pedrinho, mas podemos dar um jeito...
— Que jeito?
— Deixe o caso comigo.

Minutos depois estava Emília contando a Hércules que lá no século xx as damas usavam peles de muitos animais, inclusive uma tal raposa prateada, que era raríssima. E por causa do valor dessas peles os homens foram descobrindo os melhores meios de preservá-las, de livrá-las de bichinhos e bolor.

— Sim, porque dá dó ver uma pele rara, como, por exemplo, essa sua, que é única no mundo, começar de repente a perder o pelo até ficar aí uma pele pelada, sem valor nenhum.

— E que fazem para a conservar? — perguntou Hércules, já com medo de perder a sua preciosa pele-escudo.

— Desinfetam-nas de quando em quando — respondeu Emília — e teve de explicar o que era desinfecção, coisa desconhecida naqueles tempos. Depois falou nos vários desinfetantes de cheiro forte, e nas ervas aromáticas que envenenam com o cheiro as pequeninas traças das peles. E falou tão bem sobre aquele assunto, que Hércules acabou como ela queria: pedindo que lhe desinfetasse a pele.

Emília citou o melhor processo a usar: estender a pele ao sol com uma camada de folhas de cheiro por cima. O sol fazia que o aroma das folhas se infiltrasse por entre os pelos e poros da pele etc., etc.

Logo depois lá estava a pele do leão estendida sobre uma grande laje e totalmente coberta de folhas aromáticas. Isso o que Hércules pensava, porque a realidade era bem outra. Sobre a laje só havia folhas e mais folhas, sem pele nenhuma embaixo. A pele do leão já estava bem enrolada e embrulhada, pronta para ir com eles a Delfos.

Hércules, coitado, não desconfiava de coisa nenhuma, mas por precaução Emília ainda disse:

— E não mexa lá, Lelé, senão estraga tudo. Quem põe as folhas em cima da pele, esse mesmo tem de tirá-las. É como se usa lá no mundo moderno.

Resolvido o caso da oferenda, só lhes restava calcular, bem calculada, a pitadinha de pó — e pronto! Mestre que era em tais cálculos, Pedrinho despejou na palma da mão de Emília a quantidade exata e fez o mesmo na sua. Em seguida
— Um... dois... e TRÊS!...

Zunnn...

Instantes depois despertavam nos arredores de Delfos, a mesma cidade a que tinham ido no tempo das aventuras com o Minotauro. Recordaram-se de tudo e até reconheceram certas caras vistas naquela ocasião.

— O oráculo já está aberto? — perguntou Pedrinho a um passante, e como a resposta fosse afirmativa encaminharam-se para o Templo de Apolo.

Como vinham gentes de todas as cidades gregas para consultar a pítia, mesmo àquela hora a multidão já era grande. Pedrinho, com a pele ao ombro, dirigiu-se ao vestíbulo onde se discutiam as oferendas. Descansou o rolo no chão e disse a um dos sacerdotes:

— Pode me atender aqui mesmo num caso especial?

O sacerdote franziu a testa, curioso do que poderia ser.

— Fale, menino.

Pedrinho explicou que estavam com grande urgência; precisavam consultar a pítia e voltar com a maior pressa.

— Há muitas pessoas na frente — respondeu o sacerdote.

— Mas se fizermos uma oferenda valiosíssima, como jamais houve outra?

— E que pode ser essa preciosidade?

— A pele do leão da Lua que Hércules matou na Nemeia — e Pedrinho desenrolou diante do sacerdote atônito a maravilhosa pele, única no mundo. O sacerdote cheirou-a, apalpou-a, correu a mão pela pelagem macia. Era um grande conhecedor. Frequentemente lidava com oferendas de peles de toda sorte de animais — mas pele como aquela jamais vira. E chamou um companheiro e depois outro, ficando os três a cochichar. Por fim reuniram-se em redor da pele todos os sacerdotes do templo.

Emília piscava para Pedrinho.

SEGUNDO SALVAMENTO DO VISCONDE

Depois de todos aqueles cochichos, o sacerdote aproximou-se de Pedrinho e declarou:

— Aceitamos a sua proposta. Será levado à presença da pítia nestes três ou quatro minutos — e ele mesmo foi guardar na Tesouraria a preciosa pele. De caminho notou que havia uma frase escrita na parte pelada do couro. Tentou ler. Não conseguiu e deliberou lá consigo: "Depois de fechado o expediente virei decifrar isto". E trancou a pele lá dentro.

A frase, escrita numa língua que ninguém do mundo antigo poderia ler, porque era uma língua futura, dizia o seguinte: "Visconde: palpitamos que você está preso aí na Tesouraria e privado do pó. Vai uma pitada num embrulhinho bem no fundo da orelha desta pele. Num momento em que o sacerdote abrir a porta, aspire o pó, mas depois de bem embrulhado na pele, porque é preciso que se escapem os dois, você e a pele. Pedrinho".

De volta da Tesouraria, o sacerdote levou Pedrinho e Emília para o recinto da pítia, que lá estava de camisolão branco diante da trípode a fumegar.

Pedrinho, que já conhecia todo aquele cerimonial, aproximou-se dela com Emília pela mão e disse:

— Desejo saber em que rumo está correndo a corça cirineia que o grande herói Hércules está encarregado de pegar; e também desejo saber se ela volta.

A pítia ouviu a pergunta com a maior atenção e depois, estendendo os braços, debruçou-se sobre aquela fumaça, aspirando-a. Ficou logo em estado de embriaguez e falou:

— Depois de chegar à terra dos hiperbóreos, o corisco voltará para sua deusa.

Estava terminada a consulta. O sacerdote fez ao menino gesto para que se retirasse e cedesse o lugar ao consulente seguinte.

— Que acha da resposta, Pedrinho? — perguntou Emília logo que se viu na rua.

— Não acho nada porque não sei onde é a terra dos hiperbóreos. Só o Visconde poderá me esclarecer. Temos de

esperar pelo Visconde. Ele é lerdo, como todos os sábios, mas impossível que não sinta o cheiro da pele e não desconfie. E se desconfiar, está claro que vai examiná-la e dará com o meu recado escrito.

— Mas que dose de pó você calculou?

—Ah, pensei muito nisso, sim. Pus uma verdadeira pulga de pitadinha, a necessária para ele escapar de lá e cair nos subúrbios da cidade. Temos de ir esperá-lo lá na estrada grande.

E assim fizeram. Plantaram-se à beira da estrada grande, muito atentos, sempre a olhar em todas as direções a ver se de repente o Visconde e a pele aterrissavam. O lance era arriscadíssimo. Se antes do pôr do sol o Visconde não reaparecesse com a pele, tudo estava perdido: teriam então uma só coisa a fazer

— voar para o sítio de Dona Benta, abandonando a aventura dos Doze Trabalhos de Hércules. Era essa a opinião de Pedrinho.

— E deixamos aqui o Meioameio? — objetou Emília quase com carinha de choro.

— Que remédio? Porque de uma coisa eu tenho certeza: se Hércules descobre que nós lhe furtamos a pele, e nos vê de novo pela frente, ah, dá-lhe uma daquelas cóleras hercúleas e ele nos achata com o pé, como achatou o caranguejo.[5]

Emília suspirou com os olhos no sol. Que horas seriam?

— Calculo em três já passadas — disse Pedrinho. — O tempo está voando e aquele estupor do Visconde não dá sinal de si. Com certeza nem viu pele nenhuma e está estudando cientificamente alguma baratinha grega...

Parece mentira cabeluda, mas assim que acabou Pedrinho de pronunciar essas palavras, eis que uma coisa cai a poucos passos dali — *plaf!* Uma pele! A pele do leão... Pedrinho e Emília correram para lá. Abrem-na e dão com o Visconde dentro, ainda tonto, a passar a mão pelos olhos!...

— *Avé! Avé! Evoé!* — berrou Emília, fazendo que vários passantes olhassem para ela e rissem.

Depois de bem voltado a si, o Visconde contou tudo quanto havia acontecido.

— Pois é — disse ele. — Assim que aterrissei, tonto ainda que eu estava, senti um agarramento. Eram as duas mãos dum sacerdote que me seguravam de jeito a não me deixar o menor movimento livre. "Estes bichos às vezes mordem",

---

5. *O Minotauro.* São Paulo: Globinho, 2017.

pareceu-me ouvi-lo dizer — e lá se foi comigo para a Tesouraria. Antes de me largar lá, examinou-me de alto a baixo e deu com o meu canudinho de pó atado à cintura. Tirou-o, cheirou-o sem aspirar, provou um bocadinho com a ponta da língua. "Que será isso? Talvez o alimento deste inseto. Mas como foi que da outra vez me fugiu daqui? Não compreendo..." — e afinal fechou-me na Tesouraria, no meio duma montanha de preciosidades.

— E quais foram os seus pensamentos lá na Tesouraria, Visconde? — quis saber Emília.

— Eu pensei o que podia pensar: que dando por falta de mim, vocês fatalmente viriam procurar-me; e que chegando cá a Delfos, fatalmente descobririam o meu paradeiro; e que descobrindo o meu paradeiro...

— Já sei, Visconde — interrompeu Emília. — E como descobriu o nosso recado escrito na pele?

— Pelo cheiro. Mal o sacerdote largou lá a pele, senti uma forte catinga de leão no ar. "Macacos me lambam se isto que acabou de entrar não é a pele do leão da Lua!" E levantando-me fui ver. Sim, era ela mesma, reconheci-a logo. E por felicidade dei com o recado, porque a pele estava enrolada com o pelo para dentro. O resto não é preciso contar...

— O que é preciso é voltarmos incontinenti. O carro de Apolo já está bem perto da cocheira...

Sim. O relógio de parede de Dona Benta devia estar dando quatro horas lá no sítio. Pedrinho calculou duas pitadas de pó e distribuiu-as pelas duas palminhas de mãos estendidas. Depois calculou uma terceira para si. Aspiraram as três pitadas ao mesmo tempo e *zunnn!...* foram despertar no monte Cirineu, a poucos metros da laje.

— Emília — disse Pedrinho logo que a tontura passou —, vá com o Visconde ver Hércules e entretenha-o enquanto eu coloco a pele debaixo das folhas. E quando eu der um assobio de dois dedos, pode vir.

Emília pegou o Visconde pela mão e foi correndo na direção do templo. Encontrou Hércules dormindo ao sol, feliz como um lagarto. Quando no sono, o herói esquecia-se de todas as suas inquietações. Meioameio estava ausente, com certeza em busca do jantar.

Emília pegou do chão uma palhinha e fez cócegas no ouvido de Hércules. O herói deu um grande tapa em si mesmo e despertou. E ficou uns instantes apatetado ao ver diante de si o seu prodigioso escudeiro ali com a boneca.

— Então, meu caro, que foi que aconteceu?

Emília tomou a palavra. Era preciso falar e falar e falar até que soasse o assobio de Pedrinho — e ela falou pelos cotovelos. Contou tudo de tudo e mais alguma coisa. E quando no fim Hércules disse: "Bom. Estou ciente. Preciso agora ir recolher a minha pele", Emília deu uma grande risada.

— Está ciente, Lelé? Ah, como é ingênuo! Tenho muita coisa ainda a dizer e da mais alta importância, como, por exemplo...

Mas não precisou inventar mentiras: o assobio de Pedrinho havia soado.

— Que assobio é aquele? — indagou o herói.

SEGUNDO SALVAMENTO DO VISCONDE 147

— É de Pedrinho. Está nos chamando na laje.

Hércules rumou para lá, acompanhado da Emília. Pedrinho, de mãos na cintura, olhava muito atento para a camada de folhas.

— Posso retirar a pele? — perguntou ele logo que o herói chegou — e na voz de "sim", esparramou as folhas e suspendeu a linda pele. Hércules levou-a ao nariz. Fez uma careta.

— Extraordinário! Como é que depois de passar horas e horas ao sol sob uma camada de folhas odoríferas, esta pele só mostra a mesma catinga de sempre? Estou vendo que nas peles invulneráveis nem os cheiros penetram…

VITÓRIA

Depois de sossegados quanto ao ponto principal, que era a restituição da pele, Pedrinho chamou o Visconde para uma consulta. Queria saber que eram os "hiperbóreos".

O Visconde sabia.

— Hiperbóreos: os antigos chamavam assim aos povos do norte, das terras glaciais perto do polo.

— Bom — disse Pedrinho. — Então a resposta do oráculo quer dizer que a corça vai numa carreira até perto do polo e só depois volta cá para este templo. A interpretação está das mais fáceis.

E pôs-se a raciocinar. Se a corça ia e voltava, nada mais inútil do que saírem dali. Em vez de correrem mundo às tontas, como cegos, sem quase nenhuma probabilidade de encontrar a corça, o cômodo, o bom, o certo, o agradável, era ficarem acampados ali até que ela voltasse. Outra: se a corça vencia vinte metros de cada pulo, era fácil calcular aproximadamente quanto tempo levaria para ir e voltar. Eles estavam na Grécia cuja latitude é de...

— Visconde: qual a latitude da Grécia?

— A Grécia fica entre trinta e sete e quarenta graus de latitude norte.

— E as terras hiperbóreas que a pítia falou?

— Isso é o arquipélago de Spitzberg, lá entre setenta e seis e oitenta graus de latitude. A distância daqui até lá é de uns quarenta graus; quer dizer que passa de cinco mil quilômetros.

Pedrinho coçou a cabeça. Cinco mil quilômetros! Que pena haver tantos quilômetros no mundo... Depois calculou a velocidade da carreira da corça, achando duzentos quilômetros por hora. Mesmo assim ela levaria cinquenta e duas horas para ir e voltar. Não era muito. Podiam esperar ali. Mas apesar de haver feito pouco-caso no faz de conta da Emília, Pedrinho resolveu recorrer a ele para encurtar o prazo.

— Sim — disse para si mesmo. — Faz de conta que a corça volta depois de amanhã — e correu a dizer aos outros que com base em seus estudos e nos do Visconde, a corça estaria de novo ali depois de amanhã à tarde.

Hércules não duvidou. Ele já não duvidava de nada que os seus maravilhosos companheirinhos dissessem.

— E como vamos fazer para pegá-la?

— Aplicar o meu sistema de esperar a paca na toca.

No caso da corça, a toca é o Templo de Ártemis. Podemos esperá-la aí no campo, cada um de nós num dos pontos de passagem mais provável.

Emília já estava ali, muito atenta, de mãos na cinturinha. Ao ouvir aquilo, deu uma risada. Depois:

— Mas se o templo é a toca, por que não a esperarmos dentro da toca?

Hércules assustou-se com a ideia. Seria uma profanação, um desrespeito à vingativa Ártemis. Mas Emília não cedeu.

— Tenho um jeito que acomoda tudo — disse ela. — Armamos uma rede à entrada do templo. A entrada não é bem dentro do templo e a deusa não pode dizer nada.

Hércules ainda coçou a cabeça, indeciso, mas Pedrinho e Emília foram cuidar da rede.

— Há de haver pau de embira no capão de mato — disse o menino. — Vou ver — e correu para lá. Meia hora depois voltava com uma boa quantidade de embira excelente. Chamou os outros.

— Temos de desfiar toda esta embira e torcer uma cordinha assim da grossura dum barbante — e puseram-se ao trabalho. Hércules ajudava, segurando a ponta do cordel que os outros iam torcendo. Meioameio mostrou-se muito hábil naquilo. Uma hora depois estavam com um novelo de cordel mais que suficiente para a rede necessária.

Pedrinho imaginou-a no formato dos sacos de filó que usam os caçadores de borboletas. Também lembrava certas armadilhas de pegar peixe.

— Tal qual um covo — dissera o Visconde.

Pronta a rede, armaram-na entre as colunas da fachada do templo, num ponto por onde a corça fatalmente passaria. Armaram-na só para experiência, porque a rede não podia ficar ali dois dias à espera da corça. Embora não fosse um templo muito frequentado, volta e meia aparecia por lá um ou outro fiel.

Muito bem. Tudo estava perfeitamente estudado e preparado, e Hércules já sorria no antegozo da vitória.

O jantar daquela tarde foi dos mais alegres, porque estavam novamente todos reunidos e absolutamente certos da vitória. Mais umas horas e pronto! O malvado Euristeu iria ficar com cara de asno.

O dia seguinte foi só de brincadeiras e galopadas no centauro. Mas Pedrinho notou que o Visconde estava se tornando muito "variável". Ora brincava, ora não brincava, e quando saía do brinquedo era para ficar com o olho parado. Emília cochichou para Pedrinho:

— Será um grande transtorno se ele enlouquece aqui...

— Por que há de enlouquecer, Emília? Não seja agourenta.

— É que os sintomas estão se amiudando. Durante todo o caso de Delfos o Visconde comportou-se com a maior perfeição, sem a menor loucurinha, mas hoje não está bom.

— Vovó diz que os loucos têm períodos de lucidez e loucura — lembrou o menino. — Deve ser isso.

Dormiram muito bem aquela noite — todos, menos o Visconde. O sabugo passou-a de olhinhos arregalados e parados num ponto, piscando muito.

....

E afinal chegou o grande dia da vitória, o dia em que tinham de apanhar viva a Corça de Pés de Bronze.

Logo pela manhã Pedrinho veio com uma boa ideia: pôr Meioameio de sentinela na estrada, com instruções para espantar qualquer visitante do templo que aparecesse.

— Fique dentro do mato da margem, escondidinho. Quando aparecer algum fiel, dê um pulo para a estrada e amedronte-o como quiser. Coices, só em caso de última necessidade.

Meioameio riu-se.

— Não vai ser preciso. Este povo tem tal pavor dos centauros, que a simples vista de um os faz correr ainda mais rápido que a corça...

Bom. Estavam sós no campo, livres de importunos, e podiam armar a rede. Pelos cálculos de Pedrinho só lá pela tarde a corça chegaria, mas precaução nunca é demais. E foi ótimo que pensasse assim, porque a corça veio três horas antes do cálculo de Pedrinho.

Eles haviam acabado o almoço e estavam deitados por ali, cochilando, sem pensamento nenhum na cabeça quando Emília, trepada a uma árvore, gritou:

— Sentido! Estou vendo um pulo a grande distância...

Pedrinho explicou a Hércules que os olhos de Emília sempre foram famosos. Certa vez chegou até a enxergar uma pulga no dragão de São Jorge, lá na Lua. E se ela estava vendo pulos, então era mesmo a corça que vinha vindo.

O toque de "Sentido!" fez que todos se levantassem e se colocassem, bem escondidos, nos pontos que Pedrinho havia determinado. Em cima da árvore Emília continuava a ver pulos.

— É ela, sim! Vem de pulo em pulo, e vai ficando maiorzinha à medida que se aproxima. Neste um minuto está aqui.

Como custou a passar aquele último minuto de espera! Emília ainda gritou:

— Os chifres de ouro rebrilham ao sol. Ela está pulando o ribeirão...

Do ribeirão ali eram cem metros — cinco pulos. E todos viram a corça dar esses cinco pulos finais e mergulhar no templo, justamente no ponto desejado: — o vão das duas colunas entre as quais fora armada a rede.

— Está no papo!... — berrou Pedrinho voando para lá.

Todos o seguiram, e lá deram com a corça na rede e Pedrinho em cima dela, tal qual no dia em que se atirou sobre a peneira do Saci. Bem que a coitadinha tentara fugir, ao perceber que caíra num laço — mas seu chifre de ouro enganchou-se nas malhas da rede, o que deu a Pedrinho tempo de chegar e atirar-se. Se não fosse aquele abençoado enganchamento, o mais certo era ter a corça escapado pela segunda vez — e aí, então, nunca mais!...

Pedrinho não se esquecera de tecer com o resto das embiras uma boa corda — e lá estava ele com as mãos por dentro das malhas procurando atar a ponta dessa corda naqueles chifrinhos de ouro. Depois disso feito, levantou-se e disse:

— Pronto! Podemos retirá-la da rede.

Vendo-se livre da rede, o animalzinho julgou-se livre de tudo mais e disparou — mas a ponta da corda estava bem segura na mão de Pedrinho, o qual a derrubou com um sacão violento. A corça ainda fez duas ou três tentativas de fuga, mas breve se deu por vencida e baixou a cabeça.

Todos a rodearam. Emília ergueu-lhe uma das patas e bateu com uma pedrinha para ver se era bronze mesmo. O som foi de sino. Depois examinou os chifres de ouro. Que belos e como ficariam bem em seu museuzinho!

— Hércules — disse ela —, quero que me corte os chifres desta corça. O tal Euristeu não sabe como ela é. Fica pensando que é mocha.

Mas Hércules não a atendeu — e foi a única vez que não atendeu a um pedido da Emília. A razão era muito clara. Se ele serrasse os chifres de ouro da corça, ficavam os tocos — e depois Euristeu iria acusá-lo de ladrão daquele ouro. Hércules era burrão, mas muito honesto.

No dia seguinte partiram para Micenas com a corça na corda. Como Pedrinho seguisse montado em Meioameio e lhe ficasse incômodo ir segurando a ponta da corda, teve a ideia de amarrá-la no rabo do centaurinho — e assim fez. A entrada dos heróis em Micenas causou sensação. Hércules na frente; depois o centauro com os picapauzinhos montados; e por fim, pela cordinha, a famosa Corça de Pés de Bronze e Chifres de Ouro, cuja existência era notória na Grécia inteira.

— Isto, sim, é que é um herói de verdade! — disse uma voz no meio do povo. — Já matou o Leão da Nemeia, já liquidou a Hidra de Lerna e agora traz a corcinha do monte Cirineu. Que trabalho poderá haver no mundo que Héracles não realize?

Quando o herói entrou no palácio de Euristeu com a corça cirinita nos braços, Sua Majestade, mortificado de paixão, fulminou com os olhos o pobre ministro Eumolpo que lhe sugerira aquele trabalho.

— Salve, majestade! — começou Hércules. — Aqui tendes a Corça de Pés de Bronze e Chifres de Ouro que vivia sob a proteção da gloriosa Ártemis — e soltou ali na sala do trono o maravilhoso animalzinho.

O despeito de Euristeu em virtude de mais essa vitória de Hércules transparecia em seus olhos. Mas procurou dominar-se e disse secamente:

— Felicito-o. Amanhã determinarei o trabalho seguinte — e fazendo gesto de fim de audiência, desceu do trono e foi conferenciar com Eumolpo sobre o que fazer daquele invencível herói.

Depois de sair do palácio, Hércules reuniu-se aos meninos, que o esperavam na rua, e disse:

— O rei ainda não me deu nenhuma incumbência nova. Temos de esperar.

— Aqui ou no *camping*?

— Está claro que no *camping*. Toca para lá.

Com que alegria voltaram ao querido acampamento lá perto do ribeirão de águas cristalinas! Com que felicidade se espalharam por ali, procurando as coisas deixadas, matando as saudades!

— Temos de melhorar nossa cabana — propôs Emília. — Nós viramos e mexemos nesta Grécia, mas a nossa verdadeira residência é aqui — e começaram a estudar a reconstrução da cabana.

— E por que — disse Pedrinho —, em vez de reconstruir essa miserável choupana de palha, não havemos de fazer uma casinha como a que os Meninos Perdidos construíram para Wendy?[6]

A ideia encantou a todos, e o resto do dia passaram na maior atividade, reunindo materiais de construção. A floresta forneceu muita coisa, e o que não havia na floresta era comprado no Amazém Faz de Conta que Emília abriu à beira da estrada. Lá adquiriram telhas para o telhado, e vidraças já prontas, e tábuas para o assoalho, de modo que a casinha se foi tornando uma beleza.

— Na frente quero uma fila de colunas como a do Templo de Ártemis — reclamou Emília.

— Mas que é das colunas?

— Vou mandar uma dúzia lá do meu depósito — e foi com as colunas faz de conta do Armazém da Emília que o arquiteto Pedrinho ergueu a fachada da construção. Emília exigiu ainda, sobre as colunas, um frontão ao tipo do de todos os templos gregos, com esculturas.

— Quero no frontão um autorrelevo que represente as principais cenas da caça à corça. Esculturas de mármore.

— E quem vai esculpir isso?

— Lá no meu armazém também vendo esculturas maravilhosas — e Pedrinho construiu o frontão e colocou lá as maravilhosas esculturas vindas do Armazém da Emília.

Hércules não largava dos meninos e babava-se de gosto ao vê-los brincar. Na sua vida de herói, sempre em luta com toda

---

6. *Peter Pan*. São Paulo: Globinho, 2017.

sorte de monstros e guerreiros, nunca tivera tempo de prestar atenção nesses bichinhos tão interessantes chamados "crianças". E das crianças o que mais agora o interessava era o "tal de brinquedo". Parece que a única preocupação do bicho criança é brincar e brincar e brincar. E no brinquedo usam muito aquela maravilha do faz de conta. A gente grande não sabe o que é isso, por isso a gente grande é tão infeliz. Hércules começou a compreender que a maior maravilha do mundo é realmente o faz de conta — isto é, a Imaginação, o sonho...

A casinha nova já não era casa — era templo habitável. Templo por fora e casa de morada por dentro. Mas os templos têm que ser dedicados a alguém.

— Templo de que deus ou deusa, Pedrinho? — perguntou Emília depois de tudo pronto.

O menino pensou. Os deuses e deusas da Grécia andavam fartos de templos, tantos havia por lá. O melhor era dedicarem aquele templozinho à vovó, coitada, tão longe dali e com reumatismo. Emília concordou — e imediatamente viu surgir na fachada do templo um letreiro entalhado em mármore faz de conta: TEMPLO DE AVIA.

Emília não entendeu.

— AVIA é "vovó" em latim — explicou Pedrinho.

— Mas a língua aqui é a grega. Ponha aí "vovó" em grego.

— Era o que eu queria fazer, mas não sei e não quero dar o gosto de me informar com Hércules. Se ele descobrir que não sei nem como é "vovó" em grego, é bem capaz de perder a fé em toda a minha sabedoria...

Que deliciosa noite passaram na casinha nova! Hércules dormiu ao relento, como de costume, e o centaurinho também.

Isso fez que a sensação de segurança dos picapauzinhos fosse imensa. Guardados por um semideus e por um centauro! Que mais poderiam desejar?

No dia seguinte chegou um mensageiro com um pergaminho. Hércules, que era analfabeto, pediu a Pedrinho que o lesse.

O menino desdobrou o rolo e leu o seguinte:

Sua Majestade o rei Euristeu, de Micenas e Tirinto, ordena ao seu súdito Héracles que siga imediatamente para Erimanto, na Psófida, a fim de descobrir o monstruoso javali que anda a assolar aquelas paragens.
E como assim quer, assim manda. EUMOLPO, *primeiro-ministro de Sua Majestade Altíssima.*

Hércules arreganhou um sorriso. Se era um javali, então se tratava de massa-bruta, e de massa-bruta ele jamais teve medo. Para Hércules o perigo estava em trabalhos como o da corça, contra a qual a sua força era inútil, um trabalho que requeria muita inteligência. Se vencera com tamanha facilidade a Corça de Pés de Bronze, isso fora em virtude da colaboração de Pedrinho e dos outros.

"Sim", refletia consigo o herói. "Eles representam a Inteligência e eu só disponho da Força. Em muitos casos a Força nada vale e a Inteligência é tudo — como no da corça. Mas um javali, ah, ah, ah… São ainda mais broncos do que eu…"

Depois deu ordem aos outros já reunidos em seu redor:

— Aprontem-se que amanhã de madrugada vamos partir para o Erimanto.

Emília lembrou-se da casinha.

— E fica largada aqui este nosso amor de casinha?

— Que remédio? Mas espero que ninguém ousará pôr as mãos nela, sabendo que é nossa. Todos aqui temem os meus músculos…

E Hércules concluiu o seu pensamento com uma "piada" muito fina, a primeira e última de sua vida:

— E se alguém estragar a casinha, aplicamos o faz de conta e o estrago desaparece…

Emília teve de engolir o remédio que ela tanto receitava para os outros, mas apesar disso foi lá à casinha e pregou um letreiro de papel de verdade (papel não: costas do pergaminho momentos antes recebido), o qual dizia assim:

Esta casa tem dono. Ai de quem mexer nela!… Será esmagado pelo pé de Héracles, com a mesma força com que esmagou o caranguejo…

No dia seguinte, às quatro e meia da madrugada, partiram para o Erimanto.

4 — O JAVALI DE ERIMANTO

Hércules e seus companheiros lá iam de rumo à Arcádia. Nessa parte da Grécia ficava o monte Erimanto, que vinha sendo assolado por um gigantesco javali. Cada vez que o monstro descia para os vales era para fazer estragos horrorosos. Daí o pavor dos seus moradores e o pedido de socorro que endereçaram ao rei Euristeu: "Majestade, haja por bem dar jeito nesta fera, pois do contrário estamos perdidos". E com esperança de que Hércules perdesse na luta, Euristeu mandou-o combater o feroz javali.

    A Arcádia era a região mais atrasada de toda a Grécia, por ser muito montanhosa e por isso mesmo pouco povoada. A indústria não ia além da pastoril. Sempre que um poeta grego fazia um poema bucólico, era na Arcádia que punha a cena. Se outro precisava dum pastor, ia buscá-lo na Arcádia. E com o passar do tempo a Arcádia ficou para o resto da Grécia como o símbolo do bucolismo, da vida simples e rústica. Até hoje a palavra "arcádia" lembra pastores tocando flauta para os carneiros ouvirem e pastoras de cestinhas no braço atrás das margaridas-do-campo.

Quem deu essas noções sobre a Arcádia foi o Visconde, que andava passando bem do desarranjo cerebral. Pedrinho não sabia se ele sarara de todo ou se estava atravessando um "período de lucidez".

— E as pastoras também usavam grandes chapéus de palha de aba larga — lembrou Emília. — Vi pastoras assim num leque antigo de Dona Benta.

O Visconde contou que os poetas são uns mágicos: tomam as sujas pastoras da realidade e as transformam em mimos de criaturas, com açafates de flores ao braço, pezinhos bem calçados, saia rodada e o clássico chapéu de palha preso ao queixo por uma barbela de fita. Fazem delas uma coisa de leque e de poema, "mas as pastoras de verdade são muito diferentes, coitadas; são mulheres do povo, grosseiras por falta de educação e trato — e nem por sombra imaginam como aparecem faceiríssimas nos tais leques e poemas".

Nesse ponto da conversa Hércules, que seguia na frente, parou para falar com um viandante. Queria saber onde ficava a residência do centauro Folo, seu amigo.

— Folo? — repetiu o viandante. — Mora por aqui, sim, coisa de uma légua neste rumo. Mas está aí uma coisa que eu não sabia: que Hércules tivesse um amigo centauro...

— Tenho dois, esse Folo e o de nome Quíron, que mora

na Maleia — respondeu o herói. — Confesso o meu antigo ódio aos centauros, do que aliás me arrependo, pois vi que com um pouco de educação eles se tornam excelentes criaturas, como o nosso amigo Meioameio.

O passante não sabia quem era. Hércules explicou:

— Um centaurinho novo que capturamos e amansamos. Lá vem ele... — e apontou para Meioameio, que vinha na volada com os carneiros do almoço aos ombros.

O viandante ficou apavorado, pois era a primeira vez que via um desses tremendos seres. Folo morava por lá, mas o nosso homem nem sequer passava por perto de seus domínios.

Enquanto o centaurinho preparava o almoço, Hércules deixou-se ficar sentado por ali, a conversar com o passante, isso depois de ter feito a apresentação de Pedrinho, do Visconde e da Emília. Grande admiração e espanto do homem, sobretudo diante do Visconde, que ele achou parecidíssimo com uma aranha.

— E esse canudo com abas que ele tem na cabeça?

— Chama-se "cartola" — respondeu Emília. — É o chapéu usado no mundo moderno pelas pessoas importantes — presidentes de República, ministros, doutores, sábios. Estezinho é sábio.

Depois de informar-se de muita coisa do "tal mundo moderno", o homem pediu a Hércules que lhe contasse por miúdo a sua atuação no célebre caso do choque entre os centauros e os lápitas. Hércules, porém, tinha vergonha de contar coisas da Grécia perto do seu escudeiro, o qual sabia de todos os assuntos muito mais que ele — e deu a palavra ao Visconde.

— Escudeiro, conte a este homem o que sabe dos centauros.

E o sabuguinho contou.

— Antes de mais nada — disse ele —, temos de ver como os centauros surgiram nesta Grécia. A coisa começou no Olimpo, certa vez em que os deuses estavam se banqueteando com a ambrosia e o néctar. Entre os comensais figurava um criminoso asilado no Olimpo: Íxion, o rei dos lápitas, o qual era filho de Zeus e uma ninfa.

— Asilado por quê? — indagou Pedrinho.

— Porque havia matado o sogro, e Zeus, com dó do filho assassino, asilou-o na morada dos deuses. Mas esse Íxion era do chifre furado. Em vez de ficar quietinho, sabem o que fez? Pôs-se a namorar Hera ou Juno, a esposa de Zeus.

— Que desaforo! — exclamou Emília. — E Zeus?

— Zeus estava de muito bom humor quando percebeu a coisa, e em vez de zangar-se com o patife, teve uma ideia: mandou que uma nuvem tomasse a forma de Juno e correspondesse ao namoro de Íxion.

— Que coisa engraçada! — exclamou Pedrinho. — Estou vendo que o Olimpo dos gregos é um verdadeiro teatro...

— Se é! E por isso não tem conta o número de dramas, comédias e tragédias da literatura clássica em que o enredo é uma passagem qualquer lá no Olimpo. Nunca houve no mundo maior manancial de casos prodigiosos, e isso porque o Olimpo era filho da Imaginação grega, a mais rica de todas as imaginações da antiguidade. Esse caso de Íxion até hoje é recordado. Quando alguém toma uma coisa por outra, o uso é dizer-se: "Ele tomou a nuvem por Juno".

— E que aconteceu?

— Aconteceu que Íxion namorou a nuvem e depois andou se gabando. Zeus, então, encheu-se de cólera e arremessou-o ao Tártaro, que era o inferno dos gregos, onde Mercúrio, por ordem de Zeus, o amarrou a uma roda que iria virar eternamente — uma roda a que também estavam amarradas inúmeras serpentes...

— Mas que tem tudo isso com os centauros?

— Tem que os centauros começaram assim. Nasceram dos amores de Íxion com essa nuvem e um dia declararam guerra ao filho de Íxion que o sucedera no trono, reclamando sua parte na herança. Esse filho de Íxion teve medo da luta e fez com eles um acordo; depois convidou-os para a festa de seu casamento com Hipodâmia. A grande encrenca nasceu daí. Os centauros eram também filhos de Íxion, desses que puxam ao pai. No meio da festa ficaram com as cabeças muito esquentadas e puseram-se a namorar a noiva. Depois quiseram raptá-la, e também às outras moças presentes na festa.

— Que escândalo!

— E que desastre! — exclamou o Visconde. — Imaginem que entre os convivas estavam três tremendos heróis: aqui o meu amo Hércules, Teseu e Nestor. Esses heróis se atracaram com os insolentes centauros, mataram a muitos e expulsaram da Tessália os restantes. Foi então que vieram refugiar-se aqui, nestas montanhas da Arcádia.

Hércules estava de boca aberta. Como é que aquela aranhinha pernuda sabia tanta coisa certa? Talvez fosse sortilégio "daquilo" que ele não tirava da cabeça e no mundo moderno se chamava "cartola". Daí a grande veneração e respeito do herói pela cartolinha do Visconde.

Depois falaram em Folo, o centauro amigo que o herói desejava visitar, e Hércules voltou-se para Meioameio.

— Escute. Vamos daqui à morada de Folo e é possível que encontremos por lá outros centauros. Tenho receio de que você sinta a voz do sangue e queira nos abandonar…

O centaurinho deu uma gargalhada.

— Ficar por aqui entre estes brutos? Nunca!… Depois do que ouvi de Pedrinho e Emília, só um lugar no mundo me serve: o sítio de Dona Benta.

— Então posso ficar sossegado? Sem receio de que você nos fuja e fique aqui por estas montanhas com os seus iguais?

— Claro que pode. Fiz tal amizade com Pedrinho que nada no mundo nos separará.

Hércules sossegou.

LUTA COM OS CENTAUROS

À tarde chegaram à morada de Folo, o qual, com grandes demonstrações de contentamento, veio à porta receber o amigo. Eram na verdade velhos camaradas. Folo admirou-se muito de o ver em companhia de um centaurinho, e mais ainda ao saber do modo como Hércules o pegara.

Depois de muita prosa, Folo abriu um barril de vinho para festejar o aparecimento do herói. Era um vinho excelente e de cheiro muito forte — cheiro que o vento levou até a floresta onde estavam os outros centauros.

— Hum!... — fez um deles, farejando o ar. — Aposto que Folo abriu aquele barril de vinho que recebeu de presente. Isso quer dizer que está de visita. Quem será?

E, conversa vai, conversa vem, surgiu entre eles a ideia de um ataque à morada de Folo para "raptar" o barril de vinho. Armaram-se de machados, paus e grandes pedras e partiram em desapoderado galope. Quem os viu foi Emília, com os seus olhinhos de telescópio.

— Estou vendo! — gritou ela do alto duma grande penedia. — Estou vendo um bando de centauros! Talvez sejam os parentes de Meioameio que o querem tomar de nós. Avise ao Lelé, Visconde! — e enquanto o Visconde corria a avisar o herói, Emília, de pezinha na ponta dos pés, olhava, olhava.

— O bando vem vindo no galope! Uns trazem machados, outros trazem paus e pedras. Vêm de nariz para o ar, farejando o barril de vinho que Folo abriu...

Hércules estava de prosa com o seu amigo centauro, sem nada desconfiar do furacão em marcha. O Visconde aproximou-se com o recado.

— Senhor Hércules, a Emília manda dizer que os centauros vêm vindo no galope.

Hércules deu um pulo, já em guarda e de mão no carcás. E enquanto Folo perguntava o que era, ele sacava as flechas sem ponta e jogava-as a um canto. Só queria as bem pontudas.

— Os centauros vêm vindo! — repetiu Hércules. — Vamos ter luta feroz...

— É que cheiraram esta vinhaça — disse Folo. — Eles são a própria intemperança em pessoa.

Nesse momento chegou até eles o tropel dos centauros, cada vez mais próximos. Hércules passou a mão na clava e esperou. As flechas, ele as usava para os ataques a distância.

Os tremendos monstros chegaram e pararam de brusco diante da morada de Folo, como param cavalos no galope quando o cavaleiro colhe dum tranco as rédeas. O mais alentado de todos avançou e disse:

— Sabemos do barril de vinho e queremos beber. O cheiro nos foi levado pelo nosso amigo vento.

Folo explicou que abrira aquele barril para obsequiar o seu velho amigo Héracles, que tinha vindo visitá-lo.

O nome de Héracles provocava ódio e pavor entre os centauros, de modo que ao ouvi-lo o bando caiu em guarda. E como já tivessem bebido naquele dia e estivessem com as cabeças quentes, a arrogância os empolgou. O chefe disse:

— Ótimo que o tenhamos encontrado! Entre nós e esse herói há velhas contas a ajustar. Por sua causa estamos reduzidos à nossa atual condição aqui nestas agrestes paragens. Ele que salte cá fora, se não é o poltrão dos poltrões.

Mal disse isso e, como uma bomba voadora que cai do céu, Hércules explodiu no meio deles. Sua clava, pesada como uma montanha, alcançou o chefe dos centauros pelo ombro e "apeou-o", isto é, fê-lo vir ao chão estrebuchando. Vendo aquilo, os outros atiraram-se contra o herói com as armas que traziam, mas foi o mesmo que agredir o rochedo de Gibraltar. O herói unia a força à agilidade; com esta

desviava-se dos golpes e com a força golpeava uma vez só. Cada clavada era um centauro no chão. Caíram assim quatro, e os dois restantes fugiram. Hércules ainda teve tempo de espetar um deles com uma seta.

Folo ficou sentidíssimo daquilo, porque era parente e amigo dos cinco centauros mortos. Que loucos! Que imprudentes! Virem atacar a quem? A Héracles, o invencível herói que já os havia destroçado na festa dos lápitas. Loucos, loucos!... Tinha agora de enterrá-los — e Folo reuniu todos os corpos num certo ponto para o funeral. Depois foi em busca do fugitivo alcançado a distância pela seta de Héracles. Tomou o cadáver nos braços. A seta estava cravada em suas costas. Folo arrancou-a, mas ao fazê-lo feriu-se na mão. Foi a conta. Dali a pouco estorcia-se em dores e morria uma morte horrorosa. O veneno que Hércules usava nas setas era infalível.

O triste fim de seu amigo centauro encheu de dor o coração do herói. Hércules chorou como uma criança, apesar das palavras de Pedrinho:

— Não adianta, Hércules! O que adianta é fazermos os funerais de Folo e enterrarmos o cadáver dos outros.

Emília censurou-o com a maior severidade:

— Esse seu gênio exaltado não dá certo, Lelé. Por qualquer coisinha fica fora de si, enxerga tudo vermelho e lá vem a hecatombe. Matar cinco lindos centauros, que judiação! Bastava dar-lhes uma boa sova. De sova a gente sara, mas quem morre desaparece para sempre. O bom sistema é o dos americanos nas fitas de *cowboys*. Quando chega a hora, o pega é tremendo, é dos que fazem a gente se torcer na cadeira. O "bom", depois de ser quase vencido, acaba vencendo e pondo o "mau" nocaute. Mas ninguém morre! Era o que você devia fazer aqui: pôr nocaute estes centauros, mas só. Que direito tem uma criatura de tirar a vida de outra — não é mesmo, Visconde?

— Sim — respondeu o escudeiro. — Entre os mandamentos da Lei, há um que diz: "Não matarás".

— Está vendo, Lelé? Até o seu escudeirinho sabe que isso de matar é só quando se trata de hidras de Lerna ou de leões da Lua. Matar cinco centauros é contra todas as leis, porque há poucos centauros no mundo, e no dia em que todos desaparecerem o mundo ficará vários pontos mais sem graça.

O herói ficou envergonhadíssimo de sua ação e concordou que era um bruto, indigno de ter um escudeiro como o Visconde de Sabugosa.

Depois do sermão moral da Emília e duma prédica do sabuguinho, Hércules disse:

— Muito bem. O que está feito, está feito. Vamos enterrar com toda a solenidade o meu querido Folo e depois prosseguiremos em nossa penetração rumo ao Erimanto.

O enterro de Folo foi um ato comovente. Pedrinho fez um discurso ao pé da cova, tão bonito que Hércules esvaziou toda a sua reserva de lágrimas. Emília aparou uma dessas lágrimas num vidrinho de homeopatia lá da sua canastra, e escreveu no rótulo: "Lágrima hercúlea, recolhida por mim mesma no dia do enterro de Folo". A ciganinha não perdia ensejo de tirar partido de todos os acontecimentos.

Mas esse encontro de Hércules com os seis centauros não foi o último. Tempos depois o herói esqueceu as censuras da Emília e o sermão do Visconde e teve outro encontro com o resto dos centauros, aos quais atacou a flechaços e fez fugir para a Maleia. Lá morava Quíron, o mais sábio de todos os centauros e também amigo de Hércules. A cólera de Hércules, porém, não respeitou coisa nenhuma: foi para a Maleia e mesmo nos domínios de Quíron continuou a perseguição dos centauros fugidos. E como aconteceu que uma das suas setas acertasse por acaso em Quíron, mais esse seu amigo veio a morrer por causa da cólera do herói.

O desespero de Hércules nessa ocasião não teve limites, e para vingar a morte de Quíron voltou-se contra o resto dos centauros com fúria maior ainda. Muito poucos se salvaram: só os que conseguiram alcançar um promontório onde o deus das águas, Netuno, os transportou para a ilha das Sereias. E foi nessa ilha que se extinguiu a curiosa raça dos centauros, filhos do rei Íxion e da nuvem que ele tomou por Juno.

Bom, mas isso se deu tempos depois, não foi tragédia assistida pelos picapauzinhos. A parte a que eles assistiram foi apenas a luta entre Hércules e os seis centauros beberrões, atraídos pelo barril de Folo. Pedrinho não quis que Meioameio visse aquilo, para que não fosse testemunha do massacre de tantos parentes. E durante todo o tempo tratou de mantê-lo afastado do antro de Folo, ora a fazer isto, ora a fazer aquilo, sempre coisas distantes. Uma delas foi informar-se lá pelos arredores do monte Erimanto se o monstruoso javali ainda andava muito feroz.

— Cada vez mais calamitoso — veio dizer Meioameio depois de uma galopada até lá. — Dizem os moradores das vizinhanças que ainda ontem desceu o monte com a velocidade duma avalanche de pedras que rolam pela encosta abaixo. Por onde passou ficou uma estrada aberta no arvoredo. Ele galopa às cegas, preferindo derrubar as árvores a desviar-se...

— Quer dizer que é um tanque de carne — observou o menino, fazendo que Meioameio perguntasse o que era tanque.

— Tanque é um javali de aço que lá nos nossos tempos modernos os homens usam na guerra. Também não se desviam de árvores: derrubam-nas e passam-lhes por cima.

Meioameio ficou a ruminar aquilo. "Javali de aço! Como era lá possível uma coisa assim?"

RUMO AO ERIMANTO

No dia seguinte, bem descansado da luta da véspera e já com a cabeça fresca, porque os seus remorsos só duravam algumas horas, lá partiu Hércules de novo. Os três picapauzinhos, montados em Meioameio, seguiam ao lado do herói, entretidos no comentário dos acontecimentos da véspera.

— Pobre Folo! — dizia a ex-boneca. — Quando havia de pensar que por causa da tal fera do Erimanto ia ter uma morte horrível e tão fora de tempo? Mas será eternamente lembrado lá no meu século xx…

Hércules não entendeu.

— Por quê?

— Porque levo em minha canastra um *souvenir* dele: a ponta de sua cauda.

Hércules riu-se.

— Pelo que vejo, Emília, o seu museuzinho é a maior maravilha moderna…

— E é mesmo, Lelé. Há lá coisas que nenhum museu no mundo tem nem terá, como, por exemplo, um vidrinho de néctar do Olimpo, um trinco de porta do quarto de Dona Aspásia…

Pedrinho arregalou os olhos.

— Até isso trouxe de lá, Emília? E não nos contou nada…

— Não contei para que não se implicassem comigo, mas tenho lá esse trinco e o pé de frango de seis dedos e tantas outras coisas que só indo lá e vendo.

Pedrinho contou a Hércules toda a história da Emília nos começos, no tempo em que era boneca de pano e muda, e falou muito de sua célebre torneirinha de "asneiras".

— Era uma danada naquele tempo. Assim que abria a boca, lá vinha uma asneira — e bem engraçada às vezes. Lembro-me de uma. Nós tínhamos ido ao País das Fábulas, onde encontramos Monsieur de La Fontaine caçando fábulas para o livro que escreveu. Era um homem já bastante antigo, do tempo em que se usavam calções de seda, sapatos de fivelas e cabeleiras de cachos. Emília achou muito sem jeito aquele homem de cabelos compridos, porque isso de cabelos compridos é coisa de mulher. E indo então à sua célebre canastrinha tirou de lá uma "perna de tesoura", que deu de presente ao fabulista. La Fontaine olhou bem para aquilo e riu-se. "Para que eu quero isto, bonequinha?" E ela, muito lambeta: "Para cortar o seu cabelo". La Fontaine admirou-se. "Como, cortar o meu cabelo, se é uma tesoura de uma perna só?" E a Emília soltou a asneirinha: "Pois corte de um lado só…". Eram assim as asneirinhas dela, coisas absurdas, sem pé nem cabeça. Hoje está mudada e mais sábia que um dicionário, mas mesmo assim de repente dá uma abridinha na torneira…

Emília não prestava atenção à conversa, toda absorvida no canto de um rouxinol. Quando a avezinha parou, bateu palmas.

— Viva! Viva! Derrota longe os sabiás lá do sítio. Parece que vai inventando as músicas…

O Visconde, que era entendidíssimo em música de passarinhos, confirmou o "parece" da Emília.

— Sim — disse ele. — O rouxinol não repete música, não é como os outros passarinhos que aprendem um canto e passam toda a vida a repeti-lo.

— Mas o canário não é assim. Aquele belga de Pedrinho, lá no sítio, canta inventadamente — lembrou a ex-boneca.

— Parece — disse o Visconde. — O que ele faz é cantar uma música muito comprida, mas depois que chega ao fim volta ao começo. E assim todos os outros passarinhos lá da roça, o sabiá, o pintassilgo, o "soldado"... Acho que o rouxinol é o único que não repete música, e por isso tem tanta fama. É a maravilha no mundo passarinheiro. Uma caixinha de música viva e encantada. Assim que o dia morre e vem se aproximando a noite, ele começa a cantar nos sombrios da mata, e canta cada vez mais triste até que a noite cai. Não há quem ouça a sua música e não fique melancólico.

O rouxinol que provocara aquelas considerações começou a cantar novamente. O Visconde ergueu o dedo, em gesto de "parem e escutem". Todos pararam e escutaram.

Sim, não podia haver música mais saudosa, nem mais bem executada. Não havia um errinho, não havia a menor desafinação. O prodigioso cantor de penas ia improvisando, inventando a sua música de despedida da luz do sol. Pela primeira vez na vida, Hércules deu atenção ao rouxinol — e aquela música mexeu com ele lá por dentro. Era a "educação" — e "sua ideia sobre a educação" lhe voltou à cabeça, fazendo-o pensar este pensamento: "Estes picapauzinhos estão me educando...".

Quando o rouxinol emudeceu, todos ficaram por alguns minutos sem dizer nada, ainda magnetizados pelo enlevo. Depois o Visconde falou:

— Tudo aqui neste povo tem uma explicação poética. Sabem como os gregos explicam o aparecimento do rouxinol e da andorinha?

Ninguém sabia. O sábio ali era só o Visconde, o qual tossiu o pigarro e contou a história de Filomela e Progne.

— Estas duas moças, filhas de Pandião, rei de Atenas, eram muito amigas, dessas que não se largam. Certo dia Progne casou-se com Tereu, rei da Trácia, de quem teve um filho de nome Ítis. Mas nem esse menino a consolava da ausência de Filomela. Que saudades! Era das que quanto mais o tempo passa, mais apertam. Um dia Progne não aguentou

mais e disse ao marido: "Vá a Atenas e traga minha irmã, pois do contrário morrerei de saudades". Tereu foi, mas era um mau sujeito esse tipo. Ao dar com Filomela, uma beleza de criatura, apaixonou-se violentamente; e ao trazê-la, tentou no meio do caminho obrigá-la a fugir com ele. Filomela, cheia de indignação, repeliu aquela proposta absurda — e sabem o que aconteceu?

— Tereu suicidou-se! — disse Emília.

— Matou-a! — disse Pedrinho.

— Raptou-a à força! — disse Hércules.

— Suspirou! — disse Meioameio.

O Visconde riu-se.

— Todos erraram. Tereu nem se suicidou, nem a matou, nem a raptou, nem suspirou. Como Filomela não parasse de chorar e gritar, ele cortou-lhe a língua, e depois trancou-a num velho castelo abandonado que havia por ali, deixando-a

sob a guarda de gente de sua confiança. E continuou a viagem sozinho. Chegando em casa, fez um ar muito triste e contou a Progne que a "coitadinha da Filomela havia morrido".

— Imaginem o desespero de Progne! — disse Emília. — Eu, quando voltar para o sítio, nem conto essa história para Tia Nastácia...

O Visconde continuou:

— A coitadinha da Filomela ficou sem a língua, mas não ficou sem cérebro, de modo que não fazia outra coisa senão pensar num meio de mandar aviso à sua irmã, desmascarando aquele monstro. Mas avisá-la como? Pensa que pensa, afinal descobriu um jeito: fazer um comprido bordado com uma série de cenas que fossem representando toda a sua história. Se Progne visse esse bordado, compreenderia tudo e viria salvá-la. E assim foi. Depois de terminar o lindo bordado, jogou-o por uma das janelinhas da torre. Jogou-o ao vento — e o bordado foi cair bem no meio da estrada. Não tardou que uns viajantes a caminho da Trácia o vissem e pegassem. "Que lindo! Que maravilha!...", exclamaram. "Uma coisa bela assim merece ser levada de presente à rainha", e quando chegaram à Trácia foram ao palácio oferecer à rainha a maravilha. Assim que Progne viu o bordado, seu coração palpitou: reconheceu os pontos que em menina ela mesma havia ensinado à sua irmã Filomela; e atentando na série de cenas do bordado, compreendeu tudo: Filomela não estava morta, como havia dito o infame Tereu, e sim presa no castelo.

— Que bom! — exclamou Emília batendo palmas.

— Aposto que Progne vai salvá-la.

— Isso poderá fazer — disse Pedrinho. — Mas a língua? Quem conserta uma língua cortada? Continue, Visconde.

— E então — continuou o Visconde —, durante uma das grandes festas a Dionísio, que o rei Tereu dava todos os anos, Progne aproveitou-se da barafunda para disfarçar-se e correr ao castelo velho, onde subornou os guardas, entrou e raptou a irmã. Cá fora, disfarçou-a também e toca para o palácio em festa! Entraram sem que ninguém as visse. O rei estava se banqueteando num desses banquetes dos reis antigos que varam horas e horas e vão até a madrugada. E Progne, então… Que imaginam que essa rainha fez?

— Consertou a língua de Filomela — disse Hércules.

— Deu-lhe uma faca para que matasse o rei — disse Pedrinho.

— Desmascarou o rei seu marido — disse Meioameio.

— Nada, nada! — declarou o Visconde. — Progne estava tomada de tal ódio pelo marido que imaginou a mais terrível das vinganças: ajudada pela irmã, matou o menino Ítis, filho de Tereu, e cortou-lhe a cabeça…

— Que monstra! — berrou Emília. — Que culpa tinha o coitadinho?

— Nenhuma, está claro. Mas é sabido que o ódio é assim: não respeita coisa nenhuma. O ódio de Progne contra o marido estendeu-se ao menino, que era um produto desse marido, uma espécie de prolongamento dele. Muito bem. Tereu estava no banquete, já com a cabeça tonta de tanto vinho, de modo que quando viu entrar Filomela com uma coisa em punho julgou que fosse visão. Esfregou os olhos. Olhou de novo. Sim, era ela mesma... A cunhada adiantou-se e jogou para cima da mesa a coisa que trazia na mão. Tereu arregalou os olhos: era a cabeça de seu filhinho Ítis!

Hércules estava comovidíssimo. Quis dizer qualquer coisa, mas engasgou.

— E que fez o rei Tereu? — perguntou Emília.

— Ficou uns instantes apatetado. Depois sacou da espada e investiu contra seu próprio irmão Drias, também ali presente, certo de que esse irmão era cúmplice em tudo aquilo. Atravessou o pobre Drias com a espada e atirou-se em perseguição das duas irmãs.

— E matou-as também?

— Não teve tempo. Os deuses do Olimpo, achando que aquela família precisava de conserto, transformaram Filomela em rouxinol, Progne em andorinha, Ítis em corruíra e Tereu em poupa.

— Isso é que é saber fazer as coisas! Filomela, que por ter perdido a língua não podia falar, virou a linguinha de ouro de toda a passarinhada! Mas se eu fosse Zeus, virava Tereu em urubu. Era o que ele merecia.

A FÊNIX

Do rouxinol a conversa passou para outras aves e por fim recaiu sobre a célebre fênix.

— Oh, a fênix! — exclamou Hércules. — Já ouvi falar. Dizem que vive séculos. Tem o tamanho da águia e na cabeça um

topete dum vermelho vivíssimo. As penas do corpo, também vermelhas, com exceção das do pescoço, que são douradas.

— E as da cauda?

— Essas são brancas, entremeadas de algumas cor de sangue.

— Que linda deve ser! — exclamou Pedrinho.

Já era noite quase fechada. Hércules ajeitou-se por ali mesmo para dormir, e os picapauzinhos procuraram o abrigo duma gruta de pedra. Meioameio deitou-se na entrada da gruta. Era ele o guarda-noturno dos seus amigos do século xx.

Os sonhos daquela noite foram sonhos "ornitológicos", como disse no dia seguinte o Visconde, e foi explicando:

— Ornitologia é a ciência que estuda as aves. Logo, quem sonha com passarinho tem um sonho ornitológico…

Ao retornarem à viagem para os montes do Erimanto, a conversa voltou ao mesmo assunto da noite anterior: aves.

— Conte mais alguma coisa da fênix, Lelé! — pediu Emília — e o herói contou.

— O que me disseram foi o que narrei ontem e mais isto: a fênix tem olhos brilhantes como estrelas...

— Que lindo!...

— E quando sente que a hora da morte está chegando, começa a juntar no mato ramos de plantas cheirosas, resinas e gravetos; e com aquilo tudo faz uma espécie de ninho dentro do qual se acomoda. Isso antes do carro de Apolo aparecer no horizonte. Quando aparece e seus raios começam a esquentar, aquele ninho resinoso pega fogo e vira uma grande fogueira na qual a fênix é completamente consumida, só ficando um montinho de cinzas. E aí então é que acontece o prodígio: no meio daquela cinza aparece um ovo, do qual logo sai uma nova fênix. Essa nova fênix junta toda aquela cinza e vai depositá-la no altar do Sol, na cidade de Heliópolis...

— Que lindo! — exclamou Emília. — A fênix renasce de suas próprias cinzas! E não há nenhuma fênix aqui por esta Grécia, Lelé?

— Às vezes aparece alguma, vinda de outras terras. Mas não é ave grega.

Minutos depois dessa conversa Emília gritou: "Alto!..." e todos pararam. Ela trepou ao ombro de Meioameio e ali de pé, com a mão em viseira, pôs-se a sondar à distância. E ia falando:

— Estou vendo muito longe uma ave a amontoar um ninho-fogueira... Belíssima, sim... Toda cor de pitanga, com topete muito vivo e rabo branco...

— Será uma fênix? — exclamou Pedrinho, já assanhado — e Emília continuou:

— Não sei, mas está fazendo direitinho como Lelé disse. Traz para o ninho-fogueira plantas odoríferas...

O Visconde suspirou. Estava achando aquilo um pouco demais. Que daquela distância Emília *visse* a ave trazer plantas para o ninho, ainda vá lá. Mas declarar que as plantas eram *odoríferas*? Seria possível que além dos olhinhos de telescópio ela possuísse teleolfato?

— Está pronto o ninho-fogueira! — continuou Emília. — Agora a ave ajeitou-se no meio daqueles "combustíveis" e está rezando de mãos postas, à espera de que um raio de sol venha incendiá-la...

Embora Hércules acreditasse cegamente no que a ex-boneca dizia, também começou a achar aquilo "demais" — e deu ordem a Meioameio para correr até lá e ver se era assim mesmo.

O centaurinho partiu no galope, com o Visconde no lombo, porque os verdadeiros sábios nunca perdem ensejo de verificar o que podem. E enquanto Meioameio galopava na direção da fênix, Emília continuava a ver "coisas", mas já preparando uma escapatória.

— Uma vez no deserto do Saara — disse a marotinha — eu vi uma coisa linda: um chafariz lá muito longe. Não podia haver encontro mais lindo no Saara do que o de um chafariz, para gente que estava morrendo de sede, como nós...

Pedrinho pensou em desmascarar a ex-boneca, dizendo que tudo aquilo era invenção. Emília jamais havia estado em Saara nenhum; mas de dó dela limitou-se a dizer:

— Esse chafariz devia ser uma das chamadas "miragens" tão frequentes nos desertos. Os viajantes sedentos veem oásis e coisas onde não há oásis nem coisa nenhuma.

Hércules ficou na mesma, porque na terra grega não havia desertos, nem oásis, nem miragens. Emília continuou:

— E bem pode ser que aquela fênix seja uma miragem... Não! Não é!... Esperem, esperem um pouco... Está mas é pegando fogo! Pronto! O ninho-fogueira pegou fogo!... A fênix está se consumindo nas chamas...

O centaurinho acabava de chegar ao ponto indicado e por mais que olhasse não percebeu fênix nenhuma. O Visconde sorriu consigo, murmurando: "Aquela Emília...". E como nada achassem, voltaram.

— Não encontramos ave nenhuma — disse Meioameio ao chegar. — Eu e o Visconde demos uma volta por lá e nem sinal.

Hércules, já meio desconfiado, olhou para Emília, a qual botou as mãos na cintura e deu uma gargalhada gostosa.

— Nunca vi dois sarambés maiores! Quando chegaram lá, a fênix já havia sido devorada pelo fogo. Em vez de procurarem uma "ave", deviam ter procurado uma "cinzinha", mas aposto que nem pensaram nisso.

Meioameio olhou muito desapontado para o Visconde. Realmente, eles não tinham tido a ideia de procurar cinzinha nenhuma...

— Pois, meus grandes bobos, o que se deu foi isto: enquanto vocês galopavam para lá, a fênix desapareceu consumida pelas chamas e ficou reduzida a um punhadinho de cinzas.

Querendo tirar a prova daquilo, Hércules deu ordem a Meioameio para voltar e verificar a existência da cinzinha. Meioameio partiu, e enquanto galopava para lá Emília "continuou a ver".

— Que beleza! — exclamou fazendo cara de admiração. — Estou vendo a maravilha das maravilhas... A cinza está se juntando... está tomando forma... É a fênix que renasce de suas próprias cinzas. Pronto! Está formadinha... Agora começou a experimentar as asas. Vai voar... Voou!...

Hércules estava de boca aberta. Que maravilha, aquela criaturinha! Enquanto isso Meioameio e o Visconde chegaram novamente ao ponto indicado e puseram-se a procurar cinzinhas. Nem sombra! Não havia nem cheiro de cinza — e voltaram desapontados.

— Nada encontramos, Hércules — disse Meioameio ao chegar; e o Visconde confirmou:

— Não há lá nem sequer sombra de nenhuma cinzinha.

Emília deu nova gargalhada.

— Os bobos!... Como poderiam ter encontrado cinza, se quando vocês estavam no meio do caminho a fênix renasceu e lá se foi pelos ares? Queriam que ela ficasse parada, à espera dos dois sarambés?

Desse modo Emília embaçou a todos com a sua prodigiosa esperteza e até Pedrinho ficou na dúvida. "Quem sabe se é mesmo verdade tudo quanto ela disse?" Apenas um não duvidou da Emília: Hércules. Não duvidou naquele momento nem nunca. Ficara tão escravo daquela criatura, que era Emília dizer, era ele jurar em cima, como se ela fosse o próprio escudo da deusa Palas.

A FÊNIX 185

O incidente foi o assunto da conversa entre Pedrinho e Hércules, num momento em que os dois se afastaram do resto do bando.

— Emília faz coisas que atrapalham a gente — disse Pedrinho. — Aquela história da pulga que ela viu nas escamas do dragão de São Jorge parece caçoada pura — mas quem sabe? Tudo é possível neste mundo. Esse caso da fênix, hoje. Ela veria mesmo a fênix incendiar-se e renascer das cinzas ou estava nos enganando? Impossível saber.

Hércules, porém, já não tinha a menor dúvida.

— Na minha opinião, viu. Ela contou tudo tão certinho...

— Ah, Hércules, você não conhece a Emília. É um dos maiores mistérios dos tempos modernos. Nasceu boneca de pano, feia e muda, feita lá pela Tia Nastácia, e foi indo, foi "evoluindo", até ficar no que é.

Hércules não tinha vergonha de perguntar o que era quando não entendia alguma palavra, e perguntou o que queria dizer "evoluindo".

— Evoluir é mudar com aperfeiçoamento. Uma coisa que muda mas não se aperfeiçoa não está evoluindo. A água de um rio está sempre mudando de lugar, mas não evolui, porque muda sem aperfeiçoar-se, entendeu?

Hércules fez um esforço para entender e parece que entendeu, pois disse:

— Nesse caso, eu também estou evoluindo. Minhas ideias estão mudando.

— Para melhor ou para pior?

— Para melhor...

PÃ, O DEUS DA ARCÁDIA

A Arcádia tinha o seu deus especial. Os picapauzinhos ficaram sabendo disso depois do encontro dum velho viandante. Não era nenhum velho tonto, mas um grande velho do tipo "filósofo". O Visconde agarrou-o e não o largou o tempo inteiro, porque os sábios gostam de conversar com os sábios.

O principal assunto da conversa foram os deuses, e sobretudo o deus da Arcádia.

— Sim — dissera o velho em certo momento —, esta Arcádia tão rústica tem um deus só dela: Pã.

O Visconde tinha suas noçõezinhas sobre Pã, mas ignorava os pormenores e a verdadeira especialidade desse deus. O velho viandante proporcionou-lhe uma aula sobre o assunto.

— Pã é o deus especial da Arcádia, o guardião destes rebanhos e o seu multiplicador. É também o protetor dos pastores.

— Veio do Olimpo? — indagou o Visconde.

— Não. Pã nasceu nestas paragens, e dum modo muito interessante. Certa vez Hermes, o mensageiro dos deuses, aterrissou por aqui, bem nos campos sagrados de Cilene, e se apaixonou loucamente por uma formosa ninfa. Apaixonou-se a tal ponto que se ofereceu como pastor a Driops, o pai da ninfa.

— Que graça! — exclamou Emília. — Ele, um deus do Olimpo, a empregar-se como pastor de ovelhas…

E Pedrinho recordou o caso do Jacó da Bíblia, que por amor a Raquel, filha de Labão, contratou-se por sete anos como pastor das ovelhas do futuro sogro, e findo o prazo contratou-se por mais sete anos. Só assim conseguiu casar-se com Raquel.

— Pois com o deus Hermes aconteceu coisa parecida — disse o velho. — Teve de servir de pastor nos rebanhos de Driops para obter a mão de sua filha. Afinal casou-se — e o deus Pã foi o resultado desse casamento. Mas Pã nasceu com pés de bode e chifrinhos na cabeça. Todos se horrorizaram com o fenômeno, menos Hermes. Assim que o estranho menino nasceu, tratou de voar com ele para o Olimpo a fim de mostrá-lo aos seus companheiros de divindade. Embrulhou-o numa pele de lebre e lá se foi. Quando no Olimpo abriu a pele e exibiu o filhote, houve risadas e caçoadas — e deram-lhe o nome de Pã.

O deusinho de pés de bode foi crescendo aqui na Arcádia e ficou moço. Mas muito feio, o pobre, com aqueles pés e aqueles chifres… as ninfas metiam-no a riso, o que

o fez jurar que nunca em seu coração amaria mulher nenhuma. Mas certo dia Cupido travou com ele uma luta corpo a corpo e, apesar de ser apenas um menino, venceu-o. As ninfas que assistiam à cena deram grandes gargalhadas. E o pobre Pã não teve remédio senão amar.

— Com Tia Nastácia também foi assim — berrou Emília. — Quando eu a espetei com uma das flechas de Cupido, levou as mãos ao peito, revirou os olhos para o céu e pôs-se a soltar suspiros de amor...[7]

O velho também não entendeu aquilo, e continuou:

— Começou a amar, e logo depois encontrou a ninfa Sírinx, que só queria saber da caça e tinha recusado a mão de todas as divindades. Pã foi se chegando e

---

7. *O Picapau Amarelo*. São Paulo: Globinho, 2016.

dizendo que queria ser seu esposo. Sírinx não disse nada, saiu correndo por ali afora — e Pã atrás... mas como era um deus e os deuses correm mais que as ninfas, acabou alcançando-a lá adiante.

— E agarrou-a!...

— Ah, não!... Assim que a ia agarrando, Sírinx virou uma touceira de caniço...

Emília cochichou para Pedrinho:

— Aposto que o tal caniço era taquara-do-reino.

— E dessa touceira de caniço começou a levantar-se um canto muito suave e queixoso. Pã comoveu-se e cortou sete canudos de vários tamanhos; depois emendou-os com cera — e foi assim que nasceu a célebre flauta de Pã, instrumento que nunca mais ele iria abandonar e ficaria sendo o seu distintivo.

— Por que nunca mais abandonou essa flauta? — quis saber Emília, e o velho respondeu:

— Porque assim que a usava, fluíam de todos os bosques ninfas e mais ninfas, para dançar em redor dele. Entre essas ninfas havia uma de nome Pítis, que diante das músicas de Pã se mostrava mais enternecida que as outras. E vai então e o deus feio sente de novo o fogo do amor a arder em seu coração. E tocando na flauta com maior sentimento ainda, vai andando, vai andando, rumo a um lugar solitário onde havia um alto rochedo. Lá se senta bem no pincaro e continua a tocar. Atraída pela música, Pítis vem vindo, e para melhor ouvi-lo senta-se a seu lado. Pã, coitado, perde a cabeça e faz-lhe uma declaração de amor. Mas a ninfa era a namorada de Bóreas, o terrível vento norte, o qual, enciumadíssimo, toma-se de grande furor e sopra uma rajada para cima deles.

— Bóreas soltou um pé de vento, eu sei! — disse Emília.

— E tão forte foi essa rajada que a pobre Pítis perdeu o equilíbrio e tombou do rochedo abaixo, despedaçando-se nas pedras. Os deuses lá no Olimpo, que tudo viam, apiedaram-se da coitadinha e transformaram os seus pedaços em pinheiros — um pinheiro que cresce entre pedras. Desde esse dia Pã tomou o pinheiro como a sua árvore e passou a andar com uma coroa de folhas de pinheiro enganchada nos chifres.

— Quer dizer que ele amava e não conseguia casar?

— Exatamente. Seu destino era nunca poder unir-se à criatura amada, como mais tarde no caso da ninfa Eco, filha do Ar e da Terra. Cada vez que Pã tocava, essa ninfa repetia as últimas notas lá longe. Pã voava para lá e tocava de novo — e Eco repetia de novo as últimas notas, mas sempre ao longe, como se estivesse mofando dele.

Emília deu uma risada gostosa.

— Deus mais bobo nunca vi! Pois não percebia que a tal Eco não era ninfa nenhuma e sim isso que chamamos eco? Conte aqui ao velho o que é eco, Visconde.

O sabuguinho explicou que eco era a reflexão dum som.

— O som dá de encontro a um obstáculo e reflete, isto é, volta para trás.

O velho prosseguiu:

— Pois o deus Pã não sabia disso e levou muito tempo a correr atrás da ninfa Eco...

— E eu sei desse deus mais um pedacinho que você não sabe — disse o Visconde para o velho. — No reinado do imperador romano Tibério, reinado que vai ser a muitos séculos de distância-tempo daqui, o capitão de um navio ancorado num porto do Mediterrâneo ouvirá uma voz misteriosa que clamará: "O grande deus Pã morreu!". E desde aí ninguém mais ouvirá falar nele.

— Isso não sei — disse o velho — porque é coisa do futuro. Só sei que hoje o deus Pã ainda existe e continua a multiplicar os carneiros e cabras desta Arcádia, a proteger os pastores e a perseguir a ninfa Eco com as melodias de sua flauta de sete canudos.

Depois contou o começo da história da ninfa Eco.

— Ah — disse ele —, Eco havia se tornado tão faladeira e inventadeira de coisas, que a deusa Hera se enfureceu e condenou-a a um castigo muito interessante: só repetir os últimos sons do que acabasse de ouvir. Desse modo a mentirosíssima Eco *parava* de mentir, porque só podia repetir o finzinho do que ouvisse.

— Então foi daí por diante que ela virou eco — disse Emília.

O Visconde explicou que o som "eco" tem esse nome por causa da ninfa Eco e não o contrário, como supunha a Emília. O velho concordou e Hércules roncou. Sim, porque durante toda aquela aula de mitologia o grande herói não fez outra coisa senão dormir e roncar. Estavam descansando à beira duma fonte, junto à floresta. Lá dos campos de pastagem vinham os *més* dos carneiros da Arcádia.

— Um dia em que Eco saiu à caça — continuou o velho — deu com um rapaz da mais perfeita beleza: Narciso, filho do rio Cefise. Imediatamente seu coração se encheu de amor — mas como declarar esse amor, se o castigo de Hera a impedia de falar *antes* dele? A coitada só podia repetir as últimas palavras que Narciso dissesse...

— Que horror! — exclamou Pedrinho. — Só agora compreendo a crueldade desse castigo...

— Sim, o pior possível — concordou o velho —, como a pobre Eco iria verificar. Narciso se perdera na mata e não vendo nenhum dos seus companheiros gritou: "Não há alguém aqui por perto de *mim*?". "*Mim*", respondeu Eco de trás dum rochedo. Narciso olhou em redor e não viu ninguém. "Se há", gritou de novo, "então *juntemo-nos!*" E Eco, muito alegre, repetiu "*juntemo-nos!*" e apresentou-se aos olhos de Narciso. Mas o rapaz teve uma decepção. Esperava ver surgir um dos seus companheiros e o que apareceu foi a importuna e insistente ninfa. E repeliu-a, dizendo: "Pensa que *eu te amo*?". A pobre Eco foi obrigada a repetir o "*eu te amo*" final e fugiu no maior desespero. Desde então caiu em profunda tristeza e foi emagrecendo e se consumindo até ficar só ossos; quando chegou a esse ponto, Zeus transformou-a em pedra e deixou que sua voz ficasse no mundo a repetir as últimas notas dos sons refletidos.

Emília bateu palmas.

— Gosto dos gregos porque em tudo botam uma historinha. Para o Visconde e os sábios modernos o eco é a tal reflexão dos sons. Para os gregos é a voz da ninfa Eco transformada em pedra. Cem vezes mais lindo...

O MONTE ERIMANTO

E foi assim, com paradas pelo caminho e conversas com viandantes, que o grupo alcançou a região onde se erguia o monte Erimanto. Lá estava ele! Coberto de vegetação, mas *listrado,* de alto a baixo, como se grandes penedos houvessem descido pela encosta. Hércules explicou:

— Aquelas faixas de vegetação arrasada correspondem às descidas do javali rumo ao vale. Vejam que violência tem o ímpeto desse monstro...

Pedrinho observou que nos tempos modernos só os tanques conseguiam produzir efeitos assim — e teve um trabalhão para dar ao herói uma boa ideia do tanque.

— Mas que é que os puxa? — queria saber Hércules, e muito se admirou da resposta de Pedrinho:

— Os tanques não são puxados, são empurrados de dentro por um grande número de cavalos invisíveis, chamados HP.

Hércules ficou a cismar naquilo.

Muito bem. Estavam em face do Erimanto, o monte habitado pelo feroz javali. Tinham de conferenciar sobre o que fazer. A ideia de Hércules era avançar contra a fera e matá-la a flechadas ou golpes de clava, mas Pedrinho apresentou uma objeção:

— Mata e depois? Como vai provar ao rei Euristeu que de fato matou o Javali do Erimanto e não outro javali qualquer?

— Levo a pele — disse o herói.

— A pele! A pele!... Peles de javali não faltam no mundo. O rei tem direito de duvidar.

— Que devo fazer então?

— Levar o javali vivo!

Hércules coçou a cabeça e ficou a pensar. Depois pediu a opiniãozinha da Emília.

— E você que acha, Emília?

— Acho o mesmo que Pedrinho. Um javali vivo convence muito mais que uma pele de javali.

— E você, Visconde?

— Idem, idem — respondeu o Visconde — e explicou que esta palavra latina "idem" queria dizer "o mesmo". A Meioa-meio o herói nada perguntou, porque não dava muita confiança ao centaurinho. Refletiu mais uns minutos e resolveu:

— Pois fica assim. Não o matarei. Apanhá-lo-ei vivo. Mas como?

Aqui Pedrinho entrou com o seu jogo, mestre que era em armadilhas de caçador. Lembrou-se logo do mundéu.

— Só com mundéu, Hércules!

— E que é isso?

— O mundéu é um fosso de boa profundidade coberto de paus com uma camada de terra e folhas secas por cima. Constrói-se o mundéu no carreiro do animal, isto é, num caminho por onde ele tenha fatalmente de passar.

— E que acontece?

— Acontece que quando o animal vem pelo caminho, de repente pisa na tampa falsa do mundéu e tudo aquilo afunda para o buraco com ele junto.

O rosto de Hércules iluminou-se. Como era engenhosa e clara aquela astúcia!

— Sim — disse ele. — Adotemos o sistema, que parece ótimo — e encarregou Pedrinho de determinar o melhor ponto para a construção do mundéu.

Nada mais difícil, porque o mundo é grande e a caça perseguida pode passar por aqui, por ali ou por acolá. Como armar o mundéu na trilha certinha que a caça vai escolher?

Isso era trabalho de muita dedução, como os de Sherlock Holmes, e realmente deu serviço ao miolo dos três picapauzinhos. Em que ponto armar o mundéu? Pela faixa de vegetação amassada nas encostas do Erimanto via-se que o monstro não tinha carreiro certo. Ora rasgava a floresta num ponto, ora a rasgava em outro muito distante do primeiro. Como adivinhar? E estavam na maior indecisão, quando Emília resolveu o caso.

— Grandes bobos! — disse ela. — Quando as coisas encrencam desse modo, vocês bem sabem que só há um remédio: aplicar o faz de conta. — E tomando a frente do bando caminhou até certo ponto da encosta e disse com a maior segurança: — Faz de conta que é exatamente por aqui que a fera vai passar.

Hércules nada entendeu daquilo, e Pedrinho não quis entrar em grandes explanações. Apenas disse que o faz de conta era um sistema infalível, mas só aplicável como último recurso.

Determinado o ponto onde armar o mundéu, a tarefa de escavar o chão coube ao herói. Hércules lascou um tronco de árvore para fazer uma cavadeira, e com ela abriu, num instante, um enorme fosso de sete metros de largura por outros tantos de comprimento e profundidade — e chamou Pedrinho para ver se bastava.

— Sim — disse o menino, depois de medir com os olhos a fundura do fosso. — Não há javali, nem animal nenhum, que vença sete metros no pulo.

— Como não? — contestou Emília. — Qualquer tigre ou veado pula muito mais que isso.

Pedrinho explicou que realmente pulavam muito mais, porém aproveitando-se do impulso da carreira. Lá no fundo do fosso, sem espaço para correr e ganhar impulso, o animal pulador ficava como que sem pernas. Pedrinho era mestre em pulos.

Emília concordou.

Depois de pronto o fosso, Hércules, sempre dirigido por Pedrinho, quebrou galhos e os foi colocando par a par sobre a boca do fosso. Em seguida jogou terra sobre aquela estiva e cobriu a terra com folhas secas. Pedrinho colaborou na parte final da obra, consistente em deixar a camada de folhas secas "bem natural", de modo que o javali não desconfiasse. Emília chegou a espalhar por cima umas flores silvestres.

— Bom! — disse Pedrinho depois de armado o mundéu. — É preciso agora torcermos cordas bem fortes, porque temos de içar o bicho aí do fundo — e mandou Meioameio buscar embiras em quantidade. Eles já haviam torcido cordas na aventura da Corça de Pés de Bronze, de modo que o serviço andou depressa. Pedrinho precisava de quatro cordas, duas compridas e fortíssimas — ou "cordas de guia", como as denominava; depois, uma menor para "peia" das patas do animal; e a última para a "focinheira".

Hércules ficou sentado, a vê-lo preparar a peia e a focinheira, embora não compreendesse muito bem aquilo.

Prontas que foram as cordas, Hércules mandou-os ficarem escondidinhos numa gruta próxima. "Nada de trepar em árvores, porque esse javali derruba com a maior facilidade qualquer árvore." E depois que os viu bem abrigados, plantou-se atrás do mundéu e rompeu em berros de desafio ao javali, que evidentemente morava no topo do Erimanto.

— Porcalhão, venha, se tem coragem! Aqui o aguarda Hércules, o herói invencível!...

O bobo do javali, lá no alto do Erimanto, caiu na asneira de ouvir aquilo e enfurecer-se. Está claro que não tinha a menor noção de quem fosse o tal Hércules, e no caso só viu um humano qualquer que tinha o topete de desafiá-lo, a ele, o javali invencível. E lançou-se com a maior impetuosidade na direção do desafio, arrasando a floresta em sua passagem. O barulho foi de avalanche. Grandes árvores estalavam e abatiam-se como se fossem débeis plantas de jardim.

Por via das dúvidas Hércules se mantinha de clava em punho, uma clava nova feita do melhor pau daqueles arredores. Mas à sua frente jazia bem oculto o mundéu de Pedrinho...

Quando o javali divisou o vulto de Hércules, faíscas de gana espirraram de seus olhos vermelhos — e ele avançou para o herói em linha reta. De repente *tchibum!* Pisou na tampa falsa e lá se foi para o fundo do fosso, de cambulhada com toda aquela paulama e folharia seca.

— Hurra! — berrou Pedrinho ao ouvir o estrondo e, montado em Meioameio, partiu no galope de rumo ao mundéu.

Lá estava o monstro a roncar e a debater-se, tonto da queda e sem a menor ideia do que lhe acontecera. Em seguida chegaram Emília e o Visconde, e ficaram todos à beira do fosso, a espiar o monstro colhido no mundéu.

— Cara de coruja! — berrava Emília. — Faça avalanche agora, se é capaz...

Depois de gozarem por algum tempo a fúria impotente e o desespero do javali, trataram de laçá-lo com as duas cordas compridas — e aí quem resolveu o caso foi o Visconde.

— Desça lá, e corra a laçada na pata do monstro — ordenou Pedrinho.

Ah, para essas proezas arriscadas o bom era sempre o Visconde, não só por não atrair a atenção da presa como por ser "consertável". Cada vez que lhe acontecia alguma, Tia Nastácia tomava do paiol um sabugo novo e refazia-o. O Visconde era a fênix do Sítio do Picapau Amarelo.

Apesar de todo o seu medo, o sabuguinho desceu ao fundo do fosso e foi passando a laçada pelo pé do javali. O monstro bem que o viu, mas não ligou a mínima importância. Um animal naqueles apuros não liga importância a milhos.

Preso que foi o javali pelo pé, Hércules o suspendeu como o guindaste dos portos suspendem as grandes cargas; e quando as patas traseiras ficaram de jeito, Pedrinho amarrou a peia. Depois disse a Hércules:

— Deixe-o cair de novo no fundo do buraco. Temos agora de laçá-lo pelo pescoço e suspendê-lo de modo que eu possa colocar a focinheira.

E assim foi feito. Dessa vez não foi preciso o auxílio do Visconde. Depois de algumas tentativas com a laçada, Hércules colheu o javali pelo pescoço e puxou. Lá foi lentamente suspenso pelo guindaste hercúleo — e Pedrinho pôde ajeitar-lhe no focinho a engenhosa focinheira.

— Pronto! — gritou. — Pode sacá-lo fora duma vez, Hércules!

Com um puxão o herói sacou do fosso o monstro peado e enfocinheirado. Meioameio segurava a ponta da outra corda, de modo que o bicharoco já nada podia fazer. Uma corda o mantinha dum lado e outra corda o mantinha do lado oposto. Mesmo assim o javali estrebuchou e corcoveou como burro bravo.

RUMO A MICENAS

Depois de muito pinote e corcovo o Javali do Erimanto compreendeu que era inútil resistir. Estava completamente frouxo.

— Bom — disse Hércules. — Podemos agora levá-lo a Micenas. Eu sigo na frente segurando-o pela corda do pescoço, e Meioameio segue atrás, segurando-o pela corda do pé — e foi assim que o tremendíssimo Javali do Erimanto chegou à cidade de Micenas, com grande assombro da população e maior desapontamento do rei Euristeu.

— Pronto, majestade! — disse Hércules ao surgir diante do rei com a terrível fera na corda.

Euristeu, sentado no trono, tremeu de medo. E se aquelas cordas arrebentassem e o javali se lançasse contra ele?

Mas não houve nada disso. Eumolpo deu ordem para a rápida construção duma jaula, e uma hora depois o Javali do Erimanto estava solidamente engaiolado e exibido na praça pública às multidões curiosas.

A notícia desse Quarto Trabalho de Hércules correu pela Grécia inteira com a velocidade do raio. Desde Atenas até Esparta só se falava daquilo, e lá no Olimpo a deusa Hera teve um faniquito. Maldito herói! Pela quarta vez saía incólume duma terrível trama contra ele preparada. E a implacável perseguidora pôs-se a pensar em um novo trabalho, dessa vez absolutamente acima das forças de qualquer herói. Qual seria? Pensou, pensou... Depois sorriu e disse consigo: "Já sei!...", e mandou Hermes, o mensageiro dos deuses, levar um recado a Euristeu.

Enquanto isso, Hércules e os picapauzinhos voltavam ao *camping* à beira do ribeirão. Lá encontraram tudo como haviam deixado. Ninguém ousara tocar em coisa nenhuma da casinha da Emília — ou do Templo de Avia...

No dia seguinte Hércules recebeu chamado urgente do palácio de Euristeu. Foi.

— Às ordens, majestade!...

Euristeu estava risonho — sinal de que o novo trabalho ia ser muito mais duro que os primeiros. Eumolpo, rente ao trono, babava-se de gosto.

— Héracles — disse Euristeu —, muito bem te saíste na façanha contra o Javali do Erimanto, e agora tenho nova incumbência a dar-te.

— Às vossas ordens, majestade! — respondeu o herói humildemente.

Euristeu continuou no mesmo tom amável:

— Quero que vás ao reino de Áugias visitar esse colega e que limpes as suas famosas cavalariças.

Hércules voltou ao *camping* muito apreensivo. "Que será? Que me reservará a mim o rei Áugias?" E quando Pedrinho lhe perguntou qual ia ser o Quinto Trabalho, respondeu:

— Uma visita, meu caro! Apenas uma visita e umas vassouradas. Euristeu encarregou-me de ir ter com o rei Áugias e de lhe limpar as cavalariças.

— Quem é ele?

— Um rei possuidor de inumeráveis rebanhos de cavalos...

— Só isso? Só fazer a limpeza?

— Só...

A FUGA DO JAVALI

Que linda a manhã do dia seguinte! O carro de Apolo galopava no campo azul do céu sem nuvens. Hércules, depois do banho no ribeirão, chamou Pedrinho para debater a viagem ao reino do rei Áugias. E estavam nisso quando um mensageiro a cavalo apontou ao longe. Vinha no maior dos galopes.

— Que será? — murmurou Pedrinho.

O cavaleiro chegou e apeou bem diante deles. Estava quase sem fala.

— Que há, homem? — perguntou Hércules.

O mensageiro tomou fôlego e falou entrecortadamente:

— Há... há que o javali... arrebentou a jaula e fugiu...

— Fugiu?

— Sim... Fugiu e está fazendo os maiores estragos na cidade... Investe contra toda gente e estraçalha os que pega... Os guardas do rei atacaram-no, mas em vão... Sua Majestade Euristeu não sabe mais o que fazer e manda pedir socorro a Hércules...

O herói pôs-se de pé e correu em busca da clava. Depois pendurou a tiracolo o carcás de flechas e tomou o arco.

— Pois vamos ver isso! — gritou e foi correndo para a cidade.

Os picapauzinhos ficaram tontos por uns instantes, sem saber o que fazer. Depois decidiram-se. Tinham de acompanhar o seu amigo Hércules. Meioameio já estava pronto para recebê-los no lombo.

O cavalo do mensageiro, assustadíssimo de ver o centauro, havia disparado por aqueles campos afora. O pobre homem ficou a pé.

— Monte aqui na garupa! — gritou-lhe Pedrinho, e ajudou-o a colocar-se na garupa do Meioameio. E o centauro, com aquela penca de gente no lombo, lá se foi no galope rumo a Micenas.

Ao entrar na cidade, Hércules dera com a população tomada de verdadeiro pânico. Uns escondiam-se nos porões, outros trepavam ao telhado das casas. Depois que os guardas do rei foram destripados pelas terríveis presas do javali, ninguém mais ousava atacá-lo. Só pensavam em fugir ou esconder-se.

— Onde está ele? — perguntou Hércules ao ministro Eumolpo, que avistou a tremer de medo em cima do telhado do palácio.

— Na praça do mercado! — gritou o ministro.

Hércules encaminhou-se para a praça do mercado, e já de longe avistou o monstro fazendo os maiores estragos nas verduras. Em seu redor havia muitos cadáveres de guardas destripados, alguns ainda vivos e gemendo de cortar o coração.

— Espera que te curo! — rosnou Hércules, firmando a mão no cabo da clava e avançou.

O javali reconheceu-o. Largou as verduras e levantou a cabeça, com os olhos já chamejantes de cólera. Ia destroçar aquele imprudente herói como havia destroçado os guardas do rei.

Nesse momento Meioameio, que viera em desapoderado galope, entrou na praça, de modo que os picapauzinhos puderam assistir à batalha.

E que batalha tremenda foi! O javali investiu contra Hércules e Hércules o esperou com a clava erguida.

— Chegamos a tempo de assistir ao primeiro *round*! — berrou Pedrinho pondo-se de pé no lombo do centauro. — Aposto que no primeiro golpe já Hércules o abate.

Mas não foi assim. O golpe do herói pegou a fera em pleno crânio, mas parece que o crânio do javali era de aço. A clava rachou pelo meio...

— A clava rachou — berrou Emília — e o monstro nem deu sinal de sentir. Só com flechas. Hércules que recue e...

Foi o que Hércules fez. Dando um tremendo salto para trás, colocou-se a vinte metros do javali, de modo a poder ajeitar no arco uma flecha. Esticou a corda e *zás!*... A flecha espetou no toitiço do monstro, mas não cravou fundo, nem alcançou centro vital. Apenas serviu para enfurecê-lo ainda mais — e o javali investiu para cima do herói com o ímpeto de uma bomba voadora.

Hércules deu outro salto para trás e despediu segunda seta, a qual não produziu maior resultado que a primeira. O javali deu um bote traiçoeiro e quase apanhou o herói com suas presas afiadíssimas.

Eumolpo, lá de cima do telhado, estava radiante. "Desta vez Hércules está perdido. O javali vai dar cabo dele", e gritou para o rei Euristeu, que a tudo assistia do balcão do palácio:

— A clava de Hércules falhou e as flechas também estão falhando. Tudo vai indo otimamente.

Euristeu, lá no balcão, sorriu.

A situação de Hércules não era boa, e isso porque na pressa de partir lá do acampamento errara na escolha das flechas, pondo no carcás justamente as de que Emília tinha arrancado a ponta. Só depois de haver lançado a segunda seta é que o herói percebeu a causa do desastre. Desastre, sim, porque nunca em sua vida de herói acontecera semelhante coisa: lançar duas flechas contra um corpo de animal e não vê-lo cair estrebuchando. E se estava sem as suas famosas flechas tão mortais, que fazer? E Hércules suou frio...

Súbito, Pedrinho empalideceu.

— Estou compreendendo tudo! Ele está lançando contra o monstro justamente as flechas que Emília "humanizou". E agora?

E voltando-se para Emília:

— E agora, sua mexedeira? Sem clava e sem flechas de ponta o nosso amigo Hércules está desarmado...

Emília assustou-se. Seu coraçãozinho pulou como cabrito lá dentro do peito. O remédio era um só: recorrer ao faz de conta. E ao ver Hércules lançar contra o monstro a terceira seta, gritou:

— Faz de conta que essa é de ponta!

Remédio milagroso! A seta cravou-se no toitiço do javali ao lado das outras duas, mas com um efeito muito diferente. O monstro dá um urro, revira os olhos e descai sobre as patas traseiras como um animal descadeirado. Depois afocinhou. Estava vencido...

— Hurra! Hurra!... — berrou Pedrinho — e de cima de todos os telhados hurras delirantes estrugiram. E Emília cantou o "Avé! Avé! Evoé!...", que ela não sabia o que significava, mas achava um grito muito próprio para ocasiões assim.

Os micenianos escondidos no fundo das casas ou abrigados em cima dos telhados começaram a afluir à praça e breve uma grande multidão se juntou em redor do javali morto. Cada um dizia uma coisa ou dava uma ideia. Súbito, um boato entrou a circular: que Hércules andava associado a uma pequenina feiticeira dotada de forças maravilhosas. O rumor tivera origem na mexericagem do homem que viera na garupa de Meioameio; de lá assistira ele a toda a luta e ouvira o grito mágico da Emília: "Faz de conta que essa é de ponta".

— Sim, foi ela! — dizia o homem para o povo. — Eu vi tudo muito bem. Só depois de seu grito mágico é que as flechas de Hércules voltaram a ser mortais. Antes disso espetavam o javali e não lhe causavam o menor dano — e surgiu a ideia de uma manifestação popular à estranha criaturinha.

Aqueles rumores não tardaram a chegar aos ouvidos do rei, o qual, furioso com a intervenção da pequena feiticeira, deu ordem aos seus guardas para que a prendessem. Vendo as coisas nesse ponto, Pedrinho tomou uma resolução de verdadeiro chefe.

— Toca para o acampamento e na volada! — gritou. — Já, já!... — e o centaurinho rompeu no galope. Minutos depois todos apeavam muito contentes junto ao Templo de Avia.

— Não gosto de povo nem de reis — disse Pedrinho. — É com a maior facilidade que eles passam dum extremo a outro. Nada como este nosso isolamento aqui, bem guardados como estamos pela clava de Hércules e pelo nosso amigo centauro. Mas... que fim levou Hércules?

Pedrinho olhou em todas as direções e não viu sinal do herói. Súbito, Emília gritou:

— Lá está ele!... Vem saindo da floresta.

Sim. Hércules vinha saindo da floresta, onde se internara a fim de escolher madeira para uma nova clava.

— Bom! — exclamou Pedrinho já sossegado. — Se Hércules está conosco, nada mais temos a temer.

5

AS CAVALARIÇAS DE ÁUGIAS

— Se as cavalariças de Áugias exigem um Hércules para a sua limpeza, então esse rei tem cavalos que não acabam mais.

— Sim, possui-os inúmeros e além disso é ladrão de cavalos.

— Como?

— Certa vez um tal Neleu mandou quatro excelentes animais, já vencedores em várias provas, disputar uma corrida de carros na capital do reino de Áugias. Sabem o que Áugias fez? Gostou muito dos cavalos, elogiou-os para o auriga...

— Que é auriga?

— Cocheiro. Elogiou-os para o auriga e com o maior cinismo lhe disse: "Pode ir embora. Estes cavalos ficam sendo meus".

— Que patife! — exclamou Emília. — Eu pregava-lhe um coice... E que fez dos cavalos?

— Pôs junto com os demais, lá na sua imensa cavalariça.

Nesse ponto da conversa Pedrinho começou a abrir na cara o sorriso de quem descobriu a pólvora.

— Já estou percebendo o negócio! — disse ele. — Esse rei devia ter uma grande ideia na cabeça. Diga-me uma coisa: era fértil a terra lá onde ele morava?

— Sim. Muito fértil.

Pedrinho atrapalhou-se. Sua ideia fora que Áugias estava acumulando esterco para fertilizar o reino; mas se as terras eram férteis, então, então...

— Então ele era um grande porco! — resolveu Emília e deu uma cuspidinha de nojo.

Quem estava contando aos picapauzinhos a história de Áugias era um viandante. Em todas as aventuras pela Grécia eles encontravam, nos "momentos psicológicos", um viandante de aspecto venerável, que tudo sabia e tudo explicava. Da primeira vez ninguém desconfiou de coisa nenhuma; mas a coincidência daquele encontro em quase todas as aventuras fez que a hipótese da Emília fosse aceita: "Ele é um emissário de Palas, ou Minerva, a deusa da sabedoria; repare que aparece como por acaso nos momentos em que temos necessidade de saber qualquer coisa da história antiga ou da vida deste país". E Emília botou-lhe o nome de Minervino...

A réplica de Emília, achando que Áugias era um grande porco, fez que o velho Minervino sorrisse; ele já estava acostumado com aqueles desbocamentos da ex-boneca.

— Não sei se o rei Áugias é isso, menininha; só sei que os seus estábulos são imensos e estão com uma camada de esterco como nunca foi vista igual no mundo.

— No mundo antigo pode ser — objetou Emília. — Lá no nosso mundo moderno "tivemos" as camadas de guano do Peru, que, segundo diz o Visconde, atingiam a metros de espessura. As das cavalariças de Áugias não devem ser tão espessas, pois como então podem os cavalos entrar lá? Hão de bater com a cabeça no forro...

— Não sei — disse o velho viandante —, nada vi com meus próprios olhos, mas ouço falar nisso. E agora vai para lá Hércules, com ordem de Euristeu para limpar as cavalariças de Áugias. Estou curioso de ver como o nosso herói se desempenhará dessa missão.

Emília cuspiu de novo, com carinha de nojo, e disse:

— Não vou gostar deste Quinto Trabalho de Lelé. Muito sujo... E o cheiro de tanto esterco deve ser horrível...

A palavra "cheiro" teve a propriedade de arrancar o Visconde do torpor em que se achava. O sabuguinho levantou-se e aproximou-se da Emília com os olhos muito arregalados e com o dedo no ar repetiu várias vezes a mesma palavra:

— O cheiro... O cheiro... O cheiro...

Todos julgaram que o Visconde houvesse enlouquecido de uma vez, mas não. Ele havia apenas resolvido um problema — o terrível problema que o preocupava desde a véspera: "Por que razão havia Euristeu dado aquele trabalho a Hércules?". Sim, porque isso de limpar uma cavalariça, mesmo enorme como a de Áugias, não era um trabalho à altura de Hércules, já que só exigia força física e paciência. Com uma boa turma de trabalhadores armados de enxadas e pás, qualquer empreiteiro pode limpar todas as cavalariças do

mundo. Mas quando Emília falou em "cheiro", a cabecinha do Visconde iluminou-se.

— Sim, o cheiro!... Sim, o mau cheiro daquilo!... Deve ser um cheiro venenoso e mortal, uma espécie de gás asfixiante!... Euristeu lembrou-se de encarregar meu amo desse trabalho não porque seja um trabalho acima das forças de qualquer homem comum, mas porque as venenosas emanações do esterco revolvido vão afinal destruir meu amo...

O Visconde, como bom escudeiro, só tratava Hércules de "amo", tal qual Sancho com Dom Quixote.

Ao ouvir aquele monólogo, Pedrinho bateu palmas.

— Bravos ao Sherlock! Descobriu tudo!... Sim, só pode ser isso. E que vai aconselhar ao seu amo, Visconde?

— O emprego de uma boa máscara contra gás, daquelas usadas na Grande Guerra.

— E onde arranja tal máscara?

— Você constrói uma.

— Eu?... — exclamou o menino — e pôs-se a refletir. Já tinha visto uma das tais máscaras. Não era coisa muito complicada. Acontecia, porém, que as máscaras dependem dos gases, isto é, para tal gás, tal máscara. Ora, não conhecendo ele o gás das cavalariças de Áugias, não podia construir uma máscara de confiança, certa, segura, havendo a possibilidade de o pobre Hércules levar a breca com máscara e tudo. O problema era mais complicado do que parecia. Por fim, cansado de pensar naquilo, disse consigo mesmo: "Na hora veremos", e mudou de assunto.

— Escute, Minervino — pediu em seguida. — Conte-nos mais histórias desse Áugias.

O velho viandante contou que Áugias era um dos Argonautas; e depois teve de contar a história dos Argonautas; e para contar a história dos Argonautas teve de referir-se ao Tosão de Ouro. Pedrinho, que já ouvira falar no Tosão de Ouro, quis saber o que era. O viandante explicou:

— Um pelego de carneiro...

Foi um desapontamento. Pedrinho esperava coisa muito mais misteriosa.

— Sim — disse o viandante. — Um pelego, mas que pelego!... Provinha do carneiro mágico que levou pelos ares Frixo e Hele...

— Quem eram esses dois? — quis saber Emília.

O viandante coçou a cabeça, desanimado; depois disse:

— Estas histórias emendam-se de tal maneira uma na outra que não têm fim. Para explicar o caso dos Argonautas tenho de ir recuando, recuando... Bom, Frixo era um herói beócio...

— Como beócio? Bobo?

— Não. Os beócios não eram bobos, eram apenas os nativos da Beócia, uma das partes da Grécia. Mas, por amor de Palas, Emília, pare com as perguntas, se não tenho que ir recuando até aos começos do mundo. Frixo, um herói beócio que juntamente com sua irmã Hele fora indicado para o sacrifício ao tempo de uma grande seca na zona, era dono de uma verdadeira preciosidade: um carneiro de velo de ouro...

— Que é velo? — quis saber Emília.

— É pelo — respondeu Minervino, já meio danado, e prosseguiu: — Possuía esse carneiro de velo de ouro, que lhe fora dado por sua mãe Néfele. E foi nesse carneiro mágico que os dois irmãos fugiram momentos antes de serem levados para o altar do sacrifício. Fugiram, e ao passarem das terras da Europa para as da Ásia, Hele perdeu o equilíbrio e caiu no mar.

— Eles iam voando?

— Sim, os carneiros mágicos voam. Caiu no mar e desde aí aquela nesga de mar passou a chamar-se Helesponto, em homenagem à pobre Hele.

O Visconde meteu o bedelhinho para dizer que nos tempos modernos o Helesponto mudara de nome, passando a chamar-se Dardanelos.

— E Frixo? Que fez? — perguntou Pedrinho.

— Frixo continuou no voo e desceu na Cólquida, onde sacrificou o precioso carneiro num templo de Ares.

O Visconde explicou que esse Ares era o mesmo deus Marte dos romanos.

— Sacrificou o carneiro e, tirando-lhe a pele, deu-a de presente a Etes, o rei da Cólquida. Etes ficou radiante, porque era uma preciosidade sem par no mundo, e guardou-a pendurada de um velho carvalho, com um terrível dragão junto ao tronco, de sentinela.

— Quem sabe se esse dragão não é o mesmo que São Jorge levou para a Lua? — sugeriu Emília, mas Pedrinho tapou-lhe a boca:

— Deixe Minervino falar.

O viandante prosseguiu:

— O caso espalhou-se imediatamente pela Grécia inteira, despertando as maiores invejas. Todos os reis gregos passaram a sonhar com o Tosão de Ouro — entre eles Pélias, o rei de Iolcos. Esse Pélias tinha um sobrinho que era herói...

— Pelo que vejo, isto de heróis nesta Grécia Antiga é uma profissão como a de capanga lá no nosso mundo moderno...

— Não atrapalhe, Emília! Continue, Minervino.

— Sim, Jasão, o tal sobrinho de Pélias, já estava com fama de herói e por isso Etes o encarregou da grande empresa: ir à Cólquida e apoderar-se do Velo de Ouro, custasse o que custasse. Isso foi o começo da célebre expedição dos Argonautas.

OS ARGONAUTAS

— E que fizeram esses Argonautas? — quis saber Emília.

— Embarcaram no navio *Argo*...

— E daí lhes vem o nome de Argonautas — observou sabiamente o Visconde. — *Nauta* quer dizer navegador. Argonautas são os navegadores do *Argo*.

Minervino olhou para o Visconde com espanto. Como sabia coisas aquela aranha de cartola! Depois contou que até Héracles fazia parte desse grupo de navegadores — Hércules, Castor, Pólux, Orfeu, Télamon, Peleu, todos comandados por Jasão.

— Era um grupo de heróis dos mais luzidos e valentes — e tinha de ser assim, dadas as tremendas dificuldades da empresa. A ordem do rei a Jasão era para lhe trazerem o Velo de Ouro "custasse o que custasse"...

— E como foi que eles pegaram o pelego? Como se livraram do dragão?

— Ah, a história é comprida! — respondeu o viandante. — O rei da Cólquida tinha duas filhas feiticeiras, uma de nome Circe, muito famosa, e outra de nome Medeia, que ia ficar famosíssima justamente por causa da expedição dos Argonautas. Quando o *Argo*, depois de muitas voltas, chegou à Cólquida, Medeia conheceu Jasão e apaixonou-se. Foi um namoro que rendeu grandes coisas. Jasão contou-lhe muito em segredo ao que vinha, isto é, que vinha roubar o Velo de Ouro. Medeia assustou-se. O dragão era de fato terrível e invencível, e acabaria devorando todos os Argonautas, se por acaso o atacassem de frente. Era preciso recorrerem à astúcia. "Vou fazer uma coisa", disse Medeia. "Sou mágica; sei de drogas para tudo e tenho uma que

fará o dragão adormecer; esse dragão está guardando o velo justamente porque tem a propriedade de dormir com um olho e vigiar com os dois — e então você furta o velo."

— Estou vendo — disse Emília — que nessa aventura dos Argonautas o verdadeiro herói não foi Jasão nem nenhum de seus companheiros. Foi Cupido...

— Quem é Cupido? — perguntou o viandante.

O Visconde explicou que Eros, o deus do Amor, iria chamar-se mais tarde Cupido, "porque todos estes deuses gregos de hoje vão mudar de nome; Zeus passará a ser Júpiter; Hera virará Juno; Palas passará a ser Minerva — e assim por diante. Até o meu amo Héracles passará a ser Hércules".

— Hum!... — exclamou o viandante como quem afinal compreende uma coisa. — Estou agora entendendo por que vocês o tratam de Hércules...

— Sim — disse o Visconde. — Meu amo é Héracles para vocês aqui desta Grécia Heroica. Nos nossos tempos modernos ele é Hércules, como Eros é Cupido... Continue lá a sua história.

O viandante continuou:

— Pois graças ao filtro que Medeia deu ao dragão é que o seu namorado conseguiu a pele do carneiro. O pobre dragão, pela primeira vez na vida, adormeceu com os dois olhos... Obtida a pele, o que aos Argonautas restava era fugirem dali com a maior rapidez — e lá zarpou o *Argo* com todas as velas soltas, levando a bordo Medeia.

— Fugiu com o namorado então?

— Fugiu e foram juntos para Iolcos, onde se casaram e ela realizou mágicas famosas.

— Conte uma — pediu Emília.

— A mais famosa de todas as mágicas de Medeia foi o "remoçamento" do velho Éson, pai de Jasão. Medeia picou o velho em pedacinhos e ferveu tudo numa grande caldeira. E do vapor fez que brotasse um Eson vivinho e moço...

— Que maravilha! — exclamou a ex-boneca. — Imagine se pilhássemos Medeia lá no sítio para picar e ferver Dona Benta e Tia Nastácia... Que lindo não seria Dona Benta aí com vinte anos e Tia Nastácia uma mucama toda requebrada de dezenove... E que mais houve com Medeia?

— Ah, nem queira saber!... Não houve o que ela não fizesse, inclusive dar cabo de Pélias, irmão de Jasão, que havia ocupado o trono do velho Éson. Medeia usou duma engenhosa esperteza: convenceu as filhas de Pélias de que também podiam remoçar o pai por aquele processo da fervura na caldeira. As moças que o picassem e pusessem o picadinho numa caldeira; ela Medeia se encarregaria de fazê-lo renascer jovem e bonito. As bobas assim fizeram: mataram e picaram o pai e ferveram tudo na caldeira. Mas quando chegou a hora de reviver aquele picadinho, Medeia deu uma grande risada... O que ela queria era ver o rei Pélias morto para que o seu esposo Jasão ocupasse o trono...

— Que danada! — exclamou Emília. — E deu certo a patifaria?

— Falhou, porque antes de Jasão pegar o trono, um irmão de Pélias, de nome Acasto, pegou-o primeiro... e Medeia e o marido tiveram de fugir para Corinto. Mas se eu for contar toda a história de Medeia, não acabo mais. Era mesmo uma danada, como disse esta menininha.

— E os Argonautas? Volte à história dos Argonautas — pediu Pedrinho.

— Ah, os Argonautas ainda fizeram mais que Medeia, em suas famosas viagens do *Argo*. Mas não vou contar nada disso. Contei o que contei unicamente para mostrar quem eram esses famosos aventureiros, entre os quais figurava o nosso Áugias, rei da Élide — o homem do esterco.

Nesse ponto da história apareceram Hércules e Meioameio, que tinham saído juntos para a caça ao almoço. Vinham vindo com um novilho — e o almoço daquele dia foi novilho ao espeto.

Hércules continuava preocupado com a incumbência que lhe dera Euristeu: limpar as cavalariças de Áugias. Como fazer para a realização de semelhante coisa? E, cansado de pensar naquilo, pediu a opinião dos picapauzinhos.

— Que acha do meu caso, Emília? — perguntou à ex-boneca.

— Ainda não acho nada, Lelé. Estou ruminando...

— E você, escudeiro? — perguntou ao Visconde.

O sabuguinho expôs a sua teoria dos gases venenosos, que fatalmente escapariam dos estábulos quando tamanha massa de esterco fosse removida — e Hércules arregalou os olhos. Achou muito propósito naquilo.

— E você, oficial? — perguntou depois a Pedrinho.

Pedrinho também estava com medo das emanações mefíticas do esterco e andava a pensar num modo de remover de longe aquele guano. Assim se evitaria a aspiração dos gases.

— Tudo depende da situação das cavalariças — respondeu o menino. — Se, por exemplo, houver um rio perto, que corra em nível mais alto que o das cavalariças, há um meio...

— Qual? — perguntou o herói, ansioso.

— Desviar o curso desse rio, de modo que ele jorre para dentro dos estábulos e leve para longe a estercaria toda...

O rosto de Hércules iluminou-se. Estava ali uma ideia realmente maravilhosa. Sim, jogando um rio para cima do esterco o caso se resolvia perfeitamente. E mais uma vez o herói assombrou-se da extraordinária inteligência daquele picapauzinho. Mas tinha que ver. Tinha que falar com Áugias, obter dele autorização para a limpeza e depois examinar os arredores a fim de descobrir um rio de nível mais alto. E a debaterem o assunto lá prosseguiram na viagem rumo a Élide, depois de comido inteirinho o novilho assado.

Na manhã do outro dia entraram nas terras de Áugias. Já de longe viram o seu palácio, e mais adiante as tais cavalariças. Oh, eram imensas! Davam para conter mais de mil cavalos. Pelos campos vizinhos pastava uma cavalhada solta que não tinha fim. Não havia dúvida: aquele Áugias devia ser o maior ladrão de cavalos da Grécia Heroica.

O REI ÁUGIAS

Chegados à capital, Hércules mandou que os picapauzinhos o esperassem em certo ponto fora da cidade e foi sozinho falar com o rei. Encontrou-o examinando um novo lote de lindos cavalos recebidos naquele momento.

— Majestade — disse Hércules reverentemente —, aqui estou em trânsito e desejava fazer uma visita às famosas cavalariças de que tanto se fala na Grécia inteira.

Áugias tinha orgulho de suas cavalariças e gostava de mostrá-las aos visitantes. — Pois não — respondeu — e foi ele mesmo mostrá-las a Hércules.

Imensas! Davam para abrigar mais de mil, talvez dois mil cavalos, e Hércules notou que a camada de esterco era não só espessíssima como dura como um chão de terra batida. E abordou o assunto:

— Majestade, por que não faz nestas cavalariças uma limpeza em regra? Tanto esterco assim acumulado não pode fazer bem aos animais.

— Sim, já pensei — mas limpá-las como? Meus homens têm medo de mexer nisso — medo de envenenamento. E noto que meus cavalos já andam a ressentir-se. Tenho de limpá-las, sim, mas como?

Hércules correu os olhos pelas redondezas e perguntou como quem não quer:

— Majestade, não há aqui por perto algum rio?

O rei estranhou a pergunta, mas respondeu que sim — que passavam ali por perto dois rios, o Alfeu e o Peneu. Hércules então animou-se e disse:

— Pois, majestade, proponho-me a limpar completamente estas cavalariças, sob uma condição...

— Qual?

— Pagar-me o serviço com dez por cento da cavalhada.

Áugias segurou a barba e ficou pensando — ficou pensando num meio de tratar o serviço por aquele preço e depois passar a perna no herói. E piscando o olho, respondeu:

— Pois aceito o negócio. Você me limpa as cavalariças e em pagamento recebe a décima parte dos meus animais.

Hércules, porém, sabia que os reis não são criaturas merecedoras de muita confiança e exigiu uma testemunha para maior garantia do contrato. E como estivesse presente o jovem Fileu, filho de Áugias, pediu-lhe que testemunhasse o ajuste. Fileu concordou. Ficou como testemunha e fiador do pai.

— Pois muito bem — disse Hércules. — Amanhã começarei o serviço — e, despedindo-se de Áugias, voltou para o lugar onde havia deixado os picapauzinhos.

— Pronto! — disse a Pedrinho. — Já contratei o serviço da limpeza e amanhã tenho de meter mãos à obra.

— E indagou da existência do rio?

— Sim, existem dois, o Alfeu e o Peneu.

— De nível mais alto que as cavalariças?

— Imagino que sim, mas não sei. Temos que verificar isso — e deu ordem ao escudeiro Sabugosa para tirar a limpo aquele ponto.

O Visconde era um sábio que sabia tudo, inclusive medir o nível dum lugar em relação a outro, como fazem os engenheiros. Pediu a Pedrinho que o pusesse sobre o lombo de Meioameio e lá se foi no galope. Uma hora depois voltava com boas notícias.

— Fiz os cálculos necessários — disse ele — e meu amo pode ficar certo de que os dois rios correm três metros acima do nível das cavalariças.

— Como o verificou? — quis saber o herói.

— Por meio de cálculos geométricos e trigonométricos — respondeu o sabugo científico, deixando o herói na mesma. O pobre Hércules nem sequer desconfiava da existência da Geometria e da Trigonometria.

— Mas — continuou o Visconde — medi o volume das águas dos rios e verifiquei que só juntando os dois poderemos ter o enxurro necessário para remover a estercaria toda.

Juntar no mesmo leito as águas dos dois rios era coisa muito simples para um "massa-bruta" como Hércules, porque dependia apenas de força física. Mas... e se depois de juntas as duas águas a torrente resultante corresse noutro rumo que não no das cavalariças?

— Também estudei esse ponto — disse o Visconde. — A topografia do terreno nos favorece. Se as águas forem encaminhadas para tal e tal rumo, entrarão por uma garganta que vai despejar a jusante das cavalariças.

Hércules tonteou com aquele "jusante" de engenheiro... Mas entendeu mais ou menos. Se era assim, então estava o caso resolvido. Com as águas do Alfeu reunidas às do Peneu, obtinha ele um volume torrencial com a força suficiente para arrastar toda aquela estercaria — e tratou de ir realizar o trabalho da junção das águas.

Enquanto isso, lá no palácio o rei Áugias esfregava as mãos, contentíssimo. "Se ele executar a tremenda empreitada, eu resolvo o grande problema que tanto me preocupa; mas isso de pagar o serviço com a décima parte de meus animais me parece muita coisa..." E ficou a refletir no meio de lograr o herói. Nesse momento entrou na sala do trono um intrigante de nome Lepreu, o qual disse:

— Já descobri tudo, Áugias. Héracles veio cá por instigação do rei Euristeu...

— Por instigação de Euristeu? — repetiu Áugias. — Hum!... Isto tem água no bico... — e deu uma risada gostosa, como quem acaba de descobrir a solução dum problema.

— De que está a rir-se? — perguntou Lepreu.

— Uma boa ideia que me veio — disse Áugias, mas calou-se, não revelou o seu pensamento.

No dia seguinte ao meio-dia já os trabalhos de escavação estavam prontos; só faltava romper uma barreira para que os dois rios se juntassem. Os picapauzinhos foram para junto do herói, a fim de assistirem à junção das águas. Chegada a hora, Emília contou: UM... DOIS e... TRÊS! Na voz de TRÊS, Hércules pregou um tremendo pontapé na barreira. A terra voou longe e as águas do Alfeu e do Peneu se juntaram com grande fragor. E escachoando numa espumarada cor de terra vermelha, rolaram em torrente pela garganta que ia ter às cavalariças.

Nesse momento Pedrinho teve uma ideia de primeira ordem.

— Hércules, Hércules! — gritou ele. — Você esqueceu-se duma coisa: arrombar as paredes das cavalariças na face em que a água vai bater. Se não fizer isso, a enxurrada passa dos lados e todo o seu esforço estará perdido.

Hércules viu que era mesmo e foi voando para as cavalariças. Tinha de arrombar a parede antes que o enxurro chegasse — coisa muito simples, pois que só exigia força. Com meia dúzia de pontapés demoliu as paredes. Logo depois a torrente de lama chegou e foi enveredando pelo rombo aberto. Os cavalos presos lá dentro fugiram espavoridos, enquanto a água ia arrancando enormes placas da estercaria velha, revolvendo aquilo e arrastando tudo para longe. Uma hora depois não havia naqueles estábulos nem o cheiro da imensa porcaria acumulada. Hércules então tratou de barrar as águas reunidas e fazê-las novamente correr pelos velhos leitos do Alfeu e do Peneu.

Pronto! Estava realizado mais um dos famosos trabalhos de Hércules: a limpeza das cavalariças de Áugias. Só lhe restava agora ir ter com o rei e cobrar o preço da empreitada.

Hércules foi procurá-lo.

— Pronto, majestade! As vossas cavalariças acham-se mais limpas que o chão deste palácio.

Áugias estava contentíssimo daquilo, mas como fosse um grande patife não tinha a menor ideia de cumprir o trato. E veio com a desculpa mais indecente do mundo.

— Sim — disse ele. — Reconheço que o trabalho de limpeza foi realizado de maneira perfeita, e em paga desse serviço quero ter o gosto de oferecer ao amigo Hércules um excelente cavalo de sela.

— Um cavalo de sela? — repetiu o herói, atônito. — Como isso? Nosso trato foi o pagamento do décimo da cavalhada.

Áugias riu-se e negou com o maior cinismo.

— Não me lembro de ter feito semelhante acordo...

Fileu, o filho de Áugias, estava presente. Era um moço honesto, que não havia puxado o mau caráter do pai. Ao ouvir aquilo, adiantou-se e disse:

— Perdão, meu pai! Fui testemunha do trato. Meu pai prometeu a Héracles, em troca da limpeza das cavalariças, a décima parte da cavalhada.

Áugias mordeu os beiços, danado com a intervenção daquele "mau" filho e agarrou-se a outro pretexto.

— Sim, pode ser que eu haja feito essa combinação. Minha memória às vezes falha. Mas se acaso a fiz, não sou obrigado a cumpri-la, porque o Senhor Héracles veio cá limpar as minhas cavalariças por instigação do rei Euristeu, e portanto não me sujeito às suas sugestões. Se quer um cavalo de sela em paga do serviço, escolha-o. Se não quer, então que se ponha daqui para fora imediatamente — e você também, Fileu! Um rapaz da sua idade, filho de rei, que não sabe agir politicamente nada merece de seu pai. Ponham-se daqui para fora os dois!...

Hércules teve vontade de rachar aquele rei pelo meio, mas conteve-se. Disse apenas:

— Isto não ficará assim, majestade. Dentro de alguns dias darei a minha resposta — e retirou-se.

Quando os picapauzinhos souberam do infame procedimento de Áugias, encheram-se da mais nobre indignação. Emília quis aplicar um golpe faz de conta. Hércules sossegou-os.

— Qualquer coisa que fizermos para este rei, ele lançará contra nós os seus soldados, que são muitos, e estaremos perdidos. Minha resposta vai ser outra. Vou formar um grande exército, a cuja frente virei destronar Áugias e colocar no trono o meu honesto amigo Fileu — disse apoiando a mão sobre o ombro do moço.

Se fôssemos contar a história inteira da formação do exército de Hércules teríamos, só para isso, de encher mil páginas. Diremos apenas que Hércules formou o seu exército e veio atacar o rei Áugias. O Visconde foi encarregado do serviço da intendência militar; Pedrinho assumiu o cargo de chefe do Estado-Maior — e Emília encarregou-se da espionagem. Mas apesar de toda aquela excelente organização, a luta acabou em desastre, e isso por causa dum acidente que ninguém esperou: a súbita doença de Hércules. Antes de travar-se a batalha, o herói caiu de cama com uma febre altíssima.

O seu fiel escudeiro Sabugosa teve de largar a intendência e vir tratar do bom amo. Tomou-lhe o pulso, examinou-lhe a língua.

— Está saburrosa, sim — disse o sabuguinho. — Os sintomas são de envenenamento. Meu amo envenenou-se com os gases mefíticos das cavalariças de Áugias. Até eu senti dor de cabeça naquele dia.

— E eu, uma tontura — declarou Emília.

— E eu, uma azia de estômago — declarou Pedrinho.

— E eu, um calafrio — declarou Meioameio.

— Pois é — concluiu o Visconde. — Tudo isso, efeitos dos gases letais daquela infame esterqueira. Mas como estávamos muito longe, respiramos apenas um mínimo de gás. Já meu amo teve de aproximar-se para arrombar as paredes e foi então que se envenenou.

— E por que só agora se manifestaram os efeitos dos gases? — interpelou Pedrinho.

— Porque num organismo forte como o de meu amo um veneno leva semanas para agir. As defesas orgânicas dos seres hercúleos são também hercúleas.

Meioameio estava de boca aberta diante da ciência do sabuguinho.

Aquela inoportuna doença de Hércules foi um desastre, porque o exército se viu privado de seu grande chefe e foi facilmente derrotado pelas forças de Áugias.

Hércules teve de fugir e ficar oculto num bosque durante toda a doença. Como se debateu no incêndio da febre! Como delirou!... E teria morrido, se não fosse o acerto das drogas que o Visconde lhe deu a beber, preparadas com ervas dali mesmo — mentruz-de-sapo, digitális, beladona e outras.

SEGUNDA EXPEDIÇÃO DE HÉRCULES

Doze dias durou a doença de Hércules. No décimo terceiro a febre começou a ceder e o Visconde disse:

— Meu amo está salvo!

O regozijo foi imenso. Meioameio saiu no galope pelos campos vizinhos, a corcovear, a dar coices para o ar, a espojar-se na relva, feliz como um potrinho novo. Durante os doze dias da doença do herói, Meioameio não arredara pé ali de sua cama de folhas secas.

Pedrinho foi quem ouviu as primeiras palavras de Hércules já salvo do perigo.

— Onde estou eu? — perguntou o convalescente. — Que houve? — E ao saber que o seu exército fora destroçado e ele estava oculto numa floresta, chorou de paixão.

O Visconde deu-lhe um chazinho de erva-cidreira para acalmá-lo. Hércules caiu em sonolência profunda. No dia seguinte pulou da cama, já completamente bom.

— E agora? — perguntou-lhe Emília.

— Agora, figurinha, agora tenho de levantar outro exército e fazer com o rei Áugias o que fiz com a parede de sua cavalariça: mandá-lo para o beleléu com um bom pontapé.

Hércules havia aprendido com a Emília a palavra "beleléu" e volta e meia aplicava-a.

A organização do novo exército foi fácil e rápida, porque já tinham a experiência do primeiro. O Visconde voltou a dirigir o Serviço de Intendência e Pedrinho passou de chefe do Estado-Maior a ajudante de ordens do general Hércules.

— E que aconteceu?

— Ah, aconteceu que o exército de Áugias levou a maior surra de que há memória na Grécia Antiga. Áugias foi arrancado de seu trono e jogado pela janela como se fosse um caco de telha. Caiu a duzentos metros de distância, espatifando-se todo.

Depois da tremenda vitória, o herói indagou do paradeiro de seu amigo, o jovem Fileu.

— Está na Dulíquia — informaram-no.

Hércules chamou Meioameio e disse:

— Vá voando à Dulíquia e traga-me cá Fileu.

— Onde é a Dulíquia? — perguntou o centaurinho.

— Não sei — berrou Hércules. — Pergunte. Vá num pé e volte noutro.

Meioameio saiu com velocidade dum vendaval. Duas horas depois voltava coberto de suor espumarento, mas com Fileu no lombo. Hércules abraçou-o e disse:

— Áugias está morto e seu exército derrotado. O novo rei é você — e fincou-o no trono.

Depois disse ao escudeiro:

— Avise aos povos da Élide que o novo rei é Fileu.

O Visconde chegou à janela, pediu a Pedrinho que o erguesse no ar, e com sua voz de milho gritou para a multidão aglomerada defronte:

— Rei morto, rei posto! Viva Sua Majestade o rei Fileu!

— Viva! Viva! — aclamou a multidão com o maior entusiasmo, porque ninguém na Élide gostava de Áugias.

E assim terminou a segunda expedição de Hércules.

— Bom. E agora? — perguntou Pedrinho depois de tudo terminado.

— Agora temos de voltar a Micenas. Preciso dar conta a Euristeu da realização de mais este trabalho.

Emília, que andava "por aqui" com o tal Euristeu, desabafou.

— Por que não vai lá e não faz com ele o mesmo que fez com Áugias?

— Impossível, figurinha! Euristeu é protegido de Hera...

Foi nesse instante que o Visconde de Sabugosa deu o primeiro sinal positivo de loucura. Estava sentadinho por ali ouvindo a conversa dos outros, de cartola na cabeça, como sempre. Aquela cartola fazia parte do Visconde, não era como o chapéu comum dos homens que é posto na cabeça e tirado quando dentro de casa. O Visconde não tirava da cabeça a cartola nem nas igrejas. Também não cumprimentava a ninguém pelo sistema de "tirar o chapéu". Dizia só "Olá", fazendo um gestinho de adeus, ainda que o cumprimentado fosse o próprio Júpiter. Também comia e dormia de cartola na cabeça. Pois naquela tarde tudo mudou. Assim que da boca de Hércules saiu o nome da deusa Hera, o sabuguinho tirou da cabeça a cartola e jogou-a longe. Depois deu uma gargalhada histérica e resmungou:

— Hera! Hera! Era uma vez uma vaca amarela que entrou por uma porta e saiu por outra. Quem quiser que conte outra...

Todos estranharam aquilo — aqueles modos e aquelas palavras tão impróprias de um sábio. E mais ainda quando o Visconde segurou as palhinhas do pescoço, como se fossem barbas repartidas ao meio, e disse com ar satisfeito:

— As armas e os barões assinalados... barões e viscondes. Viscondes e condes de Monte Cristo. Condes de Monte Cristo e duques e marqueses, e comendadores, e coronéis e cabos de esquadra e eu... e eu... e eu. Bumba meu boi! Zubumba! Os Zombis... os Zombis... os Zombis... — e seus olhos pareciam querer saltar das órbitas.

Não havia a menor dúvida: o pobre Visconde de Sabugosa enlouquecera! Já de algum tempo vinha mostrando certos sinais de perturbação dos miolos, mas com intervalos de perfeita lucidez. Agora, porém, a incoerência de suas ideias já não deixava nenhuma dúvida. Louco... Louquíssimo...

A consternação foi geral. Hércules suspirou uma vez, e depois outra e outra. Pedrinho ficou profundamente apreensivo e Emília danou.

— Em vez de enlouquecer lá no sítio, onde temos todos os recursos, este estrepe vem enlouquecer justamente aqui, para nos atrapalhar a viagem! E para mim essa loucura é fingimento.

Como sabe que todos os heróis acabam loucos, ou passam durante a vida por um período de loucura, está "bancando" o louco, para ficar igual a Hércules, a Rolando, a Dom Quixote…

Pedrinho ameaçou-a de um beliscão se continuasse a fazer tão má ideia do pobre sabuguinho.

— Não há nada na vida do Visconde que justifique semelhante hipótese, Emília. O Visconde sempre foi honestíssimo, incapaz duma mentira…

— Mentiu sim — berrou Emília — naquela vez do pau-falante![8]

— Mentiu à força, coitadinho. Você obrigou-o a mentir. Espontaneamente o Visconde jamais mentiu nem uma isca de mentira em toda a sua existência. Para mim ele é o modelo dos sabugos.

— Mas isso não é razão para vir nos atrapalhar com uma loucura tão fora de propósito — insistiu Emília. — Quer ficar louco? Vá ficar louco na casa de sua sogra…

O Visconde não dava o menor tento ao que dele diziam. Continuava a pronunciar palavras sem nexo, quase sempre científicas: "A metempiscose tem suas raízes na Índia… A sobrevivência do mais forte… Hormônios… Fava-de-santo-inácio…", isso em meio a uma série de gargalhadas histéricas e arrepiantes. Depois, ah, depois fez tal qual Dom Quixote quando o famoso herói da Mancha se despediu de Sancho para ficar de retiro e penitência na montanha. Dom Quixote

---

[8]. *Reinações de Narizinho*. São Paulo: Globinho, 2016.

despediu-se de Sancho e pôs-se a virar cambalhotas, em fraldas de camisa... Pois o Visconde fez a mesma coisa; deu uma série de cambalhotas e ficou a fazer experiência de andar com as mãos no chão e os pés no ar...

Nesse ponto Pedrinho não reteve as lágrimas — chorou, e Hércules desviou o rosto para que não vissem a lágrima que também lhe veio. Mas Emília, nada! Nada de comover-se. Estava a rir-se ironicamente e a caçoar do pobrezinho.

— Cambalhotas mais feias nunca vi. Um verdadeiro sábio não enlouquece desse jeito tão bobo. Se não fossem as suas defesas orgânicas (Pedrinho e Hércules), eu o agarrava agora e depenava...

Ao ouvir aquele "depenava", o Visconde interrompeu as cabriolas e pôs-se a tremer como geleia. Era o antigo pavor que mesmo na demência reaparecia: o velho medo de ser "depenado" de suas pernas e seus braços. Tanto Emília o ameaçou com isso, desde os começos da vida do Visconde, que o terror ficou incrustado em seu subconsciente — e agora, na loucura, manifestava-se naquele tremor. Depois o coitadinho caiu de joelhos, começou a rezar e a fazer pelos-sinais.

O LOUCO

— Pronto! — exclamou Emília. — Agora é que está perdido de uma vez. Dona Benta diz que as loucuras religiosas são incuráveis.

O Visconde rezava num murmúrio imperceptível. Pedrinho aproximou-se para ouvir. Eram palavras incoerentes de louco varrido: "Fava-de-santo-inácio… Erva-de-santa-maria… Xarope de são joão… Melão-de-são-caetano…".

Emília teve uma ideia.

— Esperem!… Esperem!… Já sei… Ele está nos sugerindo uma coisa: que há remédios no mundo e que se lhe derem um bom remédio talvez o curem.

Pedrinho achou razoável aquilo.

— Sim. Pode ser. Mas que remédio podemos dar ao Visconde? De medicina eu não entendo nada.

— Lelé há de entender alguma coisa. Pergunte-lhe.

Pedrinho perguntou a Hércules se entendia de remédios.

— Não, mas sei onde mora um homem que é o mais sabido em doenças e curas de toda a Grécia.

— Quem é?

— O grande Esculápio, o herói da medicina.

— E onde poderemos encontrá-lo?

— Esculápio é um filho de Apolo que foi educado pelo meu amigo Quíron, na cidade de Epidauro. Tudo quanto Quíron sabia da arte de curar, transmitiu-o ao moço — e Esculápio revelou-se um desses alunos que ficam sabendo mais que os mestres. No tempo da nossa expedição para a conquista do Pelego de Ouro, o médico do *Argo* era ele, e durante toda a campanha foi quem nos curou todas as feridas e males. E sei que sua ciência nunca parou de crescer. Já no tempo do *Argo* conseguia ressuscitar mortos…

— Ressuscitar mortos? — repetiu Pedrinho com assombro.

— Sim — reafirmou Hércules. — Diante de meus olhos ressuscitou vários companheiros, como Licurgo, Tíndaro, Glauco e mais tarde ressuscitou Hipólito, vítima da rainha Fedra. Podemos dar um pulo até Epidauro para uma consulta a esse semideus da medicina. Se Esculápio não curar o meu escudeiro, quem o curará?

— Sim — repetiu Pedrinho. — Para quem ressuscita gente morta, curar uma loucurinha como a do Visconde deve ser brincadeira de criança. Mas como levar o pobre Visconde? Os loucos têm que andar amarrados ou em camisas de força.

— Ou em gaiolas! — berrou Emília. — Na loucura de Dom Quixote o remédio foi uma boa jaula.

Pedrinho não achou fora de propósito a ideia. Se levassem o Visconde solto, isso iria exigir uma vigilância permanente, diurna e noturna — coisa muito cansativa. Mas uma boa gaiola dispensava tal vigilância — e assim pensando, foi cortar varas na floresta para construir a gaiola do louco.

Que momento doloroso o em que, depois de feita a gaiola, Pedrinho agarrou o Visconde e botou-o lá dentro como se fosse um passarinho!

Até Emília se comoveu. O pobre demente ficou de pé, agarrado às varetas da gaiola, gritando: "O binômio de Newton!... O quadrado da hipotenusa!... A cabeleira de Berenice...", tudo coisas científicas. Os verdadeiros sábios só têm uma coisa dentro de si: ciência, e mais ciência.

— Ele sempre foi assim — disse Emília. — Daquela vez lá no sítio em que ficou com "obstrução de álgebra", o Doutor Caramujo abriu-lhe a barriga e tirou um mundo de letras, sinais e coisas algébricas. Foi então que vi que os sábios têm um verdadeiro recheio de ciência nas tripas...

Outra dificuldade se apresentou: como levar até Epidauro aquela gaiola com o louquinho dentro? Meioameio opôs dificuldades. Com a gaiola no lombo ele não poderia galopar, ficaria com os movimentos embaraçados. Quem resolveu o problema foi Hércules.

— Posso levá-lo a tiracolo, como levo a minha aljava de setas — e foi o que se fez. Pedrinho arranjou uma correia e com ela amarrou a gaiolinha na aljava do herói...

A viagem até Epidauro foi muito triste. Hércules já havia criado amor ao seu escudeiro, e os outros estavam apreensivos, com medo de que o louco não aguentasse a caminhada e falecesse no caminho. Emília resmungava como negra velha, apesar das advertências e ameaças de Pedrinho.

— Hei de contar a vovó essa sua maldade, Emília. Todos aqui, até Meioameio, estamos tristíssimos com o caso do Visconde — só você, em vez de tristeza, está que é só gana... Coisa mais feia nunca vi...

— Não nasci para enfermeira — disse a diabinha. — Acho que quem ficar doente ou louco deve ir para a casa de sua sogra.

— Mas o Visconde não *quis* ficar doente! — berrou Pedrinho. — Ficou louco sem querer, em virtude dos gases venenosos.

— Por que não tapou o nariz, como eu?

— Esquecimento, Emília. Você não ignora que os verdadeiros sábios são muito distraídos. Ele esqueceu-se de tapar o nariz.

— Pois quem se esquece de tapar o nariz numa ocasião como aquela é bem merecedor de que os outros também o esqueçam à beira duma estrada...

E assim discutindo chegaram a Epidauro. Hércules indagou da residência de Esculápio e recebeu uma desanimadora informação. E sabem dada por quem? Pelo famoso viandante que aparece nos momentos mais oportunos. Quem o viu primeiro foi a Emília.

— Olhem quem ressuscitou: Minervino!...

— Onde?

— Lá vem ao nosso encontro...

Nada mais certo. O misterioso viandante aproximou-se e saudou-os como a velhos camaradas.

— Então, por aqui? Que querem em Epidauro?

Hércules contou a história da loucura de seu escudeiro e disse que tinham vindo consultar o famoso Esculápio, o semideus da medicina.

O viandante suspirou.

— Ai de nós!... — disse num gemido. — O grande mestre da arte de curar já não reside entre os gregos...

— Para onde foi?

O viandante apontou para o céu.

— Zeus o transformou numa das constelações da abóbada celeste...

— Por quê?

—Ah, meu amigo, Esculápio aperfeiçoou-se demais na sua ciência, e daí lhe veio a perdição. Não se limitava a só curar os doentes, também ressuscitava os mortos. E tantas ressurreições fez, que Plutão, o deus dos infernos, inquietou-se e foi queixar-se a Zeus: "Esculápio está baixando muito a população do meu reino. A barca de Caronte, transportadora dos mortos, já não encontra passageiros". Zeus franziu a testa. "Por quê?", perguntou. E Plutão respondeu: "Porque Esculápio anda a ressuscitar todos os que morrem". Zeus refletiu consigo que aquilo era de fato uma grande irregularidade na ordem das coisas. Se Esculápio devolvia a vida aos mortos, então estava se tornando um deus como os do Olimpo — e, cheio de ciúmes, fulminou-o com um raio. Depois, reconhecendo o grande mérito do fulminado, transformou-o numa das constelações do céu.

— Em qual delas?

— Na constelação da Serpente.

— Por que da Serpente e não do Jacaré?

— Porque o Galo, o Cão e a Serpente haviam sido consagrados ao grande Esculápio.

— Mas por que o Galo, o Cão e a Serpente e não o Rato, o Coelho e o Hipopótamo? — insistiu Emília.

O viandante calmamente explicou.

— Porque o Galo e o Cão correspondem aos símbolos da Vigilância — e os bons médicos devem estar sempre vigilantes à cabeceira dos enfermos; e a Serpente porque é o símbolo da Prudência, qualidade indispensável aos médicos de peso.

Pedrinho observou que no mundo moderno a Serpente ainda era um dos símbolos da medicina.

Hércules ficou desapontadíssimo com aquele desfecho. Já que Esculápio não existia, que fazer do seu escudeirinho louco?

Emília bateu na testa: sinal de ideia de primeira ordem.

— Já achei a solução! — berrou. — Esculápio não existe, mas existe Medeia. Levemos-lhe o Visconde. Ela pica-o em pedacinhos, ferve tudo num caldeirão e do vapor extrai um Visconde novo, moço, lindo e sem loucura nenhuma.

Os outros entreolharam-se. Não havia dúvida de que era uma solução.

— Mas onde encontraremos Medeia? — perguntou Pedrinho.

— Minervino há de saber — disse Emília — e olhou para o viandante.

O velho sorriu, como quem de fato sabia do paradeiro de Medeia. E Hércules também sorriu, mas de outra coisa: da estranha coincidência de também ter sido Medeia quem o curara da sua loucura.

— Sim — disse. — Foi Medeia quem me curou da loucura em Tebas, mas ignoro onde reside hoje essa grande mágica.

— Está numa cidade da Ática, casada com o velho rei Egeu — informou o viandante.

— Pois então vamos para lá — determinou Hércules.

NO PALÁCIO DE MEDEIA

Foi outra viagem muito penosa e triste a que fizeram em procura da grande mágica. Afinal chegaram. Medeia reconheceu o herói que anos antes ela havia curado da loucura e perguntou-lhe ao que vinha.

Hércules respondeu:

— Andamos peregrinando em procura de quem restabeleça o meu escudeiro Sabugosa.

— Que tem ele?

— Loucura. Respirou os maus gases das cavalariças de Áugias e ficou desarranjadinho da cabeça.

— Pois traga-o à minha presença — respondeu Medeia — e assombrou-se quando Hércules abriu a gaiolinha a tiracolo e tirou de dentro o pobre sabugo científico.

— Isto?... Então é isto o escudeiro do grande herói nacional da Grécia?...

Muito custou a Hércules convencê-la de que se fisicamente o Visconde era aquilo só, em ciência era um sábio maior que todos os sábios de Atenas — e contou-lhe diversas passagenzinhas científicas do Visconde.

Medeia olhou para Hércules com certa desconfiança, como quem está pensando: "Será que eu não o curei bem curado? Será que está novamente de miolo mole?". E só depois do testemunho dos outros, de Pedrinho, Emília e até de Meioameio, é que deliberou consertar o Visconde.

— Dê-me isso aqui — disse ela — e pegando o Visconde arrancou-lhe os braços, as perninhas e a cabeça; depois picou o tronco inteiro com uma faca. Lançou tudo numa caldeira e acendeu o fogo. Com alguns minutos de fervura o picadinho ficou no ponto. Um vapor grosso ergueu-se da caldeira. Medeia rezou as suas palavras mágicas — e com o maior assombro todos viram surgir um Visconde de Sabugosa novinho em folha, jovem e corado, sem a menor sombra de loucura nos miolos...

— Pronto! — disse ela entregando ao herói o escudeiro consertado. — Pode levá-lo, mas em paga quero uma coisa — e cochichou-lhe ao ouvido o que desejava em pagamento da cura do Visconde.

— Oh, impossível! — respondeu o herói.

— Impossível por quê? — teimou Medeia e Hércules puxou-a de banda para um prolongado cochicho.

Emília estranhou aquela conspiração em que volta e meia os dois olhavam para ela, mas nunca veio a descobrir a causa.

Fora o seguinte. Medeia, como boa feiticeira, já havia descoberto o grande "segredo mágico" de Emília, e estava pedindo ao herói que lhe desse como pagamento da cura do Visconde "aquela criatura tão maravilhosa". Mas que "segredo mágico" era esse que interessava até a uma grande feiticeira como Medeia? Simplesmente o "faz de conta" com o qual Emília solucionava os casos mais difíceis. A história da aplicação do "faz de conta" na luta entre Hércules e o Javali do Erimanto já havia chegado até aos ouvidos de Medeia.

E foi uma felicidade que Emília não viesse a saber da proposta de Medeia, pois que do contrário havia de querer ficar no palácio da grande feiticeira para picar gente e ferver o picadinho no caldeirão mágico. Só divertimentos assim encantavam realmente a diabinha.

Enquanto Hércules conversava com Medeia, Emília e Pedrinho examinavam e reexaminavam o Visconde novo. "Vire de costas", dizia um. "Agora vá até lá", dizia outro. "Dê uma carreirinha num pé só", mandou Emília — e o Visconde saiu pulando num pé só, como o Saci, coisa que nunca havia feito em sua vida.

— Ótimo! — exclamou Emília. — Medeia nos deu um Visconde mais esperto e ágil que um macaco. Resta saber se é sábio como o Visconde velho. Pergunte-lhe qualquer coisa de ciência, Pedrinho.

E o menino perguntou:

— Quantos dedos tem uma mão de milho?

— Cinquenta! — respondeu o belo Viscondinho, e explicou: — "Mão de milho" é uma medida de milho ainda em espigas. Cada mão de milho tem vinte e cinco pares de espigas. Logo, as espigas são os dedos da mão de milho. E como vinte e cinco pares de espigas são cinquenta espigas, a mão de milho tem cinquenta dedos!...

Pedrinho abriu a boca diante da esperteza do Visconde fervido — e teve vontade de pedir a Medeia que também o fervesse a ele em sua caldeira mágica. Imaginem que Pedrinho não sairia!

Hércules não pôde pagar a Medeia o preço da cura do Visconde, teve de ficar devendo. Despediu-se dela e retirou-se segurando Emília pela mãozinha — de medo que no último instante a terrível feiticeira a raptasse.

Nada mais tinham a fazer ali. Era tempo de voltarem a Micenas a fim de que o herói desse conta a Euristeu da execução do Quinto Trabalho.

Puseram-se a caminho, e no dia seguinte tiveram mais uma vez a preciosa companhia do tal viandante. E o estranho é que ele apareceu justamente na horinha em que Emília *desejou* saber a história de Circe, a irmã de Medeia.

— Que pena Minervino não estar aqui para nos contar a história da Circe! — havia dito a ex-boneca — e como por encanto Minervino apareceu. Uma coincidência assim era para espantar qualquer criatura — mas que é que espantava os picapauzinhos? Em vez de arregalar os olhos, Emília disse com a maior naturalidade:

— Conte-nos, Minervino, a história da Circe, irmã de Medeia...

E o viandante contou.

— Ah, Circe foi a mais famosa feiticeira de todos os tempos. Sua história é toda um romance…

— Pois leia-nos esse romance — pediu Emília.

Minervino limpou o pigarro e falou da ilha de Éa, onde morava Circe.

— Que maravilhosa ilha! — disse ele. — O palácio da feiticeira era um puro encanto. Impossível maior luxo. E lá dentro vivia Circe uma verdadeira vida de sonho, cantando, dançando ou fazendo preciosíssimos bordados no meio de numerosos leões, tigres, lobos e outros animais selvagens…

— Que história é essa? — exclamou Emília, intrigada. — Não estou entendendo…

— Circe era possuidora de uma beleza sem par — explicou o viandante —, de modo que vivia atraindo heróis para a sua ilha. Mas assim que eles desembarcavam, ela os tocava com a sua varinha mágica e os virava no que queria — leões, tigres, lobos... Quando de volta da guerra de Troia o navio de Ulisses aportou naquela ilha, a curiosidade de muitos companheiros do herói fez que eles fossem espiar a famosa feiticeira — e Circe — *zás!* — transformou-os em porcos.

— Em porcos? Coitados...

— Sim, em porcos. Mas um que escapou da triste sina foi contar tudo a Ulisses. Este Ulisses era o verdadeiro símbolo da habilidade humana e da astúcia. Ao saber da sorte dos companheiros, refletiu, e tratou de aconselhar-se com Hermes, de quem era protegido. Hermes deu-lhe uma planta mágica que o defenderia de todos os sortilégios de Circe e instruiu-o de tudo quanto tinha a fazer. E lá vai Ulisses, muito fresco da vida, para o palácio de Circe. E tais e tantas fez com suas histórias e manhas que acabou enfeitiçando a feiticeira. A boba ficou perdidinha de amor por ele. Ora, quem ama nada nega ao objeto amado — e Ulisses conseguiu que a feiticeira "desvirasse" os seus companheiros transformados em porcos. Voltaram a ser homens outra vez. Ulisses passou todo um ano na ilha de Éa, enlevado na beleza de Circe; e depois, com muito jeitinho, conseguiu licença para dar um pulo até a ilha de Ítaca...

— Eu sei! — disse Pedrinho. — Ítaca era a terra desse herói, onde morava a sua fiel esposa Penélope, sempre a fazer aquele bordado que não acabava mais.

— Por que não acabava mais? — quis saber Emília.

— Porque Penélope desmanchava de noite o pedaço feito de dia.

— E para que essa bobagem?

Pedrinho danou.

— Boba é você com tantas perguntas. Não sabe então a história de Penélope, que vovó contou? Penélope era a fiel esposa de Ulisses, o qual havia ido com todos aqueles heróis de Homero para a famosa guerra de Troia, a qual durou dez anos. Terminada a guerra, levou Ulisses outros dez anos em viagens por mar e aventuras maravilhosas, antes de chegar à sua ilha de Ítaca...

— E a pobre da Penélope passou todo esse tempo a esperá-lo? Mulher mais boba nunca vi!...

— Sim — disse o viandante. — Ela era um símbolo de fidelidade conjugal.

— A boba número um é o que ela era! — berrou Emília. — Vinte anos a esperar um marido que não fazia outra coisa senão namorar todas as Circes do caminho! Ah, se fosse eu...

— Sim, Penélope esperou-o com a maior paciência — prosseguiu Minervino — e para ganhar tempo e iludir os numerosos príncipes que a cortejavam...

— Por que a cortejavam?

— Todos queriam casar-se com ela a fim de ocupar o trono de Ulisses. E ela então...

— Já sei! — interrompeu Emília. — A palerma ficou a fazer o tal bordado que não acabava mais — a tal teia de Penélope. Agora me lembro que Dona Benta nos contou isso.

Minervino quis saber quem era essa tal Dona Benta de quem volta e meia os picapauzinhos falavam. Emília explicou:

— Ah, meu amigo, Dona Benta é uma Circe dos tempos modernos, uma feiticeira lá da nossa ilha do Picapau Amarelo...

— Também transforma heróis em animais?

— Não! Faz o contrário. Transforma animais em seres racionais e lindos de alma. A varinha de condão de Dona Benta chama-se Bondade. Foi com essa varinha que ela me transformou de boneca de pano em gente, e transformou um rinoceronte da África no Quindim, e fez do Burro Falante um verdadeiro filósofo — e Emília foi inventando mil coisas sobre Dona Benta, metade verdadeiras, metade fantasias.

Pedrinho admirou-se da imaginação da ex-boneca e cochichou para o Visconde:

— Ela está melhor do que nunca! Parece até que foi fervida…

E assim, nessa prosa encantada em que se misturavam feiticeiras e deuses, heróis e bichos, invençõezinhas da Emília e mitologias de Minervino, o bando de Hércules chegou a Micenas.

O REI ANTIPÁTICO

O acampamento à beira do ribeirão estava exatinho como o haviam deixado. O viandante gostou muito do Templo de Avia e das costeletas dos carneiros "achados" pelo centaurinho. Hércules foi espadanar-se na água do ribeirão, em mais um dos seus banhos hercúleos. Hercúleos, sim, tais e tantas eram as cabriolas que ele fazia na água. Parecia um boto.

Pedrinho, espiando a canastrinha da Emília, encontrou lá dentro várias novidades muito curiosas: um pacotinho de esterco das cavalariças de Áugias, um vidrinho do caldo da fervura do Visconde e até uma mentira mitológica: um pedaço da teia de Penélope.

Depois do banho, Hércules foi a Micenas falar com "o antipatia", que era como a ex-boneca chamava Euristeu. Esse rei já estava no conhecimento de tudo relativo ao Quinto Trabalho de Hércules. Como o herói demorasse a aparecer, a notícia de sua grande proeza tinha chegado na frente. Na Grécia inteira não se falava em outra coisa senão na limpeza das cavalariças de Áugias e na destruição desse mau rei pelo segundo exército do herói.

Emília aproveitou o ensejo para "apertar" o misterioso viandante e forçá-lo a contar quem era.

— A mim ninguém me engana — disse a ex-boneca. — Juro que você é um mensageiro do Olimpo, uma espécie de Hermes da deusa Minerva...

O viandante abriu a boca. Não podia compreender como aquela criaturinha houvesse penetrado em seu segredo.

— Como sabe? — perguntou.

— Ora como sei!... Sei porque adivinho as coisas. Isso de você aparecer justamente nos "momentos psicológicos" e de saber tanta coisa da história e da lenda deste país, isso me fez desconfiar...

Minervino acabou contando tudo.

— Sim — disse ele —, sou um mensageiro de Palas, e fiquem sabendo que é graças a essa deusa que vocês ainda estão vivos...

— Por quê? — exclamou Pedrinho, assustado.

— Porque Hera já sabe tudo e está danada com o auxílio que vocês vêm dando a Hércules. A verdadeira razão de o herói já ter realizado cinco trabalhos sem que nada de mal lhe acontecesse está unicamente numa coisa: na ajuda que vocês lhe têm dado. O caso do Javali do Erimanto, por exemplo, deixou Hera impressionadíssima; e com meus próprios ouvidos pilhei-a dizendo a Hermes: "É aquela feiticeirinha que me está estragando o jogo. Possui um talismã mágico, o tal 'faz de conta', com o qual já salvou Hércules de várias situações perigosíssimas". Disse e encarregou Hermes de roubar da Emília esse talismã…

— Que coisa! — exclamou Pedrinho, assustado. — Então o Olimpo já está a incomodar-se conosco?

— Se está!… Não discutem outro assunto. Até Zeus anda interessado em vocês, mas a favor. Hera está contra e por causa disso Palas me destacou para, sob a forma de viandante, guiar vocês nos passos perigosos e ir neutralizando ou desmanchando as armadilhas de Hera. O grande empenho dessa deusa é dar cabo de Emília.

Ao ouvir semelhante coisa, Emília avermelhou de cólera e desabafou:

— Forte bisca!…

O Visconde entrou no debate para adverti-la de uma coisa muito séria.

— Cuidado com a Nêmesis, Emília! — disse ele.

Só Minervino entendeu o Visconde, e lhe deu razão, dizendo:

— Sim, Nêmesis é a divindade da justiça e é também a divindade que castiga os culpados da *hybris*.

— *Hybris?* — repetiu Pedrinho.

— *Hybris* é o pecado da "insolência na prosperidade". Quando uma pessoa fica muito importante e começa a desprezar os outros, e a orgulhar-se muito de seus dons, comete o pecado da *hybris* — e lá vem Nêmesis castigá-la, abater-lhe o orgulho. Emília anda orgulhosa demais, gabando-se demais. Isso é *hybris*. E se é *hybris*, ela que tome cuidado com a deusa Nêmesis!...

— E não está aqui você para proteger-me contra tudo por ordem de Minerva?

— Estou, sim, mas meus poderes não são ilimitados. Se você passar da conta, que poderei fazer? Nêmesis é poderosíssima.

Emília encolheu-se, um tanto amedrontada. Momentos depois Pedrinho descobriu-a queimando umas ervas secas em cima duma pedra.

— Que é isso? — perguntou-lhe.

E a diabinha:

— É um altar da grande deusa Hera, à qual estou oferecendo um sacrifício de plantas aromáticas.

Pedrinho piscou para o mensageiro de Palas.

Lá no palácio de Euristeu, Hércules nem pôde falar. Assim que abriu a boca para dar conta da realização do Quinto Trabalho, "o antipatia" o interrompeu com um gesto.

— Já sei de tudo — e estou muito descontente com o desfecho desse último trabalho. Minha ordem foi apenas para que limpasse as cavalariças de Áugias, não para que o expelisse do trono. Espero que daqui por diante faça o que mando e não se exceda em façanhas não encomendadas.

— Assim será, majestade — respondeu o herói humildemente. — E agora?

Euristeu já havia combinado com Eumolpo o novo trabalho a impor a Hércules, um trabalho muito mais perigoso que os cinco primeiros: a destruição das ferocíssimas aves do lago de Estinfale.

— O novo trabalho que hei por bem impor-te, Hércules — disse com a maior solenidade Euristeu —, é ires a Estinfale destruir os avejões de penas de bronze. É só — e fez gesto de fim de audiência.

Hércules nada sabia de tais aves, mas não deixou de ficar apreensivo. Se Euristeu o mandava atacá-las, então é que não eram aves comuns. E se não eram aves comuns, então como seriam?

De volta ao acampamento, Pedrinho correu-lhe ao encontro.

— E agora, Hércules?

O herói respondeu:

— Tenho de voltar à Arcádia para destruir as aves do pântano de Estinfale...

— Que aves são essas?

— Não sei...

Hércules nada sabia de tais aves, mas Minervino devia saber. Que não sabia o misterioso mensageiro? Pedrinho foi consultá-lo.

— Amigo, que sabe das aves do lago Estinfale? Euristeu acaba de dar ordens a Hércules para ir destruí-las.

Minervino empalideceu.

— As aves do lago Estinfale? Oh, sei... São aves monstruosas e invencíveis por causa do número e das penas...

— Das penas? — repetiu Pedrinho sem entender.

— Sim, possuem penas de bronze, penas enormes, pesadíssimas e cortantes como facas. Essas aves só se alimentam de carne humana, dos passantes que transitam por perto do lago. De grandes distâncias arremessam tais penas com pontaria segura — e ai do viandante por elas alcançado!... Na minha opinião este trabalho é muitíssimo mais difícil e perigoso que os outros.

— Por quê?

— Por causa do número de aves — mais de mil. Imagine todas elas arremessando contra o herói suas venenosas penas de bronze. Basta que uma acerte...

— Mas de longe Hércules poderá matá-las com suas flechas.

Minervino sorriu.

— Hércules é um e elas são mil. Para cada flecha que o herói lance, elas lançam mil penas afiadas. De que maneira poderá ele resistir? Acho o caso muito sério e vou aconselhar Hércules a nada fazer antes que eu discuta no Olimpo o assunto.

Pedrinho ficou seriamente apreensivo. Sim, aquele trabalho era muito diferente dos outros. Até então Hércules tivera de enfrentar um inimigo único; agora tinha de enfrentar mil ao mesmo tempo. Tudo mudava de aspecto. E Pedrinho lembrou-se das formigas, que apesar de tão minúsculas vencem pelo número.

Minervino deu a palavra de ordem:

— Combinemos uma coisa, vocês podem ir já para a Arcádia, mas nada façam sem ouvir-me. Vou consultar minha deusa e depois irei procurá-los.

— Onde?

— Nos arredores da cidade de Estinfale. Nada façam sem minhas instruções.

Disse e afastou-se.

6

AS AVES DO LAGO ESTINFALE

O lago pantanoso de Estinfale ficava na Arcádia, perto da cidadezinha do mesmo nome. Era um lago como outro qualquer daquele tipo. Certa manhã, porém, correu uma curiosa novidade: o lago estava cheio de uns estranhos avejões aquáticos.

O contentamento dos estinfalinos foi grande. As aves aquáticas em regra são boas para comer, como os patos, as marrecas, as batuíras — e os caçadores locais se assanharam. Logo depois partiu rumo ao lago um grupo de uns cinquenta, armados de arco e flechas. Iam em busca do jantar.

De longe já os caçadores viram a superfície das águas cheias dos tais avejões, muito maiores que os cisnes. E de uma cor esquisita, como a do bronze — uma cor metálica. Que aves seriam aquelas? Os homens aproximaram-se cautelosamente, agachados, escondidos pela vegetação marginal; quando viram as aves ao alcance, fizeram boa pontaria e lançaram suas flechas.

As flechas, entretanto, acertavam nas aves e ricocheteavam como se houvessem batido de encontro a corpos sólidos. Nova série de flechas foi arremessada, igualmente sem efeito nenhum. Davam de encontro ao peito das aves e ricocheteavam.

O caso espantou seriamente aqueles homens, e mais ainda verem que em vez de se mostrarem assustadas, como é o comum quando caçadores atacam as aves aquáticas, aquelas se puseram a arrepiar as penas e a investigar com os olhos muito vivos, como que tomando a posição dos seus atacantes. Evidentemente iam passar de agredidas a agressoras. E como pareciam belicosas!

Que fazer? Os caçadores entreolharam-se. Por fim resolveram tentar mais uma revoada de setas — e mais cinquenta setas voaram rumo ao peito dos avejões. E o que então sucedeu foi o assombro dos assombros.

Os avejões, mais arrepiados ainda, romperam numa gritaria atordoadora; depois sacudiram as enormes asas como se quisessem desembaraçar-se das penas — e mil penas vieram cair em cima dos caçadores. Que hecatombe! Não ficou um só de pé. Todos caíram como que fulminados. As penas arremessadas eram de bronze e cortantes como facas...

Em seguida as aves acudiram num grande açodamento e em minutos estraçalharam e devoraram todos aqueles corpos. Eram aves antropófagas.

Como os cinquenta caçadores não reaparecessem em Estinfale, a população inquietou-se. Novos homens partiram em procura dos primeiros — e também não voltaram. Só

depois da destruição de duzentos ou trezentos estifalinos é que a cidade compreendeu o que se passava.

O pânico foi imenso. Não tinha fim a choradeira das mulheres que haviam perdido tão tragicamente os seus homens. Apenas um conseguiu salvar-se e lá apareceu em Estinfale com duas penas de bronze. Ah, como aquilo andou de mão em mão! Todos queriam vê-las, cheirá-las, prová-las. E ficou assente um ponto: o lago estava coalhado de tremendíssimas aves de penas de bronze comedoras de carne humana…

Que fazer? A luta era impossível. Tornava-se necessário recorrer aos heróis, porque só os grandes heróis, Hércules, Teseu, Perseu, Jasão e outros, sabiam lutar e vencer os monstros. Mensageiros foram mandados à corte dos reis com pedido de socorro — e foi então que Euristeu pensou em Hércules. Ah, dessa vez o herói sucumbiria na empresa.

Enquanto isso, as aves do lago continuavam na faina de caçar caçadores, pastores e gente do comum, fosse homem, mulher ou criança. Viandantes incautos, que nada sabiam daquilo e passavam pela beira do lago, eram impiedosamente lacerados pelas penas de bronze e em seguida devorados. A matança tornou-se horrorosa.

Estavam as coisas nesse pé quando Hércules chegou a Estinfale. A alegria dos habitantes foi enorme. Ninguém lá ignorava quem fosse o herói. Sua vitória sobre o Javali do Erimanto, montanha não longe dali, corria de boca em boca.

Hércules foi conferenciar com o chefe da cidade.

— Sim, chefe, aqui estou a mandado de Euristeu para destruir as aves de penas de bronze.

— De que modo vai atacá-las?

— Com as minhas setas mortais.

O chefe riu-se.

— Seta nenhuma tem efeito contra essas aves, porque são revestidas duma verdadeira couraça de penas de bronze. Nossos caçadores tiveram ensejo de verificá-lo — e já não existem, os imprudentes...

Hércules riu-se. As flechas dos homens comuns eram uma coisa; as suas, algo muito diferente. Nunca

houve ser vivo, homem ou animal, que resistisse a uma só das suas setas — e apesar da advertência do mensageiro de Palas o herói resolveu fazer naquele mesmo dia a experiência. Depois de acomodar Meioameio, Pedrinho e os mais num *camping* à beira da cidade, partiu sozinho, de arco em punho, com a aljava bem cheia de setas. E teve o cuidado de examiná-las, uma a uma, para ver se a Emília não as tinha "humanizado". O meio de Emília "humanizar" as flechas era quebrar-lhes a ponta...

Hércules aproximou-se do lago o mais cautelosamente que pôde, agachado, ora oculto por um tufo de vegetação, ora por uma pedra. Desse modo chegou a um ponto de onde pôde observar à vontade os avejões. Grandes, sim, enormes, e cor de bronze. Estavam calmos, vogando serenos na superfície turva do lago. Minutos antes haviam apanhado e devorado toda uma família de viajantes descuidosos.

Hércules escolheu uma seta de ponta bem aguçada, firmou-a na corda do arco e retesou-se ao máximo. Fez pontaria e *zás!*... A flecha assobiou num silvo de serpente e foi bater em pleno peito da ave mais próxima.

— *Blen!*...

O choque produziu um som de sino de bronze, mas nada da seta cravar-se no alvo; desviou-se para a direita e lá adiante afundou na água. Aquele som de sino foi um toque de rebate. Todas as aves o ouviram e arrepiaram-se; mas como não descobrissem onde estava o imprudente caçador, não houve nenhum arremesso de penas de bronze. Limitaram-se a permanecer alertas, espiando de todos os lados.

Hércules ficou apreensivo. O mensageiro de Palas estava certo. Com as flechas não poderia vencer os avejões, nem tampouco os venceria com a sua poderosa clava. Como entrar em semelhante pântano com a clava em punho? Atolar-se-ia e as aves o devorariam vivo. Melhor aceitar o conselho de Minervino — e deliberou ir esperá-lo no acampamento.

Hércules afastou-se do pântano com as mesmas cautelas com que se havia aproximado; e como ao lado dos esqueletos dos caçadores mortos visse muitas penas de bronze, apanhou uma das menores para levá-la de presente à Emília.

Ao chegar ao acampamento, encontrou o centauro assando os três carneiros de todos os dias, com os outros sentados por ali em redor do fogo. Pedrinho ergueu-se.

— E então, Hércules? Que resolveu? — perguntou o menino.

O herói emitiu um suspiro.

— Nada ainda. Verifiquei um ponto bem aborrecido: minhas setas não varam as penas de bronze dos tais avejões. Batem nelas, arrancam um som de sino e ricocheteiam. E como também nada posso fazer com a clava, não sei...

— Bem disse o mensageiro que era um trabalho muito difícil! — lembrou Emília. — Agora o que Lelé tem a fazer é esperar pela volta de Minervino.

AMOR, AMOR...

Ninguém tinha a menor ideia de quanto tempo teriam de esperar ali nos arredores de Estinfale. Podia ser uma hora, podiam ser vários dias. Pedrinho deliberou montar um acampamento como o de Micenas e para isso saiu em Meioameio para a escolha do sítio mais adequado. Breve encontrou um bem ajeitadinho, com ribeirão de águas cristalinas, floresta próxima e carneiros ao longe. A Arcádia era toda um carneiral. As únicas pessoas por ali existentes eram pastores e pastoras, algumas bem jovens e bonitas. Depois de instalado o acampamento, volta e meia surgiam pastorinhas curiosas que vinham espiá-los, a princípio muito medrosas, depois acamaradadas.

Isso deu em resultado uma coisa de todo imprevisível e prodigiosa. O Visconde, cujo caráter mudara muito depois da fervura, começou a sentir lá por dentro umas comichões estranhas. De vez em quando suspirava, revirava os olhos. Emília desconfiou e foi dizer a Pedrinho:

— Está me parecendo uma coisa: o Visconde está amando!...

— Quê?

— Amando, sim. Cada vez que aparece por aqui aquela graciosa pastorinha de nome Clímene, ele fica todo atrapalhado, como quem sente uma coisa que não sabe o que é. Para mim trata-se de amor...

— Impossível, Emília! Nunca houve milho que amasse...

— Também nunca houve milho que falasse e soubesse ciência, e o Visconde fala e sabe ciência. Ele "mudou", exatamente como eu mudei. Mudou por efeito da fervura de Medeia.

Pedrinho pôs-se a cismar naquilo e a observar o Visconde.

Logo depois apareceu Clímene, uma garota de dez anos, com um lindo presente de queijo e azeitonas. O gosto dessa pastorinha era contar coisas ali da Arcádia e indagar de como era a vida no mundo moderno. As histórias do sítio de Dona Benta, que Emília narrou, andavam a lhe virar a cabeça.

Que linda menina, a Clímene! Pele dum lindo moreno claro e perfil perfeitamente grego, com o clássico nariz em linha reta. Emília lembrou-se daquela escrava Aglaé lá da casa de Péricles.[9] O mesmo tipo, o mesmo modo de falar e até as mesmas curiosidades. Seu maior prazer era montar com os outros no centaurinho para galopadas pelos campos.

Assim que a Clímene apareceu com o queijo e as azeitonas, o Visconde corou. Pedrinho pôs-se a observá-lo disfarçadamente. Sim, o Visconde "ficava outro" perto da pastorinha. Se ia falar, engasgava. Se ia andar, tropeçava. E não tirava os olhos dela. Em certo momento afastou-se do grupo e foi colher um buquezinho de flores silvestres, muito desajeitadamente, que veio oferecer à menina.

---

9. *O Minotauro*. São Paulo: Globinho, 2017.

Clímene foi o primeiro amor do Visconde de Sabugosa — primeiro e último. Nunca mais a tirou do coração. Tudo lhe eram pretextos para procurá-la, para ensinar-lhe coisas de ciência. E não cessava com os presentinhos. Clímene acabou notando aquela assiduidade e disse-o à Emília.

— Por que é que ele tanto me olha e lida comigo?

Emília riu-se.

— Ah, Clímene! O Visconde era uma coisa antes da fervura e está muito diferente agora — e contou o caso da passagem do Visconde pela caldeira de Medeia. — Até aquele dia, era um sábio como outro qualquer. Só cuidava de ciência. Mas de repente enlouqueceu, e então nós o levamos ao palácio da grande feiticeira para uma boa fervura no caldeirão mágico. Do vapor que saiu, a famosa Medeia fez um viscondinho novo, muito diverso do primeiro. Ele hoje ainda gosta de ciência e sabe coisas — mas a ciência já não é tudo para ele, como no começo. E isso, sabe por quê? Porque está amando.

— Amando? — repetiu a menina muito admirada.

— Sim. Está perdidinho de amor por você...

Clímene abriu a boca. Era muito criança ainda e nada sabia do amor. Emília teve de explicar-lhe tudo.

— E que devo fazer? — perguntou Clímene.

— Oh, deve corresponder ao amor do Visconde. Quando ele piscar, você pisca também — e explicou-lhe o "pisco" do namoro. — E quando ele suspirar, você também suspira. E se ele revirar os olhos, você também revira os olhos.

— E quando me der um buquezinho de flor?

— Você beija as flores e prende-as aqui no vestido. Também pode, de vez em quando, dar-lhe uma flor...

O namoro do Visconde tornou-se o divertimento de Emília e Pedrinho durante as horas de espera ali no *camping* de Estinfale. Até Hércules percebeu o jogo e encantou-se.

Hércules estava começando a ficar seriamente apreensivo. Três dias já se tinham passado e nada de Minervino aparecer. Uma ideia lhe veio à cabeça. Chamou o oficial de gabinete e disse:

— Estou com medo duma coisa: que Hera tenha descoberto a função de Minervino e esteja a atrapalhá-lo. Lembre-se como ele nos aparecia tão de pronto nas viagens anteriores — e agora, nada — justamente agora que nos prometeu vir. Receio que lhe tenha acontecido alguma coisa.

O herói estava certo. Os repetidos aparecimentos de Minervino no Olimpo fizeram que Hera desconfiasse. Ele aparecia por lá e ficava pelos cantos aos cochichos com Palas, a protetora de Hércules. E tantas Hera fez, que afinal descobriu a função daquele homem: era o leva e traz de Palas, o seu mensageiro secreto.

— Hum! — rosnou a vingativa deusa. — Espera que te curo — e chamou Hermes. — Escute aqui. Palas anda tramando coisas contra mim, para favorecer Hércules. Vive aos cochichos com aquele mensageiro lá — e apontou para Minervino. — Quero que você vire mosca e pouse perto deles para ouvir o que conversam.

Hermes assim fez. Virou mosca e foi pousar no ombro de Minervino, naquele momento muito entretido com Palas.

— *Ele* já está lá? — havia perguntado a deusa. (*Ele* era Hércules.)

— Deve estar — respondeu Minervino. — Separamo-nos em Micenas, depois que Euristeu o encarregou de destruir os avejões do lago Estinfale. Eu, porém, aconselhei-o a ir para a cidade desse nome e a nada fazer antes de receber instruções minhas — e cá estou para receber as ordens da grande Palas. Aquelas aves são indestrutíveis pelos meios comuns — flechas e clava — por causa das penas de bronze que as revestem. Se Hércules as ataca, ei-lo perdido. Neste momento já deve o herói estar acampado nos arredores de Estinfale, à minha espera.

Palas ficou momentos a refletir. Depois disse:

— Sim, sem a minha ajuda Hércules nada conseguirá. Aquelas aves de bronze são um estratagema de Hera, que as pôs naquele pântano justamente como armadilha para Hércules. Mas ando cá com uma ideia. Sou dona daqueles címbalos com que Hefaísto me presenteou. O som do bronze desses címbalos é tão terrível que não há ouvidos que o suportem. Vou mandar meus címbalos para Hércules. Ele que se aproxime do lago e vibre-os com toda a força. As aves, atordoadas, fugirão para longe, porque nem sequer as aves de penas de bronze suportam a vibração dos címbalos de Hefaísto.

Disse e foi buscá-los. Embrulhou-os num pedaço de nuvem e disfarçadamente entregou-os ao mensageiro. Minervino partiu.

A mosca sentada em seu ombro imediatamente voou e, depois de assumir a forma de Hermes, apressou-se em contar tudo à vingativa esposa de Zeus.

— Hércules só usará desses címbalos se eu deixar de ser a deusa das deusas — rosnou Hera. — Vá colocar-se à porta do Olimpo, Hermes. Quando o mensageiro aparecer, arremesse-o montanha abaixo, de modo que role por entre as pedras e se despedace. Ah, Palas! Tu não sabes com quem estás lidando...

Hermes cumpriu fielmente as instruções recebidas. Correu a colocar-se na porta do Olimpo, e quando Minervino apareceu, com os címbalos, arremessou-o morro abaixo com um grande tranco. O pobre mensageiro rolou pela escarpada encosta do monte Olimpo, dando de pedra em pedra e fazendo-se em mil pedaços. Mas Palas, espertíssima que era, percebeu a manobra e acudiu-o dum modo curioso: fazendo que os seus pedaços fossem cair bem dentro da caldeira de Medeia. A grande feiticeira, que estava a ferver um novo picadinho humano, levou susto no momento de condensar os vapores. Em vez de um "rejuvenescido", apareceram dois — o que lhe haviam encomendado e um novo, totalmente imprevisto.

— Quem é você? — perguntou Medeia a Minervino, que voltara à vida novo em folha, jovem e corado — e ao saber de tudo a feiticeira alegrou-se. Ela era amiga de Hércules, ao qual já salvara da loucura e que estava a lhe dever o rejuvenescimento do "escudeiro".

Minervino, ainda tonto da fervura, pegou os címbalos de Palas, ali caídos ao pé da caldeira, e encaminhou-se a toda pressa para Estinfale. Foi encontrar o herói ao pé do braseiro, comendo o assado de todos os dias. Quem primeiro o avistou foi Emília.

— Lá vem um lindo moço! — disse ela, ao vê-lo aparecer lá longe. — Quem será? — Todos olharam. Sim, um moço de bela aparência, com um embrulho debaixo do braço. Ninguém ali o conhecia.

Minervino aproximou-se e disse:

— Pronto, Hércules. Aqui estou, conforme prometi.

O herói não entendeu.

— Quem é você?

— Não me conhece mais, Hércules? Não conhece mais o mensageiro de Palas?

Todos riram-se.

— O mensageiro de Palas é um velho — disse o herói. — Você é moço.

— Fui velho — explicou Minervino —, mas o caldeirão de Medeia me rejuvenesceu — e contou toda a história. Depois para documentar as suas palavras, desembrulhou os címbalos e entregou-os a Hércules.

— Aqui tem — disse ele — os prodigiosos címbalos com que Hefaísto, o deus do fogo e dos metais, presenteou minha deusa Palas. Ela os oferece a Hércules como o único meio de afugentar as aves de penas de bronze.

— Como? — indagou o herói, sem nada compreender.

— Se estes címbalos forem vibrados à beira do Estinfale, as aves de bronze, atordoadas, abandonarão o pântano e se sumirão para sempre no espaço.

Pedrinho aproximou-se para ver o instrumento. Era um triângulo de ferro com uma série de campainhas do mais sonoro bronze que ainda houve no mundo. Hefaísto, que tinha o segredo de todos os metais, jamais fundira um tão poderoso como aquele — e justamente por isso o oferecera a Palas, a sua grande amiga do Olimpo. Emília teve a má ideia de experimentar o som duma das campainhas e nela bateu com uma lasca de pedra. Apesar da pancadinha ter sido na realidade insignificante, o som produzido deixou-os completamente atordoados por mais de uma hora, com a impressão de haverem ensurdecido. Imagine-se o efeito de todas aquelas campainhas tocadas ao mesmo tempo pela força hercúlea do grande herói!

— Quem é Hefaísto? — quis saber Emília — e o mensageiro de Palas explicou.

O ESPARRAMO DAS AVES

— Hefaísto, menininha, é um dos filhos de Zeus e Hera. Como nascesse muito feio, sua mãe, furiosa, arremessou-o do Olimpo abaixo...

— Que peste! — exclamou Emília — mas bateu na boca, como quem retira a expressão. — Isto é, que danada...

— Sim, Hera horrorizou-se com aquele filho e arrojou-o do Olimpo abaixo, bem em cima da ilha de Lemnos, onde havia um vulcão. Lá cresceu Hefaísto e virou ferreiro e que ferreiro!... Um ferreiro como nunca houve outro no mundo, cuja forja era o vulcão.

O Visconde cochichou para Clímene que aquele ferreiro era conhecido no mundo moderno por Vulcano. Minervino prosseguiu:

— Nessa forja gigantesca ficou ele a trabalhar os metais — todos os metais, inclusive o bronze maravilhoso com que fez estes címbalos. E era a Hefaísto que Zeus encomendava os seus raios. Periodicamente o divino ferreiro galgava a montanha do Olimpo para levar a Zeus novos feixes de raios e consertar os que entortavam. Construiu suas oficinas dentro da terra, junto ao vulcão, e lá trabalhava com os ciclopes, os gigantes de um só olho no meio da testa. Todas as afamadas peças de metal da nossa grande Grécia têm sido fabricadas por ele. Foi ele quem fez o trono e o cetro de Zeus. Foi quem fez o carro de Hélio...

O Visconde explicou a Clímene que Hélio era o cocheiro que conduzia o carro do sol.

— ... o escudo de Aquiles, e tantas coisas mais. Como fosse muito feio e coxo, a título de compensação deu-lhe Zeus como esposa Afrodite, a deusa da formosura suprema.

O Visconde cochichou para Clímene que Afrodite era a mesma Vênus, mãe de Eros ou Cupido.

— Mas — continuou Minervino — em trabalho nenhum Hefaísto se aprimorou tanto como na têmpera do bronze destes címbalos — e vocês acabam de ter prova. Com a pancadinha que Emília deu num deles, quase ficamos todos com os tímpanos arrebentados.

— Mas por que cargas-d'água esse Hefaísto fez semelhante presente a Palas? — quis saber Pedrinho.

— Ah, porque não há deusa que Hefaísto mais queira, visto como veio ao mundo justamente por intermédio dele.

— Como?

— Certa ocasião fora Zeus assaltado por uma dor de cabeça horrível. Remédio nenhum o aliviava. Por fim, levado pelo desespero, mandou chamar Hefaísto lá na ilha de Lemnos. "Que desejas de mim, Zeus?", perguntou o ferreiro. "Quero que me fendas o crânio com um golpe de malho, porque já não suporto a imensidão desta dor." Hefaísto não discutiu; ergueu o malho e desfechou sobre a cabeça do deus dos deuses um golpe tremendo, tal o de Hércules no crânio do javali.

— E os miolos de Zeus saltaram longe… — disse Emília.

— Não. Da cabeça de Zeus não saíram os miolos; saiu Palas Atena, armadinha de escudo e lança. Daí a ligação entre Hefaísto e a minha grande deusa.

Minervino ainda contou muita coisa do ferreiro coxo, enquanto ia mastigando o naco de carne assada que Pedrinho lhe dera.

— Bom — disse Hércules depois de finda a história. — Tenho de cuidar da minha missão. Vou ao lago atordoar as aves com estes címbalos. Fiquem vocês aqui — e tapem o mais que puderem os ouvidos.

— Com quê? — indagou Emília. — Se houvesse uns chumaços de algodão…

Não havia algodão, mas na floresta abundavam musgos. Meioameio saiu no galope em busca dum sortimento. Todos atafulharam os ouvidos com musgo. Hércules fez o mesmo e lá se foi de rumo ao pântano, com os címbalos debaixo do braço.

Emília trepou à árvore mais alta de todas para espiar a cena de longe, e lá de cima foi descrevendo aos outros as peripécias da façanha. Parecia um *speaker* de rádio a dar conta dum jogo de futebol.

— Lá vai indo ele!... Firme, garboso, lindo... Que amor de atleta é o nosso Lelé!... Já chegou à beira do lago. Está correndo os olhos pelas aves, como a despedir-se delas... As aves já o viram. Começam a arrepiar-se...

Nesse momento um som terrível encheu os ares. Apesar de terem os ouvidos tapados e estarem tão longe, todos se sentiram completamente surdos. Emília lá do alto continuava a gritar, embora ninguém mais a ouvisse.

— Começou!... Está sacudindo os címbalos com uma força tremenda. Parece que a gente vê o som espirrar do bronze... As aves estão aflitas... Não compreendem o que há. Estão tapando com toda a força os ouvidos... Inútil... O som dos címbalos vara qualquer obstáculo... Agora as aves começaram a pererecar como doidas... Sim... Parecem baratas em dia de chuva, que não sabem se correm ou voam... Algumas já estão voando... E outras... E outras... E agora todas... Todas, sim!... Todas levantaram voo e lá vão subindo para as nuvens... Vão ficando pequenininhas... Pontos no espaço... pronto! Desapareceram.

Hércules havia parado de vibrar os címbalos.

— Vamos ao seu encontro! — gritou Pedrinho. — O nosso grande herói acaba de realizar maravilhosamente o seu Sexto Trabalho.

Foram-lhe ao encontro, ainda com os ouvidos surdos e uma zoada lá dentro.

Acharam-no caído por terra, como morto. Pedrinho sacudiu-o:

— Hércules! Hércules!... Que há, amigo Hércules? — e o herói nada, mudo como um peixe.

— Será que foi ferido por alguma pena? — sugeriu Emília, mas o exame feito não revelou coisa nenhuma.

— Ele está em "estado de choque" por causa da violência do som — disse o Visconde. — Temos de deixá-lo em repouso por uma ou duas horas.

Mas não foi assim. Só no dia seguinte Hércules voltou a si daquele "estado de choque" causado pela violência do som dos címbalos de Palas Atena. Mas ficou como se acabasse de sair de um pesadelo.

Pedrinho tomou os címbalos e embrulhou-os muito bem no pedaço de nuvem, dizendo:

— Se isto fica a descoberto, de repente recebe uma pancadinha por acaso e nos põe novamente surdos.

E o mensageiro? Sumira-se misteriosamente.

O som dos címbalos não os atordoara apenas a eles ali nas proximidades do pântano. Alcançara também a cidade. Não houve por lá quem não ensurdecesse. Mas depois de completamente restaurada a normalidade dos tímpanos, não houve quem não corresse a visitar as margens do lago.

Que desolação!… Esqueletos e mais esqueletos, da gente comida pelas aves antropófagas. E uma quantidade de penas de bronze pelo chão! Cada qual levou uma para casa, como lembrança.

Minervino havia partido para o Olimpo e lá estava a cochichar com Palas num canto.

— Ah, deusa! Nunca vi trabalho mais bem-feito. Assim que Hércules começou a sacudir os címbalos, o som "foi demais"; as aves entraram a agitar-se como que tomadas de súbita loucura. E foram levantando o voo e todas se sumiram no espaço.

— Para onde iriam?

— Afastaram-se rumo sul. Com certeza, para os fundões da África.

Depois contou o tranco que Hermes lhe havia dado e de como caíra bem dentro da caldeira de Medeia…

— Sei, sei — disse Palas. — Vi tudo e foi por agência minha que você caiu em tal caldeira. Mais uma vez saiu Hera derrotada.

A alegria da população de Estinfale foi imensa. Estavam livres da maior das calamidades. Houve festas em honra do grande herói e seus amigos. Clímene não largava mais do bando, cada vez mais cortejada pelo Visconde… e também por Pedrinho. Ah, que cena melancólica foi a da "desilusão do Visconde", quando percebeu que tinha um rival e era esse rival o realmente gostado por Clímene! A pastorinha correspondia ao amor do Visconde por brincadeira. Gostar mesmo de verdade, só de Pedrinho.

Quando Hércules falou em partir, houve resistências.

— Por que tão cedo? — disse o menino. — É tão simpática esta cidade de Estinfale...

O Visconde suspirou e falou em ficar mais uns dias para "estudos do dialeto grego falado ali" — e até Clímene puxou brasa para a sua sardinha.

— E se as aves voltarem? — disse ela. — Eu, se fosse Hércules, ficava por aqui ainda algum tempo — por prevenção...

De dó dos três, o herói retardou a volta por mais três dias. Por fim disse:

— Chega de namoros. Toca para Micenas.

Houve despedidas comoventes. Abraços. E por instigação da Emília o Visconde deu um beijinho em Clímene — o primeiro e último de sua vida...

A VOLTA

A viagem de volta correu sem novidades. Como Emília mostrasse interesse em conhecer a vida do herói desde os começos, o Visconde tomou a palavra.

— Estive ontem conversando sobre o assunto com o mensageiro de Palas e posso contar o que ouvi.

— Pois conte. Como foi o nascimento de Hércules?

O Visconde cuspiu o pigarrinho e começou:

— A mãe de Hércules era a mulher de maior beleza de seu tempo. Chamava-se Alcmena. Um dia deu à luz duas crianças gêmeas: Íficlo e Alcides, que foi o primeiro nome do nosso herói. Mas Juno desconfiou da alegria de seu divino esposo. Aquele interesse de Zeus pelos gêmeos causou-lhe ciúmes — e a partir dali entrou a persegui-los. A primeira coisa que fez foi dar ordem a duas horríveis serpentes de escamas azuis para que fossem ao berço das crianças e as devorassem.

— Juno ou Hera? — interrompeu Emília.

— Hera é a mesma Juno. Eu prefiro dizer Juno porque o nome Hera confunde-se com o verbo "era" e às vezes atrapalha a história. Os meninos estavam no melhor dos sonos quando as serpentes se insinuaram no quarto, com os olhos vermelhos de fogo e as línguas de fora. A escuridão era completa; ninguém podia vê-las. Como salvar as duas crianças? Mas lá do Olimpo, Zeus descobre a maldade de Juno e faz que uma claridade intensa ilumine o quarto. Os gêmeos acordam ofuscados pela luz — e dão com as cobras!...

— Imaginem o susto dos coitadinhos! — exclamou Emília. — E depois?

— Íficlo foi o que despertou primeiro. Dá um grito de pavor e foge na disparada. Só então Alcides acordou. Acordou mas não fugiu, porque o seu destino era não fugir de perigo nenhum. Em vez de fugir, agarra nas duas serpentes pelo pescoço e começa a asfixiá-las como fez ao Leão da Nemeia. As serpentes enrolaram-se nele, tomadas de horríveis convulsões, mas suas mãos não afrouxavam o aperto, de modo que elas não tiveram outro remédio senão morrer.

— Bravos! Bravos!... — berrou Emília. — Um filhinho assim até eu queria ter. E a tal Alcmena, mãe deles? Não fez nada?

— Alcmena dormia num quarto próximo. Ao ouvir o grito de Íficlo, despertou seu esposo Anfitrião e mais gente do palácio. Correm todos para o quarto das crianças — e lá dão com aquele quadro horrível: o pequeno Alcides agarrado ao pescoço das duas serpentes, uma em cada mão! Alcmena solta um grito de horror, mas o pequeno Alcides sorri e lança-lhe aos pés as duas serpentes mortas…

— Que gosto para Alcmena, ter um filhinho assim!… E depois?

— Depois Alcmena foi consultar um grande adivinho daqueles tempos, o famoso Tirésias, para que lhe tirasse a sorte do menino. Tirésias concentrou-se e falou que nem o Oráculo de Delfos: "Vosso filho vai tornar-se um herói invencível e acabará transformado numa das constelações do céu, mas isso depois de haver cá na Terra destroçado os monstros mais tremendos e sobrepujado os guerreiros mais temíveis. O Destino lhe impõe Doze Trabalhos de grande vulto. Por fim morrerá devorado pelo fogo de Nesso — e então sua alma irá viver no Olimpo".

— E tudo saiu certinho?

— Sim. Tirésias não se parecia com as tiradeiras de sorte do nosso mundo moderno, que erram muito mais do que acertam. Tudo quanto declarou se cumpriu fielmente. Depois da leitura da sorte do menino, Alcmena sossegou e tratou de criá-lo da melhor maneira. A educação de Alcides foi orientada por Lino, um filho de Apolo, o qual lhe ensinou as ciências e as letras.

Emília fez focinho irônico e disse que não dava nada por aquele professor, visto como Hércules, em matéria de ciências e letras, valia menos que um sabugo científico. O Visconde explicou:

— É que as ciências ensinadas não eram as do nosso mundo moderno e sim as ciências da luta, ou a arte da luta, porque a luta é mais arte do que ciência. Ensinou-lhe todos os truques dos grandes lutadores, as rasteiras, como aplicar um bom *swing* no queixo do adversário, como fazer todas essas coisas de que Pedrinho tanto gosta. Também lhe ensinou a manejar a clava e a não errar um só flechaço. E ensinou-lhe a governar os carros de corrida, a enristar a lança, a defender-se com o escudo, a atacar o inimigo e livrar-se de seus golpes, a organizar um exército. Não houve o que lhe não ensinasse.

— Aposto que houve! — disse Emília. — Aposto que não lhe ensinou a ler e escrever.

— A leitura e a escrita de pouco adiantam aos heróis. Em geral são analfabetos. Com eles é ali no muque e na agilidade, só. E assim se foi formando Alcides, de modo a não deixar em má posição o grande Tirésias que lhe leu o futuro. Um poeta grego, de nome Teócrito, conta num dos seus poemas que a cama de Alcides menino era uma pele de leão, e que desde muito novo alimentava-se de carne assada, em vez de sopas de pão, leite condensado e outras delicadezas modernas. E já então comia mais que um carregador.

— Hoje, três carneiros é a conta — disse Emília. — Não faz por menos. Naquele dia em que só comeu dois, até tive dó dele. Que fome teve de noite!

O Visconde continuou:

— Mas a sua tremenda energia tinha de causar desastres — e daí tantas mortes ou homicídios que lhe enchem a história. Tornou-se um grande matador de gente e bichos — e sabem quem foi a sua primeira vítima?

— Quem?

— O seu próprio mestre Lino...

— Bem feito! — exclamou Emília. — Quem o mandou ensinar-lhe tanta "ciência"? E por que matou Lino?

— O caso foi assim. Querendo Lino certa vez avaliar os progressos do discípulo, pediu-lhe que escolhesse o melhor livro duma estante cheia de verdadeiras obras-primas das letras gregas. E vai Alcides e escolhe o *Manual do perfeito cozinheiro* dum tal Simão. Lino, danado, passou-lhe uma descompostura. E o jovem Alcides, perdendo a cabeça, pegou de uma cítara, que estava ao alcance de sua mão, e aplicou em Lino um dos golpes que esse mestre lhe havia ensinado. Matou-o.

— Irra! Que gênio!... — exclamou Pedrinho.

— Era um crime aquele, dos que as leis punem — e lá vai o nosso Alcides para o tribunal de justiça. Lá se defendeu citando uma célebre "Lei de Radamanto", que não considerava crime o homicídio cometido contra um atacante. Lino o atacara com palavras violentas; ele respondera com uma citarada. Foi absolvido... Mas Anfitrião, com medo de outras façanhas como aquela, enviou o rapaz para o monte Citéron, a viver entre pastores — e foi lá que o desenvolvimento de Alcides se completou. Em Citéron matou o primeiro leão — um terrível leão que andava a desbastar os rebanhos do rei dos téspios. Começa neste ponto a sua verdadeira vida de herói.

— Para mim começou com o asfixiamento das cobras, quando ainda estava no berço — quis Emília.

— Seja — disse o Visconde. — Mas as grandes coisas de Alcides vieram depois da morte desse leão. Indo a Tebas, encontrou essa cidade vencida pelo rei Ergino, o qual impôs aos tebanos o pagamento dum tributo anual de cem bois. Hércules chegou à cidade exatamente no dia em que os emissários de Ergino estavam a reclamar os cem bois do primeiro pagamento.

"Que história de bois é essa?", foi ele dizendo — e ao saber da imposição de Ergino, agarrou os emissários e cortou-lhes os narizes e as orelhas. "Digam lá ao rei Ergino que os cem bois são estes narizes e estas orelhas cortadas." Ofensa mais grave não era possível e Ergino levantou um exército para atacar os tebanos. A grande força desse exército estava na cavalaria, mas o nosso herói, à frente dos tebanos, usou dum recurso: forrou de enormes pedras a única passagem entre montanhas por onde poderiam entrar os cavalarianos.

Isso atrapalhou grandemente o ataque de Ergino, o qual foi batido e morreu na luta. Os tebanos, então, impuseram ao reino de Ergino o pagamento dum tributo de duzentos bois. Graças a Hércules a situação invertera-se. Muito gratos da sua preciosa ajuda, os tebanos consagraram ao herói vários templos e lhe erigiram diversas estátuas. Uma delas, Héracles *Rinokloustes*, ou "o que corta narizes"; e outra dedicada a Héracles *Hipodetes*, ou "o que barra os cavalos". E ainda por cima o rei de Tebas concedeu-lhe a mão de sua filha Mégara.

— Sei, sei! — exclamou Pedrinho. — A mesma que ele matou durante o seu período de loucura.

— Sim. Mégara deu-lhe três filhos, e tudo estava correndo muito bem, quando Juno…

— Já estava demorando! Juno era dessas que não esquecem nem perdoam nunca. Uma perfeita me… — ia dizendo Emília, mas engoliu o resto da palavra "megera".

Emília andava com medo de Juno.

MAIS FAÇANHAS DE HÉRCULES

O Visconde continuou:
— A loucura de Hércules foi um artifício de Juno. A deusa o enlouquecera de propósito, para que ele matasse a esposa e os filhos — e já vimos como isso se deu. Em consequência desse desastre é que Hércules se condenou a si mesmo ao exílio, indo parar nas unhas de Euristeu.

Tudo isso contou o Visconde bem acomodado no lombo de Meioameio, enquanto seguiam de rumo a Micenas. Hércules, lá atrás, marchava calado, remoendo qualquer ideia. Emília lançou-lhe uma olhadela e disse:

— Em que será que Lelé está pensando?

— Aposto que no jantar — respondeu Pedrinho, medindo com os olhos a altura do sol. — Já estamos na hora.

Logo adiante, à beira de um riozinho, detiveram-se para cuidar dos estômagos. Meioameio saiu no galope para "prear" os carneiros do costume e os picapauzinhos foram conversar com o herói.

— Em que é que está pensando, Lelé? — perguntou Emília.

Hércules fez cara de quem acorda de um sonho. Ficou de olhos parados por uns instantes. Depois disse:

— Estava pensando no mais que inventará Hera para me perseguir. Tenho medo duma coisa: que apesar da proteção de Zeus e de Palas, Hera acabe vencedora. Não descansa! Nunca vi ódio igual. Desde o dia em que matei as duas serpentes, jamais cessou de conceber meios de dar cabo de mim. E há aquela previsão de Tirésias que me preocupa...

— A tal da tal fogueira de Nesso?

— Sim. Não posso compreender o que seja. Fogo — fogueira — chamas... De que modo posso morrer queimado? Tenho horror ao fogo...

— Ah, o fogo é mesmo uma peste! — disse Emília. — Certa vez, no dia de São João, lá no sítio, queimei o dedo com pólvora e como doeu! Só quando Tia Nastácia molhou a queimadura com querosene é que a dor passou.

— Pólvora? Querosene? — repetiu Hércules, que pela primeira vez ouvia tais palavras.

Pedrinho e o Visconde se aproximaram.

— Visconde — disse Emília —, conte ao Lelé o que é pólvora e querosene.

O Visconde falou como um verdadeiro filósofo.

— A pólvora — disse ele — foi a invenção que deu cabo dos heróis. Nos tempos modernos não pode haver heróis como estes cá da Grécia justamente porque a pólvora não deixa. A força física pouco adianta. Com um tiro até um menino derruba um gigante.

— Tiro?...

— Sim. O tiro é um estouro da pólvora dentro dum cano — e o Visconde explicou como pôde o mecanismo do tiro. Falou das espingardas, dos revólveres, dos canhões, das bombas aéreas — tudo artes da pólvora. Mas por mais que explicasse, Hércules ficava na mesma e vinha com perguntas desanimadoras.

— Então um leão como o da Nemeia, ou uma hidra de nove cabeças, ou um javali como o do Erimanto, vocês lá o derrubam com o tal tiro?

— Brincando, Lelé! — gritou Emília. — Até os rinocerontes e hipopótamos da África, que são dos maiores bicharocos que existem, um caçador qualquer os derruba com uma bala na cabeça.

— Bala?

— Bala é a mensageira do tiro. Há o tiro, que é a voz da pólvora; e logo que o tiro estoura, lá vai a mensageira "bala" cravar-se no inimigo e pronto! Ele estrebucha e morre...

— E que tamanho tem essa mensageira?

— Oh, às vezes é bem pequenina. Para abater um Leão da Nemeia ou um Javali do Erimanto, basta uma balinha deste tamanho — e mostrou o dedo polegar de Pedrinho.

Hércules assombrou-se. Não podia conceber semelhante prodígio. Como uma coisinha tão minúscula podia dar cabo dum monstro? Emília ria-se.

— É que essas mensageiras varam tudo quanto existe. Varam escudos, varam couraças e penetram no corpo dos atirados.

Hércules sorriu e, apontando para a pele do Leão da Nemeia, que por ser invulnerável trazia sempre consigo, perguntou:

— Vara isto também?

— Se vara!... Brincando...

— Como, se esta pele é invulnerável?

— Invulnerável hoje, aqui, para setas e lanças. Para uma bala de carabina ou revólver, é tão vulnerável como um figo podre...

Emília falou em figo porque Meioameio vinha chegando com uma cesta de figos — e que deliciosos estavam!

— Bons como aqueles da casa de Péricles — disse Emília comendo um. — Está um mel...

— E também arranjei mel — disse o centaurinho apresentando uma ânfora que havia trazido. — E também estas maçãs...

Foi uma festa. Até o herói regalou-se — e a conversa recaiu sobre frutas. Pedrinho contou a história de todas as frutas do sítio de Dona Benta — as jabuticabas, as jacas, as ameixas, as grumixamas, as pitangas, as cabeludas...

— Temos lá as chamadas frutas tropicais — disse o menino. — Aqui na Grécia só há as frutas das zonas frias e temperadas — maçãs, uvas, peras. E tâmaras, Hércules, há por aqui?

Hércules contou que na Grécia só havia tâmaras importadas.

— Também lá onde moramos só há tâmaras importadas. Vêm em latinhas.

Hércules quis saber o que era "latinha"…

A dificuldade de conversar com os gregos estava em que eles não podiam ter ideia nenhuma das coisas modernas. "Lata", "garrafa", "caixa de fósforo", "cigarro"… Como explicar essas coisas para quem nunca as viu? Mas de tudo quanto os picapauzinhos disseram o que mais interessou ao herói foram as carabinas e os canhões modernos. Quando soube que um canhão lançava uma bala enormíssima a muitos quilômetros de distância, abriu a boca. E mais ainda quando soube que as balas "estouravam quando caíam".

— Então — disse ele —, daqui deste ponto os guerreiros modernos podem destruir uma cidade como Micenas, que fica a dez léguas?

— Brincando! — respondeu Pedrinho. — Nas lutas do nosso mundo o inimigo recebe balas sem enxergar quem as atira — e falou dos bombardeios aéreos.

Ah, que custo foi fazê-lo compreender o que era um avião!

— Aves de ferro? Como as do Estinfale?

— Pior, mil vezes pior. São aves enormíssimas que voam a grandes alturas com velocidades prodigiosas, e lá de cima despejam bombas ou balas de tamanhos incríveis. A cidade de Berlim foi destruída por vários dias de chuva de bombas "arrasa quarteirões".

— Que quer dizer isso?

— Quer dizer que cada bomba arrasava um quarteirão inteiro...

Hércules não parava de assombrar-se. Depois perguntou:

— Mas então a vida lá no tal mundo moderno é um horror. Se chovem sobre as cidades bombas do céu, como se arranjam as mulheres e crianças?

— Vão todas para o beleléu. Ficam reduzidas a farelo. Aqui a luta é só contra os monstros ou outros guerreiros. Lá a fúria das balas não distingue: pega o que encontra. O grande brinquedo dos nossos tempos modernos consiste em destruir, destruir, destruir. Cidades inteiras desaparecem em horas. Populações inteiras são estraçalhadas. Por isso é que nós gostamos tanto da Grécia, tão bonita, cheia de heróis que só atacam monstros, cheia de deuses amáveis, de pastores e pastorinhas, de ninfas nos bosques, de náiades nas águas, de faunos e sátiros nos campos.

Pedrinho confirmou as palavras da Emília.

— Sim, meu caro Hércules. Para nós modernos esta Grécia é tão bonita que por meu gosto eu me mudava para cá. Como vovó gostou da Atenas do tempo de Péricles! Até hoje ela suspira quando se lembra da semana passada lá. Houve uma panateneia em que Narizinho tomou parte — e vovó também, metida num vestido velho de Dona Aspásia...[10] Por mim, eu não saía nunca mais daqui. Acho a Grécia o encanto dos encantos. Um suco!

---

10. *O Minotauro*. São Paulo: Globinho, 2017.

Hércules recaiu em cismas de olho parado...

O jantar daquele dia foi o melhor de todos. Além dos assados do costume, tiveram uma esplêndida sobremesa. Depois o assunto caiu sobre a aventura de Tia Nastácia com o Minotauro na ilha de Creta. Isso fez que o herói se referisse ao que andava correndo na boca do povo.

— Fala-se muito num touro enfurecido que anda por lá a fazer os maiores estragos. Meu receio é que depois deste meu trabalho Euristeu me mande dar cabo desse touro...

— "Receio", Hércules? — exclamou Emília. — Pois então Hércules receia alguma coisa?

O herói explicou que se tratava dum "touro louco", e ele tinha medo dos loucos.

— Depois do meu período de demência, fiquei com um verdadeiro horror à loucura. A gente nunca sabe como um louco vai agir. Os loucos me desnorteiam e me causam uma sensação muito desagradável de insegurança...

— Com os bêbados também é assim — disse Pedrinho. — É o que vovó vive dizendo. E por falar em bêbado, Hércules, será verdade o que contam do deus Baco? Que vive bêbado? Lá no nosso mundo moderno chamamos aos bêbados "devotos de Baco"...

Quem contou aos picapauzinhos a história de Baco não foi Hércules, e sim o mensageiro de Palas, que inopinadamente reapareceu naquele momento.

DIONÍSIO

Antes de Minervino tomar a palavra, o Visconde explicou que na Grécia nunca houve nenhum Baco. Esse nome é romano. Na Grécia houve Dionísio, que mais tarde os romanos transformaram em Baco.

— Que história é essa — observou Emília — dos tais romanos mudarem o nome de todos os deuses gregos?

— Ah, depois que os romanos dominaram e conquistaram a Grécia, eles reformaram tudo e foram mudando os nomes. Dionísio virou Baco.

Minervino, que não sabia nada disso, por serem coisas do futuro, admirou-se muito. Depois contou a história de Dionísio.

— Esse deus — disse ele — é filho de Zeus e de Sêmele, a qual veio a morrer fulminada meses antes que ele nascesse. Zeus então tomou o menino e colocou-o dentro de sua própria coxa, onde o deixou ficar até o dia marcado para o nascimento.

— Que coisa! — exclamou Emília. — Esses tais deuses do Olimpo nascem de todos os jeitos. Palas brotou da cabeça de Zeus. Agora este Dionísio sai de sua coxa… Isso me faz lembrar a cartola daquele prestidigitador que apareceu lá na vila no circo de cavalinhos. Não havia o que não saísse de sua cartola: marrecos, pombos, coelhos…

Minervino continuou:

— Assim nasceu Dionísio e foi educado pelas ninfas de Nisa. Mas educado às soltas pelo mundo como um verdadeiro selvagem. Que vida a sua! Mais parecia um herói que

um deus. Visitou muitos reis, fez-se amar por Ariadne na ilha de Naxos, tomou parte na famosa guerra entre os deuses e os gigantes, comandou uma expedição à Índia. Tinha nomes em quantidade: Nísio, Brômio, Ditirambo, Evo, Baco, Zagreu, Sabázio... E andava seguido duma alegre comitiva de sátiros, faunos, mênades, bacantes, silenos e até do deus Pã.

— Que pândego não devia ser! — comentou Emília.

— E não foi o inventor do vinho?

— Indiretamente — respondeu Minervino —, porque a uva é atribuída a ele. Vinho não passa de caldo de uva fermentado. Daí o ter-se tornado o deus mais popular de todos, o deus das alegres festas em que há muito vinho e todos ficam de cabeça tonta...

Estas histórias iam sendo contadas durante a marcha para Micenas. Minervino seguia ao lado de Meioameio, de modo a poder conversar com os picapauzinhos enquanto caminhavam. E ainda estava ele a falar de Dionísio, quando chegaram a uma aldeia em festas, justamente uma festa dionisíaca, isto é, com muita dança alegre e muito vinho mais alegre ainda. Hércules deu ordem de alto. Seria curioso mostrar aos picapauzinhos como era uma festa popular na Arcádia.

Na praça principal da aldeia todo o povo estava reunido para assistir ao desfile duma procissão cômica. Na frente vinha um bode enfeitado de flores e coroas; a seguir dançarinos e músicos tocando flautas e cítaras. E uns cantavam e pulavam. E havia os que gritavam como que tomados de delírio. Depois a procissão parou diante dum tablado tosco, onde estava sendo levada uma representação teatral muito cômica. Mas tudo no maior entusiasmo.

Minervino ia explicando:

— Eis a alegria dionisíaca. Há uma contaminação geral. Todos vibram de alegria. São as festas de que o povo comum gosta mais.

Pedrinho observou que aquilo devia ser a origem do Carnaval moderno, e deu a Minervino uma ideia do Carnaval moderno.

— Mas lá o deus do Carnaval não é Dionísio, e sim Momo. Os devotos de Momo regalam-se, pulam e divertem-se como aqui, excitados pelo álcool e pelo "ar". Fantasiam-se de todos os jeitos, com máscaras no rosto e as vestes mais extravagantes. Estou vendo que as coisas do mundo são eternamente as mesmas; só mudam de nome.

O Visconde assanhou-se e resolveu tomar parte na representação. Galgando o tablado, pôs-se também a pular, dançar e cantar. E como todos achassem muita graça naquela esquisitíssima aranha de cartola, tornou-se o herói da festa. Depois deram-lhe um gole de vinho. O Visconde bebeu de um trago — e começou a "exceder-se". Fez coisas de matar de vergonha Dona Benta e Tia Nastácia, se elas soubessem.

— Quem o viu e quem o vê! — exclamou Pedrinho. — O nosso Visconde, que era tão grave e sisudo, está agora um perfeito malandro. Até bebe... Imagine se lhe pega o vício e dá em "pau-d'água"...

— Assim que chegarmos ao sítio temos de fazer Tia Nastácia reformar o Visconde — disse Emília. — Este está cafajéstico demais. O bom era o antigo...

Hércules gostava de vinho e quase bebeu também. Emília não deixou.

— Nada, Lelé! Você com vinho na cabeça há de tornar-se a peste das pestes. É capaz de fazer as maiores loucuras e dar cabo de toda esta pobre gente. Não quero que beba!

Hércules suspirou.

Como já fosse tarde, resolveram dormir naquela aldeia. No dia seguinte, antes que a população saísse da cama, já estavam de novo a caminho.

— Estou achando um ar de quarta-feira de cinzas — observou Pedrinho — e contou ao mensageiro de Palas como eram as quartas-feiras de cinzas lá no mundo moderno, quando toda gente que tomava parte nas festas do Carnaval aparecia com cara de ressaca e um gostinho de cabo de guarda-chuva na boca.

Minervino ainda contou muita coisa das festas dionisíacas e das outras festas populares dos helenos. Naquele tempo as palavras "Grécia" e "grego" não existiam.

Aquilo ali ainda era a "Hélade", e os seus habitantes se chamavam "helenos".

— Por que é assim? — quis saber a Emília — e foi o Visconde quem explicou. Apesar da sua ressaca, o sabuguinho ainda estava funcionando muito bem.

— Houve por aqui um chefe de tribo de nome Hélen, filho de Deucalião e Pirra, o qual se fez rei da Etiótida. Por causa disso seus súditos passaram a chamar-se helenos, e estas terras todas da Grécia passaram a ser conhecidas como a Hélade, ou o país dos helenos.

— Mas donde vieram esses helenos? — quis saber Pedrinho.

— Diz a história que procediam do Cáucaso, onde a raça é branca e muito bonita. Emigraram de lá para aqui no tempo dos pelasgos, que eram uma espécie de índios daqui, ou habitantes primitivos. Como fossem muito valentes e inteligentes, os helenos submeteram os pelasgos e se substituíram a eles.

— Como lá em nossa terra os portugueses se substituíram aos índios — cochichou Emília para Hércules — a quem andava ensinando muita coisa da história americana em geral: Bolívar, Washington, frei Caneca.

O Visconde continuou:

— Foram os romanos quem mais tarde descobriram esse nome de Grécia. A mania deles era mudar o nome das coisas, e muitas vezes mudavam para pior, porque Hélade me parece muito mais bonito que Grécia.

A prosa foi logo depois interrompida por um incidente verdadeiramente maravilhoso. Em certo ponto, ao dobrarem uma curva da estrada, deram com um enormíssimo gigante a gemer sob um peso tremendo. Era Atlas!... Era o gigante Atlas, condenado a sustentar o céu sobre os ombros...

O espanto dos picapauzinhos não teve limites. Todos ficaram com os olhos tão arregalados que quase lhes caíam das órbitas, e Emília pela primeira vez na vida tremeu. Minervino explicou que Atlas era um dos gigantes, ou titãs, que haviam feito guerra aos deuses do Olimpo. Foram vencidos e castigados. A Atlas, Zeus condenou a ficar toda a vida suportando nos ombros o peso dos céus.

Hércules aproximou-se dele e perguntou por que gemia tanto.

— Ah, herói! — respondeu o gigante. — Gemo porque estou ansioso por ir roubar um dos pomos do Jardim das Hespérides e não posso. Se largo isto, o céu cai sobre a Terra e esmaga-a.

Hércules, o herói de melhor coração que jamais houve no mundo, apiedou-se do titã e disse:

— Pois vá em busca do pomo de ouro que eu fico sustentando o céu. Mas não demore muito.

Atlas sorriu e, passando o céu para os ombros do herói, desapareceu.

Emília ficou assombrada. Apesar de saber da força imensa do Lelé, jamais supôs que chegasse àquele ponto.

Sustentar o céu nos ombros!... E com medo de que ele não aguentasse e caísse esmagado, aproximou-se e:

— Não abuse dessa maneira, Lelé! Largue disso. O condenado a sustentar nos ombros o céu foi o gigante, não você — mas Hércules nada respondeu: não podia nem falar.

Aquilo assustou os picapauzinhos. E se Atlas não voltasse? Ou se quando voltasse, já Hércules estivesse esmagado pelo peso? Mas felizmente Atlas voltou. Vinha radiante, com o pomo de ouro na mão.

— Pegue o céu depressa, que Lelé já está sem fala — não aguenta mais! — gritou-lhe Emília na maior impaciência.

Atlas piscou velhacamente.

— Arcar outra vez com esse peso, eu que consegui livrar-me dele? Ah, ah, ah... Quem é tolo pede a Zeus que o mate e a Caronte que o carregue.

Emília viu as coisas malparadas. Se aquele estafermo não retomasse o seu posto, Hércules arriaria a carga — e lá desabava sobre a Terra a imensidão dos céus, com todas as estrelas, planetas, cometas — e como era? Nem uma perninha de pulga escaparia ao mais completo esmagamento. Foi o que Emília explicou ao gigante Atlas.

— Se você não segura o céu, já, já, que acontece? Lelé arreia, coitado, e o céu vem abaixo, e o primeiro esmagado vai ser justamente você, que é o mais grandalhão. A Lua bate nessa sua cabeça antes de bater nas nossas.

E apontando para Hércules, que já dava sinais de exaustão:

— Não vê que suas forças já estão no fim? Mais uns segundos e pronto — Lelé arreia... Tenha dó, pegue um bocadinho enquanto ele toma fôlego.

Atlas, na sua imensa burrice de gigante, resolveu "pegar o céu um bocadinho enquanto Hércules tomava fôlego" — e recolocou-o aos ombros.

Que alívio! Ao ver-se liberto de tamanho peso, o herói caiu sentado, sem falar, pálido como a morte. Emília

abanou-o no rosto, deu-lhe água a beber. Hércules foi voltando a si. Assoprou-se, tal qual o Visconde. O sangue foi-lhe voltando ao rosto. Por fim falou:

— Apre!... É peso... Estou como que esmagado por dentro. Mais uns segundos e arriava a carga.

Cinco minutos se passaram. Achando que Hércules já devia estar suficientemente descansado, Atlas chamou-o:

— Venha, amigo! Basta de fôlego...

Emília levou as mãozinhas à cintura e disse:

— Bobo alegre!... Quem vai ficar aí toda a vida é você, porque foi você, não Lelé, quem se revoltou contra os deuses. Aguente!...

Ao ouvir isso, Atlas teve um acesso de fúria, e mesmo de céu aos ombros espichou a mão para agarrar Emília e torcer-lhe o pescoço. Com esse movimento a abóbada celeste vacilou, quase caiu... Foi um instante terrível. Hércules, de um pulo, escorou o céu dum lado — enquanto Pedrinho quase arrancava o braço de Emília com o puxão que lhe deu. O perigo passou. Todos respiraram. O céu havia voltado ao equilíbrio de sempre, bem firme no ombro de Atlas.

Pedrinho ainda estava com o coração aos pulos, do tremendo perigo passado. Custou-lhe voltar ao normal. Nisto viu Emília arrumando qualquer coisa na canastrinha. Espiou. Era o Pomo das Hespérides! Atlas o havia deixado cair no chão e ela, mais que depressa, o apanhara e escondera...

EURISTEU ENFURECE-SE

Foi um alívio quando chegaram de novo ao acampamento de Micenas.

— *Uf!...* — exclamou Emília. — Escapamos de boa. Tive medo que depois do caso do gigante ainda nos acontecesse mais alguma. Não há o que não aconteça nesta Hélade...

O herói estava derrancado. O esforço que tinha feito para sustentar o céu fora o maior de toda a sua carreira. Chegou e caiu na relva para um sono de vinte e quatro horas. Esqueceu-se até de comer. Os grandes cansaços tiram a fome.

Enquanto Hércules dormia, os picapauzinhos ocuparam-se das coisas do costume. Pedrinho deu ordem a Meioameio para "cavar" seis carneiros.

— Sim, porque a fome de Hércules, quando acordar, vai ser dupla. Traga seis, ou sete...

O sono de Hércules foi o mais prolongado de sua vida. Vinte e quatro horas! Meioameio voltou com a carneirada. Matou-os, assou-os e ali ficou com aquela carnaria toda à espera de que o herói acordasse. Só no dia seguinte, lá pelas onze, Hércules abriu os olhos. Espreguiçou-se.

— Onde estou eu? — disse estremunhado — mas ao dar com os seis carneiros no espeto sorriu e seu jantar foi verdadeiramente hercúleo. Só deixou os ossos.

— Que sono, Lelé! — exclamou Emília. — Pensei que não acordasse mais.

O herói sorriu.

— Sono de quem teve de sustentar o céu às costas... — disse ele. — Acha que é brincadeira? — E o resto do dia passaram ali no acampamento recordando as peripécias do Sexto Trabalho.

Pedrinho observou:

— Acontecem por aqui coisas que lá em nosso mundo ninguém acredita — nem pode acreditar. A aventura do gigante Atlas, por exemplo. Quem lá em nosso mundo vai acreditar numa coisa assim? Começa que lá Atlas não é gigante nenhum, e sim um livrão com uma série de mapas — Europa, Ásia, África, América e Oceania...

— E é também o nome de um osso — acrescentou o Visconde —, uma das vértebras que sustentam a cabeça.

— E é também o nome duma montanha do norte da África — lembrou ainda Pedrinho. — Ah, cada vez gosto mais desta Grécia. Que terra! Vai a gente por um caminho e de repente que vê? Um titã sustentando o céu... Bem diz Emília que isto é a terra do "não há o que não haja"...

Hércules confessou que estava sentindo uma dor nas costas.

— Pudera! — exclamou Pedrinho. — E bom será que não esteja com qualquer quebradura lá por dentro. Você abusa, Hércules. Um dia se estrepa...

Hércules ainda ignorava que o pomo de ouro estivesse com Emília. Quando soube, quis ver. Tomou-o na mão, contemplou-o longamente e disse:

— Vocês não calculam o que tem havido nesta Grécia por causa destes pomos... Há certos tesouros que constituem uma verdadeira desgraça para o mundo. Todos querem possuí-los — e sobrevêm guerras, lutas, calamidades. Estes pomos têm dado o que fazer aos heróis — e o primeiro que sai lá do Jardim das Hespérides é justamente este...

Emília estava com medo de perder a preciosidade. Pensou, pensou, e por fim teve uma ideia: esconder o pomo dentro de uma casca de laranja. Assim camuflado, ninguém o furtaria. Mas onde a laranja?

— Não há laranjas por aqui, Minervino? — perguntou ela ao mensageiro de Palas.

— Sim, há. A laranja é uma fruta comum a todos os países destes mares.

"Estes mares" queria dizer o Mediterrâneo e os pequenos pedaços do Mediterrâneo que têm tantos nomes: mar Tirreno, mar Adriático, mar Egeu, mar Negro. Todas as terras banhadas por esses mares são laranjíferas. Mas como ali por perto do acampamento não houvesse laranjeira nenhuma, Emília pediu a Meioameio que, quando encontrasse alguma, não deixasse de lhe trazer.

— Quero uma laranja um pouco maiorzinha que o pomo...

No dia seguinte, bem descansado, foi Hércules para Micenas dar conta ao soberano da realização daquele último trabalho. Ao saber que o herói havia espantado para longe as aves do Estinfale, Euristeu mordeu o beiço.

— Minha ordem não foi essa! — berrou erguendo-se do trono. — Minha ordem foi para que destruísse aquelas aves. Se se limitou a espantá-las, logo as teremos lá outra vez.

— Não há perigo, majestade. A lembrança do som daqueles címbalos fará que nunca mais voltem.

— Que címbalos?

— Os címbalos com que Hefaísto presenteou a grande deusa Palas.

Euristeu, que de nada sabia, arregalou os olhos.

— E como os obteve?

— Diretamente do Olimpo, mandados por Palas por intermédio dum mensageiro.

Euristeu olhou para Eumolpo, ali muito lambeta ao lado do trono. O caso se complicava. Se Hércules andava assim tão protegido por Palas, então Hera tinha de tomar outras providências. E Euristeu esfriou. Conhecendo o poder de Palas, teve medo de que essa deusa, na fúria de proteger Hércules, acabasse dando cabo dele, Euristeu. Tinha de pensar naquilo.

— Bom, se é assim — disse para Hércules —, apareça aqui amanhã. Vou pensar no assunto e ver qual o novo trabalho.

Hércules voltou ao acampamento e no dia seguinte lá compareceu perante o rei, cujo ar já não era o da véspera. Mais alegre e confiante, como quem está de ideias novas. A razão da mudança era que em sua conferência com o ministro Eumolpo este lhe havia falado assim: "Há uma coisa que talvez Hércules não consiga realizar: a destruição do Touro de Creta". Euristeu ignorava o que fosse. "Que touro é esse?", perguntou. E Eumolpo respondeu: "Ah, majestade, é um touro gigantesco que está tomado de loucura. Um touro louco! Se um simples cão hidrófobo é o que sabemos, imagine-se um touro louco! Impossível que desta vez Hércules saia vitorioso". Euristeu sorriu diabolicamente — e foi a esfregar as mãos que recebeu o herói.

— Às ordens de Vossa Majestade! — disse Hércules, humilde como sempre. — Aqui estou para receber a missão que Vossa Majestade haja por bem confiar-me.

E Euristeu, com um riso mau na boca feia:

— Quero que vá à ilha de Creta e me traga vivo o touro louco. Só.

Hércules retirou-se bastante aborrecido. Touro louco! Depois de seu período de loucura viera-lhe um incoercível medo aos loucos. Mas que fazer? Eram ordens do rei. Tinha de cumpri-las — e voltou para o acampamento com a notícia.

— Temos agora de ir a Creta! — gritou de longe para os picapauzinhos. — Há lá o tal touro louco. Euristeu quer que eu lhe traga vivo esse monstro...

Emília bateu palmas.

— Creta? A ilha do Minotauro? Que amor!... Eu já estava com saudades dessa ilha onde passamos dias tão interessantes — e contou a Hércules toda a história de Tia Nastácia quando esteve detida no labirinto do Minotauro.

Hércules espantou-se.

— Como? Pois então entraram no labirinto e conseguiram sair? Isso me parece um portento, porque quem lá entra nunca mais encontra a porta de saída...

— Pois nós encontramos e saímos. E descobrimos lá dentro Tia Nastácia a fazer bolinhos e o tal Minotauro gordo como um porco de tanto comer bolinhos — e desfiou a história inteira.

— Hoje — disse ela — o coitado deve estar magríssimo e portanto muito mais perigoso. Quando terá mais daqueles bolinhos?

Hércules quis saber o que eram "bolinhos", e Emília os pintou tão gostosos que lhe veio água à boca. O herói suspirou. "Bolinhos", "pipocas", "cocadas de fita", "manjar-branco", "quindins", "rosquinhas" — ah, como deviam ser deliciosos os doces e quitutes daquela cozinheira cujo nome vivia na boca dos picapauzinhos!

— Sim — disse Emília. — Tia Nastácia é a Circe da cozinha. Pega um pato e faz um "pato com arroz" que é da gente comer e berrar por mais. E para doces, então, não há igual. Dona Benta diz que ela é uma "doceira do céu"...

Meioameio, que tudo ouvia, lambeu os beiços.

O dia seguinte passaram-no em preparativos. O Templo de Avia foi reformado e enfeitado com uma série de placas comemorativas dos trabalhos realizados. Pedrinho fincou em redor do templo uma porção de estacas, cada uma tendo na ponta uma escultura tosca: um leão, uma hidra, um javali,

uma ave de penas de bronze, uma corça — mas engasgou na representação do Quinto Trabalho: a limpeza das cavalariças de Áugias. Como figurar aquilo numa escultura?

Emília resolveu o problema.

— Faz de conta que as cavalariças são um cavalo e os rios Alfeu e Peneu são dois cachorros que se atiram contra o cavalo — e foi assim que Pedrinho figurou em sua escultura o Quinto Trabalho de Hércules.

Em seguida pôs-se a diabinha a pensar na "defesa" do pomo de ouro. Não era conveniente andar com ele na canastrinha, viajando de um ponto para outro. Muito melhor guardá-lo bem escondido ali mesmo. E foi o que fez. Pediu a Pedrinho que cavasse um buraco bem fundo. Ajeitou lá dentro o pomo de ouro e a pena de bronze. E depois de tudo bem coberto com terra, mandou que Hércules botasse uma grande pedra em cima.

Lobato, Sandra e Eliana, netas do amigo da vida inteira Godofredo Rangel, e Celeste, amiguinha delas. Belo Horizonte, em 1946.

SOBRE O NOSSO AUTOR

Luciana Sandroni

Leitores, se vocês pensam que a vida do Monteiro Lobato foi tranquila, no aconchego do seu escritório escrevendo as aventuras que se passaram no Sítio do Picapau Amarelo, estão redondamente enganados. A vida do pai da literatura infantil no Brasil foi tão atribulada que parece inacreditável que ele ainda tivesse tempo para inventar *Reinações de Narizinho*, *Viagem ao céu*, *Caçadas de Pedrinho*, *O Saci* e tantos outros livros que encantaram e encantam gerações.

Lobato teve várias profissões: foi promotor de justiça, fazendeiro, escritor, editor, empresário, tradutor, jornalista polêmico, participou da campanha do petróleo, ufa! O danado não parava quieto.

Vamos então fazer uma rápida viagem no tempo e conhecer um pouco da vida do célebre escritor?

José Renato Monteiro Lobato nasceu em Taubaté, São Paulo, no dia 18 de abril de 1882. Apesar do nome pomposo, era chamado pela família de Juca. Filho de José Bento Marcondes Lobato e Olympia Augusta Monteiro Lobato.

Passou a infância brincando na fazenda do pai, com as irmãs Esther e Judite. As meninas se divertiam com bonecas de pano e Juca amava as pescarias no ribeirão, além de montar no seu cavalo Piquira. Ele também tinha uma espingardinha para atirar em... passarinho! Pois é, coisas de antigamente! Os três irmãos também subiam em árvores e comiam frutas no pé de laranja, de manga, de jabuticaba... Já dá para notar onde Lobato se inspirou para criar suas histórias, não dá?

Em 1893, aos onze anos — pasmem — Lobato resolveu mudar de nome! Quis ter o nome do pai: José Bento. Enjoou de José Renato? Qual nada! O menino ficou é de olho na bengala do pai, com as iniciais gravadas em ouro: JBML. Coisas de Emília, ou melhor, coisas de Juca. Passou a se chamar **José Bento Monteiro Lobato**.

 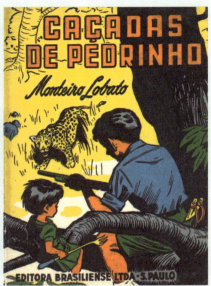

Nesta página e na seguinte, capas elaboradas por Augustus, em 1948.

No final de 1895, Juca foi para a capital, São Paulo, prestar exames para o Instituto Ciências e Letras, curso preparatório para ingressar na faculdade de Direito. Só que — imaginem — foi reprovado em português! No final de 1896, prestou novos exames e foi aprovado. Em 1897, mudou-se para São Paulo — ainda uma cidade tranquila, sem poluição, sem carros… Nunca mais tomar banho no ribeirão ou comer fruta no pé.

Em 1898, Lobato perdeu o pai e, no ano seguinte, a mãe. Uma tristeza. O rapaz tinha dezesseis anos e o avô ficou responsável por ele e suas irmãs. Juca tentou escapar do curso de Direito para fazer Belas Artes — desde criança desenhava e pintava —, mas a pressão do avô para que ele se tornasse um advogado, um juiz, foi mais forte, e o jovem acabou ingressando na Faculdade de Direito de São Paulo, no Largo de São Francisco, em 1900.

Século novo, vida nova: na faculdade, Lobato fez grandes amigos e participou de um clube literário e de um jornal. Cursava Direito, mas não queria saber das leis. Seu interesse era a literatura, o teatro e a

filosofia. Lobato e seus amigos criaram um grupo para ler e discutir literatura, e moravam todos juntos, numa república estudantil em um chalé batizado de Minarete. Nesta época os rapazes foram convidados para criarem um jornal de oposição ao governo em Pindamonhangaba, cidade do interior paulista. Todos se mudaram para lá? Qual nada! Escreviam à distância... O nome do jornal era o mesmo do chalé: *Minarete*.

Em 1904, formado, o doutor Monteiro Lobato regressou para Taubaté. Sem nada para fazer, o rapaz foi jogar xadrez — ele adorava xadrez! — com seu velho professor Quirino. E lá na casa do ex-professor se reencontrou com Maria da Pureza Natividade, filha do mestre; e os dois se apaixonaram. Além de namorar, o rapaz trabalhou na promotoria de Taubaté, escreveu artigos para jornais e iniciou uma longa correspondência com seu amigo da faculdade, Godofredo Rangel. Mais tarde, ela foi publicada em dois volumes com o título *A barca de Gleyre*.

Em 1907, Lobato se tornou promotor em Areias, cidadezinha no interior de São Paulo, na região do Vale do Paraíba. Ele e Purezinha se casaram em 1908 e, no ano seguinte, nasceu a primeira filha, Marta. Em Areias, se sentiu entediado com a vagareza da cidade. No tempo livre, Lobato pintava, escrevia contos e artigos para jornais. Os contos do livro *Cidades mortas*, que seria publicado mais de uma década depois, foram feitos nessa época.

Em 1911, seu avô morreu e Lobato herdou a fazenda São José do Buquira. O escritor — imaginem vocês — se animou e resolveu ser fazendeiro. Acreditava que poderia enriquecer plantando para depois viver de literatura. No mesmo ano toda família, agora com mais um filho, Edgar, se mudou para a fazenda. Ele investiu tempo e dinheiro, porém, com as terras cansadas do café pelo costume antigo das queimadas — e a **Primeira Guerra de 1914** —, a fazenda não produziu o que ele imaginara e deu prejuízo.

Insatisfeito, escreveu o artigo "Velha praga", publicado no jornal *O Estado de S. Paulo*, contra o hábito do caipira pôr fogo no mato. Esse texto fez um sucesso enorme e seu protagonista, o Jeca Tatu, ganhou fama — ou melhor, má fama. Lobato escreveu também outro artigo, "Urupês", com a mesma crítica violenta ao caboclo. Foi convidado para

Capas das primeiras edições de *O Saci Pererê: Resultado de um inquérito* (1918), que, apesar de ser uma espécie de compilação, é considerado por muitos o primeiro livro de Lobato; *Cidades mortas* (1919) e *A barca de Gleyre* (1944).

dar conferências e ficou bastante conhecido em São Paulo. Animado com o sucesso, decidiu vender a fazenda. E em 1917, a família Monteiro Lobato foi de mala e cuia para São Paulo — agora com mais dois filhotes, Guilherme e Ruth.

Na capital, envolveu-se numa nova polêmica. Que mania! Lobato escreveu o artigo "Paranoia ou mistificação" — crítica à exposição da pintora Anita Malfatti, em 1917 —, exposição essa que deflagrou o **movimento modernista de 1922**. O escritor não aprovava aquele modo de pintar tão livre, inovador. Na verdade, Lobato já era um modernista ao priorizar a cultura popular e na sua busca por uma linguagem brasileira, coloquial nos seus textos, mas não se entendeu com os modernistas na época.

Seu interesse pelas histórias orais era tão grande que, em 1918, realizou uma pesquisa sobre ninguém mais, ninguém menos que o Saci Pererê! A enquete saiu no jornal vespertino do *O Estado de S. Paulo*. Lobato convidou os leitores a darem depoimentos, contarem histórias sobre o saci. Mais tarde esses depoimentos saíram no seu livro de estreia: *O Saci Pererê: Resultado de um inquérito*.

Em 1918, Lobato deu mais uma reviravolta na sua vida: comprou a famosa *Revista do Brasil*. Nessa época, iniciou a sua carreira de editor e criou a editora Monteiro Lobato & cia., que renovou o mercado editorial no Brasil publicando seus próprios contos e de jovens autores.

Seu segundo livro foi *Urupês* — mesmo título do artigo —, que foi, já na época, um grande sucesso. Lobato percebeu que havia raras livrarias no país e teve a ideia de mandar uma carta para todo tipo de comerciante: "Quer vender uma coisa chamada livro? [...] Todos topararam e nós passamos de quarenta vendedores, que eram as livrarias, para mil e duzentos pontos de venda, fosse livraria ou açougue" — comentou ele numa entrevista.

Também em 1918, Lobato retomou o tema do Jeca Tatu, só que desta vez para se desculpar. O escritor percebeu que fora muito cruel com o caipira acusando-o de preguiçoso, molengão; compreendeu que o homem da roça era vítima e sofria com a fome, a falta de saneamento básico no interior. Lobato, então, participou das campanhas sanitaristas de Belisário Pena e Artur Neiva.

Mas é em 1921 que Lobato dá um grande passo para ser lembrado por todos os leitores brasileiros, com o lançamento de *A menina do narizinho arrebitado*. O sucesso foi imediato e Lobato, que além de um escritor brilhante era um ótimo negociante, vendeu 50 mil exemplares para serem distribuídos nas escolas. O escritor se empolgou muito com as vendas, mas nem imaginou que aquela era a semente de um "universo paralelo", que seus personagens, Dona Benta, Tia Nastácia, Emília, Narizinho, Pedrinho, Visconde, iriam se tornar míticos, eternos.

O escritor continuou editando livros, publicando seus contos e as aventuras dessa turma tão querida. Mas, no meio do caminho... Houve a revolução paulista de 1924, que fez São Paulo parar: houve racionamento de energia elétrica na cidade e as máquinas da gráfica não puderam mais trabalhar. A situação econômica também piorou e a editora faliu. Porém, no ano seguinte, Lobato e seu sócio, Octales Marcondes Ferreira, iniciaram uma nova empreitada: a Companhia Editora Nacional.

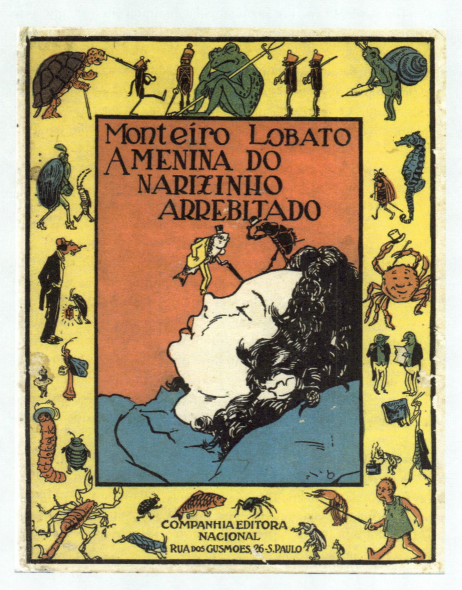

Capa de Voltolino para a quinta edição de
A menina do narizinho arrebitado, 1928.

Em 1927, Lobato iniciou outra aventura: foi convidado para ser adido comercial brasileiro em Nova York! Foram todos de mala e cuia para a *Big Apple*. O escritor ficou empolgadíssimo com tudo que viu, tudo era moderníssimo! Nesse período, colocou na cabeça que o Brasil só iria enriquecer se explorasse ferro e petróleo, mas perdeu todo seu dinheiro na bolsa de valores norte-americana, durante a crise de 1929...

Retornando ao Brasil, sem dinheiro no bolso, Lobato vendeu sua parte da editora e voltou a viver dos seus contos, artigos, traduções e livros infantis. Em 1931 ele lança *As Reinações de Narizinho*, em que reúne diversas histórias para crianças que escreveu durante a década de 1920. A partir daí, ele não para e lança mais de vinte livros infantis até o fim da vida. Mas será que agora ele irá ficar sossegado no seu escritório escrevendo? Qual nada! O danado iniciou uma grande campanha para explorar petróleo no Brasil e, em 1931, fundou a Companhia de Petróleo do Brasil.

Em 1946, insatisfeito com a política no Brasil, decidiu morar na Argentina, pois a turma da Dona Benta fazia muito sucesso por lá. Porém, sentiu falta dos amigos e no ano seguinte regressou.

Nos seus últimos anos de vida, Lobato finalmente ficou no seu escritório escrevendo seus livros, dando entrevistas e respondendo às muitas cartas das crianças, que queriam fazer parte das aventuras do sítio:

"Bom dia, senhor Monteiro Lobato. Sabe que eu ganhei o seu livro *O Saci*? Já tenho outro, mas o *Saci* é o mais engraçado. Eu me ri a valer quando o Saci puxou o cabelo da Yara. Que pena que a gente nasce gente e não Saci!"

Lobato teve vários problemas de saúde e morreu em 1948, aos 66 anos — ainda a tempo de compreender como era popular e amado pelas crianças, o que encerrava o projeto de toda uma vida. Missão bem cumprida, se pensarmos na frase que ele escreveu, anos antes, ao amigo Godofredo Rangel: "Ainda acabo fazendo livros onde as nossas crianças possam morar".

SOBRE A NOSSA ILUSTRADORA

Cris Eich nasceu em Mogi das Cruzes, cidade do interior de São Paulo. Seus pais eram professores e, em todo início de ano, recebiam pacotes de livros, que eram disputados por ela e pelos irmãos. Nessas remessas, uma categoria era a que mais chamava a atenção deles: os livros ilustrados. Aos dezoito anos mudou-se para a capital, onde frequentou ateliês de gravura, cerâmica e aquarela, sua técnica predileta. Fez cursos de pintura, desenho arquitetônico e história da arte. Hoje ilustra livros infantis de diversos autores, tem mais de sessenta títulos ilustrados e dois livros-imagem de sua autoria. Com as ilustrações que faz, Cris pôde unir duas grandes paixões de sua vida: a literatura e a arte.

Este livro, composto na fonte Fairfield,
foi impresso em papel pólen soft 80g/m², na Edigráfica.
Rio de Janeiro, Brasil, janeiro de 2020.